Entremeses

Letras Hispánicas

Miguel de Cervantes

Entremeses

Edición de Nicholas Spadaccini

SEXTA EDICIÓN

CATEDRA

LETRAS HISPANICAS

Ilustración de Cubierta: Manuel Alcorlo

Josefa Valcárcel, 27. 28027-Madrid
Depósito legal: M. 26.379-1988
ISBN: 84-376-0346-3
Printed in Spain
Impreso en Lavel
Los Llanos, nave 6. Humanes (Madrid)

Índice

Introducción

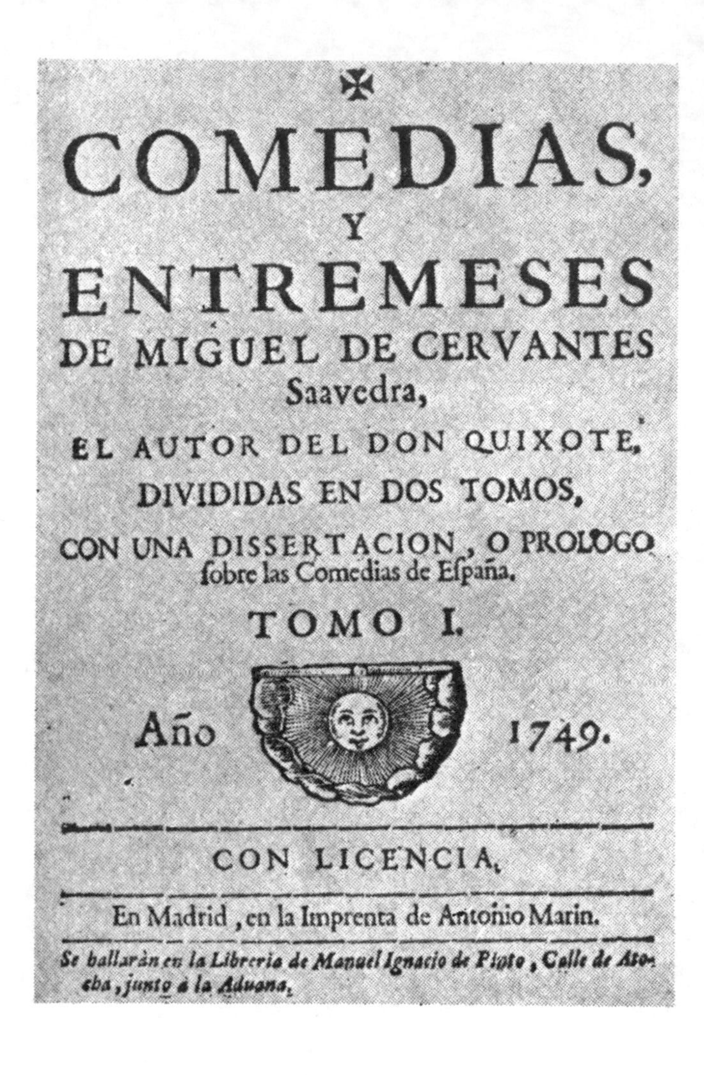

✠

COMEDIAS,

Y

ENTREMESES

DE MIGUEL DE CERVANTES

Saavedra,

EL AUTOR DEL DON QUIXOTE,

DIVIDIDAS EN DOS TOMOS,

CON UNA DISSERTACION, O PROLOGO

ſobre las Comedias de Eſpaña.

TOMO I.

Año 1749.

CON LICENCIA,

En Madrid, en la Imprenta de Antonio Marin.

Se hallarán en la Libreria de Manuel Ignacio de Pinto, Calle de Atocha, junto à la Aduana.

A
la memoria de mi padre
Pinemonte Spadaccini
1913-1981

Abreviaturas

Asensio:
Miguel de Cervantes, *Entremeses*. Edición, introducción y notas de Eugenio Asensio, Madrid, 1971.

Avalle-Arce:
Miguel de Cervantes Saavedra, *Ocho entremeses*. Edited by Juan Bautista Avalle-Arce, Englewood Cliffs, New Jersey, 1970.

Bonilla:
Cervantes, *Entremeses*. Anotados por Adolfo Bonilla y San Martín, Madrid, 1916.

Corominas:
J. Corominas, *Diccionario crítico etimológico de la lengua castellana*, Berna, 1954, 4 vols.

Correas:
Gonzalo de Correas, *Vocabulario de refranes y frases proverbiales* (1627). Ed. L. Combet, Burdeos, 1967. (Hemos modernizado la ortografía.)

Cov.:
Sebastián de Covarrubias y Orozco, *Tesoro de la lengua castellana o española* (1611). Ed. facsímil, Madrid, Turner, 1977.

Del Campo:
Miguel de Cervantes Saavedra, *Entremeses*. Edición, prólogo y notas de Agustín Del Campo, Madrid, Ediciones Castilla, 1948.

Dicc. de Aut.:
Diccionario de Autoridades, 3 vols. Ed. facsímil, Madrid, Real Academia Española-Gredos, 1963.

Gillet, III:
Propalladia and other Works of Torres Naharro, 4 vols., Bryn Mawr, Pennsylvania, 1943-1961.

Herrero:
Cervantes, *Entremeses*. Edición y notas de Miguel Herrero García, Madrid, Clásicos Castellanos, 1947.

Pilar Palomo:
Cervantes, *Entremeses*. Introducción y notas de M. del Pilar Palomo, Ávila, La Muralla, 1967.

Los entremeses de Cervantes: Teatro, literatura, e historia social

En 1615, aparece en Madrid un volumen titulado «Ocho comedias y ocho entremeses *nunca representados*. Compuestos por Miguel de Cervantes Saavedra. Dirigidas a Don Pedro Fernández de Castro, Conde de Lemos, de Andrade, y de Villalba, Marqués de Sarria, Gentilhombre de la Cámara de su Majestad. Los títulos destas ocho comedias, *y sus entremeses* van en la cuarta hoja»[1] (cursiva mía). Se subrayan aquí dos hechos fundamentales: por un lado se repite, quizás irónicamente, una reflexión de Cervantes en su *Adjunta al Parnaso* (1614), según la cual tenía compuestas seis comedias con sus entremeses nuevos que pensaba dar a la imprenta «para que se vea de espacio lo que pasa apriesa, y se disimula o no se entiende cuando las representan»[2]. Por otro lado deja por sentado el enlace inseparable que existe entre los géneros teatrales que maneja: comedia y entremés[3]. Las acertadas observaciones de Eugenio Asen-

---

[1] Sobre esta edición, cfr. Bibliografía anotada, I: ediciones, página 77.

[2] Véase *Viaje del Parnaso* (1614), edición crítica y anotada por Francisco Rodríguez Marín, Madrid, C. Bermejo, 1912, pág. 116.

[3] Cfr. Eugenio Asensio, «Entremeses», en *Suma Cervantina*, edición J. B. Avalle-Arce y E. C. Riley, Londres, Támesis, 1973, pág. 172: «no formuló Cervantes una teoría del entremés como provincia literaria autónoma y diversa de la comedia»; y Jean Canavaggio, *Cervantès dramaturge: un théâtre à naître*. París, P. U. F., 1977, pág. 148: «Traditionnellement distingués des *comedias*, les huit *entremeses* que nous a laissés l'auteur du *Don Quichotte* ont toujours été abordés sépa-

sio en su estudio pionero sobre el género son perfectamente aplicables a Cervantes: «la historia del entremés... exige constantes incursiones a otras zonas literarias de las que recibe alimento y renovación»[4]. Entre ellas se destacan *La Celestina*, la novela picaresca, el romancero, la poesía rufianesca, el teatro cómico del siglo XVI, la comedia nueva y, claro está, varias de sus propias creaciones literarias.

En los entremeses establece Cervantes una especie de diálogo con la literatura de su época e incluso con su propia escritura literaria. De ahí que varios temas socioliterarios predilectos del *Quijote*, de las *Novelas ejemplares* y de sus comedias —matrimonio, linaje, dinero, honor, valor, locura, generosidad, ilusión/realidad, engaño/desengaño, etc.— reaparezcan en sus entremeses bajo una óptica que implica, estéticamente, una distancia por parte del autor. El mismo Cervantes nos proporciona la clave de esta visión cómico-satírica (aunque nunca corrosiva a lo Quevedo o Valle-Inclán) en el «Prólogo al Lector» que encabeza sus *Ocho comedias y ocho entremeses*. Se refiere ahí a la concepción aristotélica sobre la separación de estilos, según la cual la verosimilitud reside, entre otras cosas, en una compenetración entre estilo y estamento: «el verso es el mismo que piden las comedias, que ha de ser, *de los tres estilos, el ínfimo, y que el lenguaje de los entremeses es propio de las figuras que en ellos se introducen*» (cursiva mía)[5].

Por obvia que pueda parecer esta afirmación, no ha sido siempre lo suficientemente subrayada por la mayoría de los críticos que se han interesado por el teatro cómico de Cervantes. Por lo que se refiere a los entremeses, el

---

rément, même lorsque leur exégèse se trouvait théoriquement incluse dans une étude d'ensemble».

[4] Cfr. Eugenio Asensio, *Itinerario del entremés: desde Lope de Rueda a Quiñones de Benavente*, Madrid, Gredos, 1965, pág. 25.

[5] Cfr. Bruce W. Wardropper, «El entremés como comedia antigua», en *La comedia española del Siglo de Oro*, Barcelona, Ariel, 1978, págs. 200-209; y Fernando Lázaro Carreter, «El Arte Nuevo (vs. 64-73) y el término 'entremeses'», *Anuario de Letras*, V (1965), 77-92.

resultado era de esperar: con pocas excepciones, se ha hecho hincapié en el sentido cómico-burlesco de las piezas; en la parodia de figuras, temas y motivos; en su lenguaje escénico y teatralidad; en la singularidad de su perspectiva cómica frente al tratamiento multidimensional al que se someten determinados temas del *Quijote* e incluso de algunas novelas ejemplares. Pero en la mayoría de los casos se ha negado cualquier tipo de ejemplaridad y algunas piezas hasta fueron consideradas frívolas o inmorales. Y sin embargo no falta en casi todos los entremeses, si no una moraleja explícita, por lo menos, como en el caso de las novelas ejemplares, algún «ejemplo provechoso» sobre la conducta del hombre como individuo y como ser social[6]. Este tipo de ejemplaridad puede resultar oscurecida si no se considera la advertencia explícita de Cervantes sobre la «propiedad» del lenguaje de los entremeses («es propio de las figuras que en ellos se introducen») y la implícita sobre la separación de estilos, la cual vale tanto para sus comedias como para los mismos entremeses. El mismo Lope de Vega, al constrastar en su *Arte nuevo de hacer comedias* (1609) «las comedias antiguas» (por ejemplo, el teatro entremesil del siglo XVI) con sus «comedias nuevas» observa que, a diferencia de las suyas, aquellas se atenían a unos rígidos principios neo-aristotélicos. Habla de «... la costumbre / de llamar entremeses las comedias / antiguas donde está en su fuerza el arte, / siendo una acción y entre plebeya gente, / porque entremés de rey jamás se ha visto». Es decir, el tratamiento cómico reservado a asuntos y personajes entremesiles es condicionado por el estamento al que los personajes pertenecen.

Una ojeada rápida al mundillo imaginario de los entremeses nos aclara inmediatamente el verso de Lope antes citado («porque entremés de rey jamás se ha visto»). Aparecen pueblerinos y labradores ricos *(El retablo*

---

[6] Cfr. Rafael Osuna, «La distribución de las obras literarias con referencia a los entremeses de Cervantes», en *Homenaje a William L. Fichter*, Madrid, Castalia, 1972, pág. 571.

de las maravillas; Los alcaldes de Daganzo); y, en general, seres marginados como rufianes y soldados apicarados *(El rufián viudo; La guarda cuidadosa)*; mujeres livianas y maridos impotentes y cornudos *(La cueva de Salamanca; El viejo celoso)*; ninfas y aventureros *(El vizcaíno fingido)*; escribanos oportunistas *(El juez de los divorcios)*; y toda una galería de tipos socio-literarios identificables: estudiantes farsantes, barberos cobardes, sacristanes enamoradizos, celestinas, vizcaínos, cristianos viejos, etc.

Como con *La Celestina* y otro género de ínfimo estilo —la novela picaresca—, se ofrece un panorama de vida urbana y, salvo en los casos del *Retablo de las maravillas* y de *Los alcaldes de Daganzo*, las figuras entremesiles cervantinas se mueven en la ciudad administrativa y burocrática de la España barroca. Esa ciudad (generalmente Madrid) les ofrece la máscara o anonimato y, con ello, la posibilidad de la negación o al menos de la desviación de las normas establecidas (véase, más adelante, el ejemplo de *El vizcaíno fingido)*[7].

Aunque no se trate, como en la picaresca, de un deseo consciente de romper los límites impuestos por la sociedad estamental (el pícaro —según ha confirmado Maravall— quiere «medrar» y opta así por conseguir su finalidad usando los medios que pueda) varios personajes entremesiles, y especialmente las mujeres, también instrumentalizan el sistema de valores, usurpando así los símbolos de las clases dominantes. De ahí que el amor, el honor, la lealtad, la generosidad, se utilicen en su contrapartida como objetos de placer y de cierto rencor[8]. Ese resentimiento ha sido ligado a las transformaciones sociales y, específicamente, a la separación entre hogar y trabajo que en la sociedad pre-capitalista del XVI y principios del XVII comienzan a convertir a la mujer,

---

[7] José A. Maravall, «Ciudad y campo: ecología de la vida picaresca», conferencia ofrecida en la Universidad de Minnesota (Estados Unidos) en un curso sobre picaresca (25 de abril a 4 de mayo de 1979).

[8] Maravall, «Libertad picaresca y conducta desviada», Universidad de Minnesota (25 de abril a 4 de mayo de 1979).

de un bien económico (recuérdese que en la Edad Media los hijos eran ayuda para el trabajo del padre), en un objeto de lujo. Así en *El viejo celoso*, por ejemplo, al analizar la relación entre Cañizares y Cristinica no se puede aludir simplemente al «pecado» de los celos de aquél y prescindir de un hecho implícito pero fundamental: la cosificación de la mujer sometida, por razones económicas y en tierna edad, a contraer matrimonio (claro está, dentro de su propia situación estamental) sin libertad de elección. Este tema, junto al de ilusión/realidad, engaño/desengaño, es uno de los predilectos de Cervantes y aparece con distintos matices tanto en otros entremeses como en sus comedias y novelas.

Aunque la mayoría de los personajes entremesiles se muevan dentro de un espacio urbano, hay dos entremeses de ambiente rural y pueblerino: *La elección de los alcaldes de Daganzo* y *El retablo de las maravillas*. En éstos el panorama de vida rural o aldeana sirve de contraposición burlesca a la imagen idealizada del campo que nos proporciona, por ejemplo, Lope de Vega en sus principales comedias de la primera década del XVII. Tanto en *El retablo* como en *Los alcaldes*, Cervantes «dialoga» con el tan trillado tema del «menosprecio de corte y alabanza de aldea», el cual en Lope había adquirido claras resonancias propagandísticas. Los labradores ricos del *Retablo* representan la desmitificación de un mito propagado por la comedia lopesca para respaldar los intereses monárquico-señoriales[9]. Con pocas excepciones los aldeanos y labradores de los entremeses son almas sin paz; son figuras cómicas y distorsionadas que se mueven dentro de una «arcadia» grotesca y conflictiva donde reina la impotencia debido a la ignorancia y al falso saber. Y hay más: como el anacrónico «caballero» de aldea, Don Quijote, los labradores entremesiles

---

[9] Cfr. los indispensables estudios de Noël Salomón, *Recherches sur le thème paysan dans la 'comedia' au temps de Lope de Vega*, Burdeos, 1965; y José Antonio Maravall, *Teatro y literatura en la sociedad barroca*, Madrid, 1972.

también pertenecen a esa «república de hombres encantados que viven fuera del orden natural», según la famosa observación de Martín González de Cellorigo[10].

Si por exigencias genéricas y de preceptivas socioliterarias el material entremesil requiere un tratamiento cómico-burlesco, no por eso esas piezas están exentas de seriedad. Ese mundo se revela en sus contradicciones y, entre burlas y veras, con ironía de doble filo, se pone en tela de juicio todo un sistema de valores que se había ido cuestionando a raíz de las transformaciones económicas y sociales anunciadas con insistencia desde la primera mitad del siglo XVI. Entre otras cosas, esas transformaciones se manifestaron en el desarrollo e incremento del dinero, cuya valoración va a implicar un cambio de actitud ante el mundo y la sociedad, y que, bajo la forma de salario, cambiaría la relación de hombre a hombre (véase el caso de *La Celestina)*; y, finalmente, en la despoblación del campo y aumento de la población urbana. Estos cambios estimularán el afán de medro y de lucro, y un anhelo por transformar las tradicionales relaciones entre estamentos. A este despertar se hace frente con una fuerte reacción en 1600, intensificándose así un proceso de «refeudalización» a favor de los intereses monárquico-señoriales iniciado ya en el siglo anterior. Esta represión y regresión tiene —según Maravall— una «fuerte sacudida sobre las conciencias» y crea un amplio repertorio de tensiones entre distintos grupos sociales: ricos y pobres, hombres y mujeres, etc. Así que las únicas salidas serán el bandolerismo, la vida picaresca, la prostitución, etc.[11].

En tanto que la novela picaresca nos ofrece una reacción adaptativa y rencorosa frente a esa situación, y la comedia barroca (especialmente la de Lope) se limita a reafirmar la legitimidad del sistema monárquico-señorial,

---

[10] *Memorial de la política necesaria y útil restauración de la república de España*, Valladolid, 1600, 2.ª parte, f. 25B.

[11] Maravall, «Introducción» al curso sobre picaresca, Universidad de Minnesota (25 de abril a 4 de mayo de 1979).

la estructura misma de los entremeses sugiere un estado de continua tensión entre la sociedad y los que psicológica, social o económicamente se apartan de sus normas. A diferencia de los desenlaces rituales de la comedia nueva en donde todo tipo de transgresión social, moral o política se adereza según las normas del sistema monárquico-señorial y contrarreformista —piénsese, por ejemplo, en los desenlaces de obras tan conocidas como *El castigo sin venganza*, de Lope y *El burlador*, de Tirso— en la estructura interna de los entremeses falta una auténtica resolución de conflictos. Cuando aparentemente la hay, como en el caso de *El rufián viudo*, se trata de una clara parodia. En *El rufián*, por ejemplo, las «bodas» entre el chulo Trampagos y su coima la Repulida son presenciadas y sancionadas por «su presencia real», es decir, por el rey de los rufianes: el legendario y mítico Escarramán, personaje de jácaras y de bailes lascivos. Se trata pues de una imitación burlesca de la acostumbrada intervención del rey en innumerables comedias de la época para restablecer, mediante el matrimonio, el orden social amenazado[12].

Ningún estudio global sobre el sentido de los entremeses cervantinos puede prescindir de las fechas de su producción y todo estudio puede comenzar modestamente con la de su publicación. La fecha 1615 representa la cumbre de la producción literaria cervantina, ya que a distancia de unos meses aparecen impresas *Ocho comedias y ocho entremeses nunca representados* y la memorable segunda parte del *Quijote*. Recuérdese también que dos años antes, en 1613, había hecho imprimir las *Novelas ejemplares*; en 1614, su *Viaje al Parnaso* y, en 1616, unos meses antes que muriera, dio a la imprenta su *Persiles*. Todas estas obras iban dirigidas al Conde de Lemos, su mecenas, de quien Cervantes, en constantes apuros económicos, esperaba «ayuda de costa». Ahora

---

[12] Cfr. Patricia Kenworthy, *The Entremeses of Cervantes: The Dramaturgy of Illusion*, Tesis Doctoral, Universidad de Arizona (Estados Unidos), 1976, pág. 28.

bien, si se hacen resaltar las fechas 1613-1616 es porque durante esos tres años Cervantes da a conocer casi la totalidad de su creación literaria, cuyos comienzos se remontan a 1585 con la publicación de la *Galatea* y cuya plenitud o fecundidad se comienza a cifrar con la publicación de la primera parte del *Quijote* (1605).

Todo parece indicar que las fechas de composición de los entremeses coinciden perfectamente con las del *Quijote*, en especial con la redacción de la segunda parte. Además, como se ha hecho en estudios recientes sobre *Don Quijote*, se puede observar en el plano estético de varios entremeses un mismo tipo de ideología mediatizada por toda una serie de convenciones; por motivos literarios y folklóricos y por la estructura particular de cada pieza. El punto de referencia para esta ideología es la dominante de la España monárquico-señorial, refeudalizada y en crisis, de los primeros 15 años del siglo XVII.

Como ejemplo preliminar permítaseme aludir brevemente al caso de *El vizcaíno fingido*, obra en que el tema convencional barroco *engaño/desengaño* funciona sobre el intento de aventureros y prostitutas de burlarse mutuamente y cuya ejemplaridad, por lo tanto, sólo puede entenderse al nivel del espectador, desengañado o edificado por un mensaje latente: la realidad de las falsas costumbres de la villa y de la corte[13]. Ahora bien, un análisis cuidadoso del discurso lingüístico y de la elaboración temática *engaño/desengaño* nos revela la existencia de una perfecta unidad entre los dos: el «desenmascaramiento» de Cristina y Brígida por parte de los embusteros Solórzano y Quiñones —jóvenes aristócratas ociosos— coincide con el desenmascaramiento de las prostitutas por vías legales, por ejemplo, mediante la promulgación de la pragmática de los coches (1611) cuyo fin correspondía a un intento de restablecer privilegios reservados tradicionalmente a la nobleza.

Además de la supuesta malicia, codicia o afán de lucro de las dos mujeres de la vida, lo que se desenmascara en

---

[13] Cfr. Canavaggio, *Cervantès dramaturge*, pág. 366.

último término es la falsa cortesía: la presunción de las dos en usurpar los símbolos de las clases dominantes. Asimismo el «coche» no es más que una «galera» (página 196) para la misma nobleza que ha quedado aprisionada por unas nuevas formas de vida, por ejemplo, por las exigencias de una vida ciudadana que se define por la comodidad, el lujo y el consumo. Entre burlas y veras, con ironía de doble filo, Cervantes convierte en material entremesil un tema de actualidad que unos años más tarde preocupará al arbitrista Pedro Fernández de Navarrete en su *Conservación de monarquías*: «y por lo menos se debiera prohibir con todo rigor que ninguna mujer de vida notada pudiera andar en coche... Parece asimismo conveniente que a los caballeros mozos, que para cumplir con su estado debieran ejercitarse en la caballería, se les prohibiesen los coches, en que se poltroniza la juventud...»[14].

Es imprescindible recordar, pues, que aunque los entremeses sigan y desarrollen cánones literarios establecidos, son el producto de una imaginación cuyas realidades existenciales se colocan dentro de unas realidades socio-económicas: la crisis de las primeras dos décadas del XVII. No creo que resulte atrevido decir que si *Don Quijote* (1605, 1615), según las acertadas tesis de Pierre Vilar y de J. A. Maravall, proyecta en sus páginas la imagen literaria de esa crisis[15] (identificada en su tiempo por arbitristas liberales como González de Cellorigo y Sancho de Moncada) también la proyectan la mayoría de sus entremeses. Así que, además de ser «juguetes de un cuarto de hora», según la definición de E. Asensio, los entremeses no carecen de seriedad. Por

---

[14] «Discurso XXXVII: Del gasto de los coches», *BAE*, vol. XXV, página 528.

[15] Cfr. Pierre Vilar, «El tiempo del Quijote», en *Crecimiento y desarrollo*, Barcelona, Ariel, 1976, págs. 332-346; y José A. Maravall, *Utopía y contrautopía en el Quijote*, Santiago de Compostela, ed. Pico Sacro, 1976. Véanse también González de Cellorigo, *op. cit.*, y Sancho de Moncada, *Restauración política de España* (Madrid, 1619), ed. Jean Vilar, Madrid, Instituto de Estudios Fiscales, 1974.

eso Cervantes invita al público lector a que haga una lectura reposada y reflexiva: «para que se vea de espacio lo que pasa apriesa, y se disimula o no se entiende cuando las representan». Aparte la ironía implícita en el hecho de que Cervantes no logró ver representados sus entremeses, es obvio que el autor nos está llamando la atención sobre esas piezas como textos literarios cuya lectura implica, más que un pasatiempo, una reflexión consciente sobre la conducta del hombre como individuo y como ser social marginado por sus limitaciones económicas, estamentales, intelectuales y psicológicas. Sólo podemos descartar nuestros prejuicios sobre la finalidad de este género de «ínfimo estilo» si la estructura interna de cada entremés se relaciona con la estructura de la España monárquico-señorial de 1600-1615.

El mundo entremesil cervantino: Conflictos, tensiones, marginalidad

Se ha dicho con razón que el teatro es «el arte del conflicto» y que la acción dramática resulta del choque producido entre los personajes (protagonistas y antagonistas) a nivel conceptual o vital[16]. En los entremeses cervantinos esos choques tienen raíces psicológicas y socio-económicas, y tienden a manifestarse en un distanciamiento de ciertas normas sociales y, en algunos casos, en la degradación o inversión de valores ético-morales de las clases dominantes. Finalmente, el proceso dialéctico al que se somete la acción dramática queda truncado y, debajo de unas resoluciones ilusorias, los conflictos permanecen[17]. Es decir, más allá del desenlace ritual

[16] José Ruibal, «Comentario» a *El bacalao*, en *Readings in Spanish Literature*, ed. Anthony Zahareas y Barbara Mujica, Nueva York, Oxford Univ. Press, 1975, pág. 355.

[17] Cfr. Wardropper, *op. cit.*, pág. 207: «al final de estos entremeses de Cervantes no hay reconciliación entre la sociedad y los que se apartan de su regla... Al final de las respectivas obras, todos estos personajes se hallan tan fuera de las normas sociales como lo estaban al principio».

y de rutina —sabido es que la mayoría de los entremeses acaban en fiestas— el mundillo imaginario donde operan esas figuras cómicas y distorsionadas (soldados parados, sacristanes acomodados y enamoradizos, labradores ricos e ignorantes, prostitutas hampescas y ninfas aventureras, maridos celosos, asexuales y crédulos, mujeres rebeldes, etc.) se define por su falta de orden, por su asalto a la inteligencia y, en último término, por su vuelta de espaldas a la lógica y a la reflexión.

Entre los temas elaborados por la literatura y el teatro barroco se destaca el del desengaño. En manos de ciertos autores ese tema llega a manipularse para desenmascarar las pretensiones de aquellos individuos o grupos que aspiran a usurpar símbolos o papeles sociales que no les corresponden —piénsese, por ejemplo, en el *Buscón* de Quevedo; en las «desgracias encadenadas» de Pablos de Segovia al fracasar repetidamente en su intento de negar la sangre (por ejemplo su ínfima genealogía) y llegar a ser caballero. Otras veces el tema adquiere resonancias metafísicas o teológicas. Así, en *La vida es sueño*, de Calderón, el príncipe Segismundo logra reintegrarse a la sociedad, de la que ha sido excluido por su padre el rey Basilio, después de aprender que *vivir es soñar* (representar); y en *El burlador* de Tirso, el desenfrenado Don Juan muere condenado al Infierno precisamente porque no ha logrado asimilar la misma lección moral. De ahí la moraleja expresada en la canción que sirve de núcleo temático a la obra: «Adviertan los que de Dios / juzgan los castigos grandes / que no hay plazo que no llegue / ni deuda que no se pague» (vs. 2.724-2.727) y «Mientras en el mundo viva, / no es justo que diga nadie, / "¡Qué largo me lo fiáis!", / siendo tan breve el cobrarse» (vs. 2.732-2.735). Don Juan muere por sus afrentas al orden social y moral, es decir, por no cumplir con la función social que le correspondía y por negar su propia temporalidad («¡Qué largo me lo fiáis!»).

Ahora bien, tanto la filosofía estoico-cristiana del *Buscón*, resumida en la reflexión de Pablos al final de su *Vida* («Y fuéme peor [en las Indias] pues nunca mejora su estado quien muda solamente de lugar y no de vida y costumbres») como la cristiano-católica expresada dramáticamente por Calderón en las metáforas *vida es sueño*, *mundo es teatro*, coinciden en reafirmar la primacía del espíritu sobre la materia y, en último término, en utilizar la temática del desengaño al servicio de una ética e ideología estamental. Esas concepciones ideológicas reflejan una posición contraria a los cambios y se dirigen «en contra de las nuevas estructuras económico-sociales burguesas» [18].

En las anticomedias o farsas cervantinas (entremeses) los valores «espirituales» asociados a un pasado mítico, medieval, se desmitifican y la temática del desengaño se seculariza. Salvo algunas excepciones, los tipos o individuos que salen a la escena se definen por su marginalidad y las tensiones que persisten entre individuos o grupos tienen raíces socio-económicas, psicológicas, raciales y sexuales. Así ocurre con el matrimonio, tema sobre el cual vuelve Cervantes repetidamente a lo largo de su producción literaria. En estas obras de «ínfimo estilo» la relación matrimonial se ve enmarañada en disputas judiciales *(El juez de los divorcios)*; se proyecta fuera de los límites legales *(El rufián viudo)*; y en algunos casos desemboca en la infidelidad y en el adulterio *(La cueva de Salamanca; El viejo celoso)*. Esa relación está casi siempre condicionada por determinadas realidades socio-económicas. Esas realidades operan incluso en los momentos en que la mujer elige libremente a su futuro marido *(La guarda cuidadosa)*. Y es que con la tendencia a la separación entre el hogar y el trabajo en la sociedad de 1600, la mujer pierde su iniciativa; se

---

[18] Sobre Calderón, cfr. Domingo Ynduráin, «El Gran Teatro de Calderón y el mundo del XVII», *Segismundo*, X, núms. 1-2 (1965), página 70. Sobre Quevedo, cfr. la observación de Salomón, *op. cit.*, página 259: «Quevedo... cherche querelle aux artisans, aux marchands, et à la plupart des types sociaux qui déployaient concrètement, dans les années 1600-1640, une activité manufacturière ou commerçante de type bourgeois. Par son hostilité aux positions idéologiques de la classe noble féodale-agraire à laquelle il appartient lui-même.»

convierte en un peso y, como consecuencia, está bajo el yugo del hombre. En palabras de M. González de Cellorigo, «las mujeres son... costosas», es decir, son objetos de regalo y de lujo. La mujer también queda sumamente afectada por la prohibición tridentina del matrimonio secreto. Con las reformas promovidas en Trento sus opciones se ven reducidas y a veces sus mismos padres o maridos la convierten en un objeto de intercambio[19].

En *El juez de los divorcios* tres parejas y un hombre solo reclaman el divorcio ante un tribunal civil compuesto por un juez, un escribano y un procurador. En el caso de la primera pareja (un vejete y su mujer Mariana) la mujer alude sin ambajes a la impotencia sexual de su marido. La Mariana no aguanta su suplicio. Después de veintidós años de matrimonio estéril reclama a gritos su libertad de acción y movimiento, identificando la represión sexual con la muerte. Con aire melodramático Mariana anuncia ante el juez que el suicidio es preferible a la continuación del matrimonio: «Vuesa merced, señor juez, me descase, si no quiere que me ahorque» (pág. 98). La mujer protesta el proceso de cosificación al que fue sometida por el Vejete al entrar muy jovencita «en su poder» y con «muy buen dote» y, entre burlas y veras, ofrece un comentario de cuyo tono secular se han hecho eco varios psicólogos y sociólogos en nuestros días: que el matrimonio habría de ser limitado a un determinado número de años, con posibilidad de libre renovación de contrato.

---

[19] Cfr. Maurice Molho, «Sur le discours idéologique du 'Burlador de Sevilla' y 'Convidado de Piedra' en *L'Idéologie dans le texte*, Actes du Colloque du Séminaire d'Études Littéraires, Université de Toulouse-Le Mirail, 1978, pág. 13 de la separata: «la conjugalité post-tridentine, apparemment libératrice, ne dit rien d'autre que l'appropriation par le mari d'une femme et au moyen de cette femme, des valeurs dont elle est le signifiant... Aussi ne s'étonnera-t-on pas que la femme, objet rituel d'échange l'orsqu'elle n'est pas occasion de plaisir, soit portée au niveau moral ou social le plus bas: celui de l'esclave. Sa loi sera d'être toujours, et dans tous les sens de ce terme, possédée».

Lo que en boca de este personaje entremesil suena estrafalario y risible, al establecer un enlace entre el plazo reservado a contratos de arrendamiento de las rentas reales y el plazo deseable para contratos matrimoniales, no deja que surja algún interrogante en la mente del público (ese público lector, culto, que sabe «ver de espacio lo que pasa apriesa») que se atreve a pensar. Por eso se subraya entre burlas y veras la angustia (el Infierno) a que quedan sometidos dos seres incompatibles para cumplir con unos preceptos socio-religiosos que en definitiva van en contra del verdadero matrimonio cristiano y de la misma salvación[20]. De ahí el grito de Mariana: «*En los reinos y en las repúblicas bien ordenadas, había de ser limitado* el tiempo de los matrimonios, y de tres en tres años se habían de deshacer, o confirmarse de nuevo, como cosa de arrendamiento, y no que hayan de durar toda la vida, *con perpetuo dolor de entrambas partes*» (pág. 98, cursiva mía)[21]. Queda claro

---

[20] Cfr. Stanislav Zimic, «El juez de los divorcios de Cervantes», *Acta Neophilológica*, XII (1979), pág. 21.

[21] Cfr., por otra parte, la observación de Periandro en el *Persiles y Segismunda*: «los matrimonios [no católicos] son una manera de concierto y conveniencia como lo es el de alquilar una casa o otra alguna heredad», mientras «en la religión católica, el casamiento es sacramento que sólo se desata con la muerte» (libro III, cap. VII); y la de Don Quijote en el episodio de las bodas de Camacho donde, tras el rechazo del matrimonio clandestino, concluye que: «La de la propia mujer no es mercaduría que una vez comprada se vuelve, o se trueca o cambia; porque es accidente inseparable que dura lo que dura la vida: es un lazo que si una vez le echáis al cuello, se vuelve en el nudo gordiano, que si no le corta la guadaña de la muerte, no hay desatarle» (II, 19). Francisco Márquez Villanueva, recogiendo una sugerencia de Américo Castro, opina que si las declaraciones de Don Quijote evocan las de Erasmo o Vives es porque Cervantes no quiere «caer en falta con la ortodoxia postridentina» (*Personajes y Temas del Quijote*, Madrid, Taurus, 1975, págs. 66-67). Sobre la concepción cervantina del matrimonio se han desarrollado varias polémicas. Marcel Bataillon, «Cervantes y el matrimonio cristiano», en *Varia lección de clásicos españoles*, Madrid, Gredos, 1964, págs. 238-255, aboga por el matrimonio cristiano: «la ortodoxia humana del siglo XVI, aquella de la que Cervantes participó con los más representativos de sus contemporáneos, llevó muy alta la dignidad del matrimonio, de la unión monogámica que

en esta reflexión de Mariana un anhelo de secularización en cuestiones matrimoniales. La referencia a «las repúblicas bien ordenadas» podría ser una alusión a los países «reformados», esos mismos donde, según Ricote (*Don Quijote*, II, 54), se vivía con «libertad de conciencia»[22].

Más que una simple separación del Vejete, Mariana busca un reencuentro con su propia materialidad. Rehúsa hallarse sujeta a convenciones sociales; reclama su libertad[23]. Cuando el Vejete propone que se repartan la hacienda y se encierren cada uno en un monasterio para «vivir en paz y en servicio de Dios» (pág. 101), Mariana protesta que está sana, «y con todos mis cinco sentidos cabales y vivos» (pág.101). Por medio de unas expresiones del juego de naipes Mariana afirma la primacía desbordante de la materia sobre el espíritu, apartándose así de toda convención social antihumana: «quiero usar dellos [de los sentidos] a la descubierta, y no por brújula [de forma recatada] como quínola dudosa» (pág. 101). El juez escucha su queja y, empleando las palabras de Pilatos cuando se niega a juzgar a Jesucristo, niega el divorcio porque no encuentra causa.

'sola la muerte puede romper'» (pág. 250). Por otra parte, según Américo Castro, *El pensamiento de Cervantes*, Madrid, 1925, segunda edición, Barcelona, 1972, pág. 376, n. 74, Cervantes cultiva la idea del matrimonio como unión libre, espontánea, armoniosa, sin necesidad de ceremonias. Dicho concepto, según Márquez Villanueva, *op. cit.*, pág. 67, «tiene tanto de revolucionario (por su sabor racionalista) como de tradicional, pues virtualmente viene a coincidir con la doctrina teológica anterior a Trento... Su interés consiste en marcar una clara distancia respecto a una de las tesis más propias del humanismo cristiano. Cervantes [a diferencia de Erasmo] se mantiene apegado al *consensus matrimonium facit...*».

[22] Recuérdese que Lutero y Calvino habían rechazado el carácter sacramental del matrimonio. Véase el artículo de M. Le Bras, «Mariage», en *Dictionnaire de théologie catholique*, tomo IX, col. 2225-2229.

[23] Cfr. lo que dirá años más tarde la protagonista de *La Serrana de la Vera*, de Vélez de Guevara: «No quiero ver que nadie me sujete, / no quiero que ninguno se imagine / dueño de mí, la libertad pretendo» (citado por Maravall, *Utopía y contrautopía*, *op. cit.*, pág. 180).

El mismo procedimiento judicial se utiliza con los otros pleiteantes —un impotente y famélico soldado y Doña Guiomar; un cirujano y una tal Doña Aldonza de Minjaca; un ganapán y su mujer ausente, la verdulera— y la esencia de la decisión oficial es captada por el estribillo con que termina la canción: «que vale el peor concierto más que el divorcio mejor» (pág.110).Ese estribillo sirve de núcleo temático y desenlace convencional al entremés. De ahí que ni la incapacidad sexual del Vejete; ni la insuficiencia sexual y económica del hidalgo Soldado; ni el odio que existe entre Doña Aldonza de Minjaca y el Cirujano («Lucifer»); ni el carácter soberbio y pendenciero de la mujer-prostituta del ganapán sean razones suficientes para que el juez apruebe el divorcio. A pesar de la observación del escribano de que no hay modo de resolver los sustanciales conflictos entre pleiteantes (¿«Quién diablos acertará a concertar estos relojes estando las ruedas tan desconcertadas?», pág. 107), el juez no concede el divorcio. A fin de cuentas el matrimonio cumple una función estabilizadora dentro de la estructural social. De ahí la decisión burocrática del juez («es menester que conste por escrito, y que lo digan testigos», pág. 109) y su esperanza de «que todos los presentes se apacigüen».

La «solución» del juez había sido adelantada por el procurador en un comentario que revela, irónicamente, tanto el parasitismo de los funcionarios como el mecanismo inmovilizador del estado: «todo el mundo ponga demandas de divorcios; que al cabo, al cabo, *los más se quedan como estaban*, y nosotros habemos gozado del fruto de sus pendencias y necedades» (pág. 109)[24]. Es decir, el recurso legal es puro inmovilismo; no es más que una trampa o ilusión.

Cervantes, cuyas desgracias matrimoniales son bien

[24] Para una caracterización ideológica de los funcionarios, entre ellos juristas, letrados, procuradores, notarios, etc., véase José María Díez Borque, *Sociedad y teatro en la España de Lope de Vega*, Madrid, Antoni Bosch, 1978, págs. 124-125.

conocidas[25], ha sometido a la óptica burlesca un tema cargado de potencialidad explosiva. El matrimonio como contrato socio-económico y lazo sacramental, sancionado por el Estado y la Iglesia post-tridentina, se explora mediante la farsa en términos de su conflictividad. La nota aparentemente armónica y festiva con que termina el entremés no coincide, pues, con la dinámica interna de la pieza: entre los personajes aprisionados por tensiones socio-psicológicas y socio-económicas no se ha resuelto nada.

Irónicamente, es en el mundo del hampa donde el «matrimonio» funciona sin conflictos y tensiones. Allí la unión entre hombre y mujer se opera a base de instintos e intereses y el sistema de valores que rige esas relaciones existe paralelamente, y como parodia, a los impuestos por las clases dominantes. En *El rufián viudo*, por ejemplo, el chulo Trampagos llora la muerte de su coima Pericona, de cuya prostitución dependía su sustento material. Nada menos que tres prostitutas pretenden sacarle de su pésame, prometiéndole bienes materiales y lealtad a cambio de su protección. Así se declaran las tres: la Mostrenca («Nacidas somos; no hizo Dios a nadie / A quien desamparase. Poco valgo; / Pero, en fin, como y ceno, y a mi cuyo / Le traigo más vestido que un palmito»); la Pizpita («Pequeña soy, Trampagos, pero grande / Tengo la voluntad para servirte; / No tengo cuyo, y tengo ochenta cobas») y la Repulida («Tuya soy; ponme un clavo y una S / En estas dos mejillas»).

Desde el *planctus* burlesco de los primeros versos («¡Ah Pericona, Pericona mía, / Y aun de todo el concejo...!») Trampagos alude al valor sexual y comercial de su difunta ninfa. Es el mismo valor que se atribuyen las tres

---

[25] Cfr. W. Rozenblat, «Por qué escribió Cervantes 'El juez de los divorcios'», *AC*, XII (1973), 129-135, opina que el canto del desenlace es convencional y que la «apariencia de verosimilitud» que Cervantes pretende darle, «no convence» (pág. 131); y, Zimic, *op. cit.*, pág. 24: «este final... no parece guardar relación alguna ni con los personajes ni con las quejas específicas en la obra».

prostitutas que le cortejan. Esas mujeres son además «ahorrativas», y la función que pretenden desempeñar al lado de Trampagos es tanto emocional como económica. Dentro de una estructura definida por su marginalidad son unas «perfectas casadas» que sustentan la sociedad rufianesca.

La contienda por el rufián Trampagos es ganada eventualmente por la Repulida y la unión, por ejemplo, el «matrimonio», entre los dos se legitima con la intervención del rey de los rufianes, Escarramán, quien les «honra» con bailes rufianescos y lascivos. En palabras de Joaquín Casalduero, «el bailarín entra, y mientras corre el vino, ese sátiro dirige el paso a las ninfas y se celebra la unión elemental del hombre y la mujer en una fiesta báquica»[26]. Esa unión hecha al margen de toda norma social se define por su falta de conflictividad y la fiesta bacanal dirigida por el mítico personaje de jácaras sirve de lógico desenlace a la farsa matrimonial.

Hasta ahora se ha ido comprobando cómo los personajes entremesiles son impulsados a operar fuera de las normas sociales y se ha observado que al final no hay ningún tipo de reconciliación con la sociedad. Además, se ha notado que los conflictos entre individuos permanecen y que el desengaño que emana de sus relaciones tiende a tener raíces psicológicas y socio-económicas. A continuación analicemos el caso de *El viejo celoso*, donde el motivo del adulterio se dramatiza explícita e implícitamente, en términos de sus raíces instigadoras: la impotencia sexual del viejo Cañizares, la pasión perversa de los celos, y las tensiones impuestas por unas realidades socio-económicas.

En *El viejo celoso* la joven mujer se siente aprisionada por unas normas sociales que la relegan a ser un simple objeto de lujo. Al serle negada toda relación física y moral busca su vía de escape: el adulterio. La trama de *El viejo celoso* es bien sencilla: Doña Lorenza fue casada

---

[26] Joaquín Casalduero, *Sentido y forma del teatro de Cervantes*, Madrid, Gredos, 1951, pág. 202.

con Cañizares, viejo rico, celoso e impotente. En el primer cuadro del entremés se establece la queja de aquélla: disfruta de regalos, dineros, joyas, etcétera, pero todavía no ha recogido los frutos matrimoniales. Su reacción frente a esa situación deshumanizadora y alienante no deja lugar a dudas: «¿De qué me sirve a mí todo aquesto, si en mitad de la riqueza estoy pobre, y en medio de la abundancia con hambre?» (pág. 257). La riqueza sin el amor es pobreza; es una forma de esclavitud. El matrimonio sin relación física y moral se convierte en un yugo legal; en una relación de dependencia. Bajo esas condiciones el matrimonio deja de ser «el legítimo ayuntamiento de un varón y de una mujer para convivencia y comunidad de toda la vida», según la definición de Juan Luis Vives[27].

La unión entre el rico setentón Cañizares y la jovencita Doña Lorenza no es una unión libre entre iguales pues, según Doña Lorenza, se hizo por imposición familiar: «¿Yo le tomé, sobrina? A la fe, diómele quien pudo; y yo, como muchacha, fui más presta al obedecer que al contradecir; pero, si yo tuviera tanta experiencia destas cosas, antes me tarazara la lengua con los dientes, que pronunciar aquel sí...» (pág. 258). Doña Lorenza sufre a consecuencia de un sistema de intercambio que predomina en la sociedad urbana: el dinero. La importancia del dinero como instrumento de poder económico décisivo que controla toda relación entre grupos y entre individuos, incluso en cuestiones matrimoniales, se ve claramente en la fuente de inspiración más inmediata de *El viejo celoso*. Esa fuente habría sido «Cervantes mismo que repetía al modo cómico la historia

---

[27] *Deberes del marido (De officio mariti*, 1528), traducción, comentario y notas por Lorenzo Riber, Madrid, Aguilar, 1947, pág. 1.270. Cfr. Américo Castro, «La ejemplaridad de las novelas cervantinas», en *Hacia Cervantes*, 2.ª ed. revisada, Madrid, Taurus, 1960, página 359: «Luis Vives y Mateo Alemán se habían olvidado de la belleza de un cuerpo joven al proponer sus ideales de matrimonio perfecto.»

de *El celoso extremeño*, Carrizales, rebautizado en Cañizares»[28].

La novela ejemplar, que inspira y precede al entremés, nos proporciona el perfil psicológico y socio-económico del viejo: Felipe Carrizales es un hidalgo que pasó unos veinte años en las Indias donde, «ayudado de su industria y diligencia, alcanzó a tener más de ciento y cincuenta mil pesos ensayados». Se trata pues de un *self-made-man* cuya movilidad social y bienestar económico se deben claramente a los tratos y contratación con otros hombres, es decir, a sus actividades mercantiles. Al volver a España a los 68 años, consciente de su riqueza, decide casarse con Leonora, doncella de «trece o catorce» años, hija de unos nobles venidos a menos. El narrador precisa que «de su natural condición [Carrizales] era el más celoso hombre del mundo»[29] y que por lo demás se definía por su liberalidad. A Leonora, por ejemplo, le había otorgado una dote de veinte mil ducados y él mismo llega a precisar que con esa cantidad de dinero,

---

[28] Asensio, «Introducción», pág. 26. Sobre la riqueza de «fuentes» para *El viejo celoso*, cfr. Canavaggio, págs. 158 y 174, notas 64-69: «Si, en effect, l'argument de cet intermède reproduit intégralement le canevas élaboré par la tradition orale, la plupart des temps forts de l'action portent également la marque de cette tradition progressivement stylisée par Boccace et ses émules: incompatibilité du barbon jaloux et de sa jeune femme (64), plaintes de l'héroine, offres de service d'une entremetteuse, scrupules momentanés de l'infidèle (65), complicité d'une suivante (66), entrée subreptice du galant (67). Dans ce faisceau de références —qui, aux réminiscences des *novellieri* mêle sans doute le souvenir diffus de Boiardo et du *Mambriano* (68)— une influence privilégiée paraît avoir joué un rôle déterminant: celle d'une nouvelle de Bandello que la plupart des exégètes ont inexplicablement passée sous silence, et dont Stanislav Zimic a eu le mérite de dégager l'importance (69).» Zimic, «Bandello y El viejo celoso», *Hispanófila*, 31 (1967), 29-41, contrasta este entremés con una *novella* (parte i, nov. 5), de Matteo Bandello («Bindoccia beffa il suo marito che era fatto geloso») y denota una semejanza «visible en el tema, en los episodios, en algunas expresiones verbales y, muy importante, en el tono general del entremés» (pág. 34).

[29] *Novelas ejemplares*, 2 vols., edición de Harry Sieber, Madrid, Cátedra, 1980, II, pág. 102. Las citas subsiguientes de *El celoso extremeño* remiten a esta edición.

«más de tres de su misma calidad se pudieran casar con opinión de ricas» (pág. 132). En cuanto a su relación con los suegros, «les daba tantas dádivas —según el narrador— que, aunque tenían lástima a su hija por la estrecheza en que vivía [por estar encerrada], la templaban con las muchas dádivas que Carrizales, su liberal yerno, les daba» (pág. 105).

En la novela, e implícitamente en el entremés, el matrimonio es un trámite comercial y los objetos de intercambio son el dinero (o lo que lo sustituye: regalos, dádivas, etc.) y la mujer. El resultado de esa relación, cosificada y sometida a la pasión de los celos, es el adulterio, en el cual coinciden tanto *El viejo celoso* como la primera redacción de *El celoso extremeño*[30].

Ahora bien, por exigencias genéricas el mismo argu-

---

[30] Recuérdese que hay una variación sustancial entre la versión del manuscrito del licenciado Porras de la Cámara (*El celoso extremeño* figura junto a *Rinconete y Cortadillo* y *La tía fingida* en una *Compilación de curiosidades españolas* que preparó el licenciado para solaz de Fernando Niño de Guevara, nuevo cardenal-arzobispo de Sevilla en 1600) y el texto impreso en 1613 dentro de la colección de *Novelas ejemplares.* Américo Castro, «El celoso extremeño de Cervantes», en *Hacia Cervantes*, *op. cit.*, pág. 327, sugiere que el texto de 1613 «fue una concesión a la 'ejemplaridad', que rompía el plan inicial de la novela». En su estudio sobre «La ejemplaridad de las novelas cervantinas», en *op. cit.*, págs. 372-373, Castro hace notar que, pasados apenas dos años, Cervantes dará a la estampa una versión «a lo lascivo» de *El celoso extremeño* y que esa vuelta del péndulo no se puede atribuir exclusivamente a razones genéricas: «El entremés de *El viejo celoso* pertenece a otro género literario, sin duda. Pero yo no quiero jugar a las abstracciones desvitalizadas e irreales. Ni las exigencias del género 'novela corta' requerían que Loaysa y Leonora se durmieran uno en brazos de otro sin cometer el pecado de lujuria y adulterio, ni las del género entremés implicaban dar una versión de la misma escena en la forma más lúbrica y desvergonzada que registra la literatura española después de los cinismos de *La Celestina* y de *La lozana andaluza*» (pág. 372). Según Castro, el cambio o, mejor dicho, la vuelta «a lo lascivo» se debe a «la radical polaridad» de la vida de Cervantes: «Lo decisivo aquí es el 'género' de la situación vital del escritor, no el de una existente abstracción retórica forjada en favor de alguna 'domo nostra'.» No convence del todo la más reciente interpretación de Castro, «Cervantes se nos desliza en 'El celoso extremeño'», *Papeles de Son Armadans*, XIII (1968), 205-222.

mento se presenta en las dos obras con enfoques y técnicas distintas. Eugenio Asensio observa con razón que «en la novela la seducción de Leonora se desarrolla lentamente, gradualmente, apoyada en justificaciones internas, en eslabonamientos causales, con la colaboración del ambiente y del coro de los servidores. En el entremés el arduo problema de honor se resuelve en un brevísimo diálogo con Cristina, la niña perversa, y la falta [el adulterio] se consuma sin más asistencia que la de Ortigosa la alcahueta» (pág. 27). Muy dudosa, sin embargo, es su conclusión: que el entremés sólo aspira a «la jocosidad»[31]. El adulterio de Doña Lorenza en *El viejo celoso* y la petición de Mariana en *El juez de los divorcios* van más allá de la risa: son reacciones a los poderes; a las realidades psicológicas y socio-económicas que pesan sobre ellas. En último término vienen a cuestionar el matrimonio como institución jurídica hueca y como estructura represiva. Sólo así se puede entender el desengaño, el sentimiento de alienación que brota de las quejas de Mariana y el desahogo sexual de Doña Lorenza al rebelarse contra la sujeción que sufre a manos del viejo, rico, celoso y asexual Cañizares.

La ceguera del viejo celoso en cuestiones sexuales se revela en un diálogo con la alcahueta Ortigosa, a quien le llega a decir que «Doña Lorenza, ni tiene madre [matriz] ni dolor de muelas» (pág. 269). La rebeldía de Doña Lorenza, instigada por su criada Cristina y la tercera Ortigosa, se manifiesta en el adulterio. Encerrada con un galán en su cuarto alaba su buena ventura mientras el marido escucha, con incredulidad, detrás de la puerta, la descripción de la cópula («¡Si supieses qué galán me ha deparado la buena suerte! Mozo, bien dispuesto, pelinegro y que le huele la boca a mil azahares», página 271) y más adelante describe el acto sexual al decirle a Cañizares que también le «tiemblan [las carnes]» (pág. 271). El engaño acaba por adquirir una agresividad física: precisamente en el momento en que Cañizares

[31] Asensio, «Introducción», pág. 27.

trata de entrar por la puerta, le dan con una bacía de agua en los ojos (es el agua sucia con que Doña Lorenza ha lavado «las barbas» del galán pelinegro). Ese truco facilita la huida del mozo (del hombre sin nombre) y orienta la pieza hacia un desenlace convencional: llegan un alguacil, unos músicos, y un bailarín y Cañizares los despide puesto que, «ya mi esposa y yo quedamos en paz» (pág. 273).

En *La Cueva de Salamanca* también se dramatiza el tema de la infidelidad matrimonial desde una perspectiva cómico-burlesca que se dirige hacia la irracionalidad del marido burlado. Entre los recursos utilizados por Cervantes en este entremés destacan el motivo de la magia y del falso saber y la técnica de la duplicación interna[32].

A diferencia del desconfiado viejo celoso, Cañizares, Pancracio es poco más que un marido bobo, manipulado, y por su manera de interpretar los signos lingüísticos y visuales nos recuerda a ese tipo tan conocido de los *pasos* de Lope de Rueda. Leonarda, su mujer, es la manipuladora inicial, dejando ese papel al estudiante Carraolano cuando éste se ve obligado a recurrir a su ingenio (a sus supuestos poderes mágicos) para salvaguardar su propio pellejo y ofuscar las relaciones adulterinas de Leonarda y el sacristán Reponce.

Al comienzo del entremés, Leonarda hace el papel de la esposa respetuosa y sumisa. Así, cuando Pancracio está a punto de salir de viaje (piensa ausentarse unos cuatro o cinco días, para ir a presenciar las bodas de su hermana en otro pueblo), Leonarda se queja de su próxima ausencia, derrama lágrimas, suspira y se desmaya. La actuación de la mujer (de ese «espejo del matrimonio», según se le alaba Cristina a Pancracio) resulta tan creíble que el marido manipulado piensa recurrir a un conjuro para reanimarla: «diréle *unas palabras* que sé al oído, *que tienen virtud* para hacer volver de los desmayos» (cursiva mía, pág. 238). Pancracio muestra así cierta pre-

---

[32] Cfr. Wardropper, *La comedia española del Siglo de Oro*, páginas 204-205.

disposición hacia la magia y el falso saber y, por eso, jamás logrará distinguir entre la realidad empírica y la ilusión fantástica. Su huida de la realidad, como la de los labradores-administradores del *Retablo de las maravillas* (véase Introducción, sec. IV), se ancla en una obsesión y se manifiesta en una negación de todo proceso racional. En su caso, la atracción extrema que tiene por la magia le convierte en víctima, en marido burlado.

El estudiante manipulador había llegado a pedir posada en el momento en que Leonarda y su amante, el sacristán Reponce, junto a Cristina y su amigo, el barbero Roque, estaban a punto de empezar a celebrar con una cena orgiástica la salida del ingenuo Pancracio. Al volver éste inesperadamente a su casa, cuando se estropea el coche en que viaja, Carraolano se ve obligado a valerse de su industria para sacar a todos del apuro. En ese momento el gorrón se convierte en nigromante; en transmisor del saber prohibido por la Iglesia y castigado por la Inquisición[33]. Ese saber dice haberlo aprendido en la cueva de Salamanca donde, según la leyenda (véase texto, n. 1), el demonio enseñaba ciencia y malas artes.

El diálogo inicial que sostiene el estudiante embaucador con el crédulo marido prepara el terreno para el conjuro burlesco y «teatral», por medio del cual los «demonios» desfilarán ante Pancracio asumiendo las figuras del Sacristán y del Barbero. Frente a Pancracio, el estudiante se identifica como discípulo del demonio y poseedor de poderes mágicos y prohibidos:

> EST. La *ciencia* que aprendí en la Cueva de Salamanca, *de donde yo soy natural*, si se dejara usar sin miedo de *la Santa Inquisición*, yo sé que cenara y recenara a costa de mis herederos; y aun quizá no estoy muy fuera de usalla..., pero no sé yo si estas señoras serán tan secretas como yo lo he sido (cursiva mía, pág. 251).

---

33 *Ibíd.*, pág. 205.

Pancracio se siente atraído por esos poderes y está dispuesto a arriesgarlo todo (hasta una denuncia a la Inquisición) con tal que logre «ver» alguna manifestación de la «ciencia» que, según Carraolano, se aprende en la cueva. Ese deseo por constatar los efectos de un saber prohibido es, según la declaración irónica de Pancracio, extremado:

> PANC. No se cure dellas, amigo, sino haga lo que quisiere, que yo les haré que callen; y ya *deseo en todo estremo ver* algunas destas cosas que dice se aprenden en la Cueva de Salamanca (cursiva mía, pág. 251).

La pasión de Pancracio por la magia negra le quita la luz de su disminuido entendimiento y contribuye a desencadenar la farsa: tras el conjuro libresco[34] del es-

---

[34] Sobre la literariedad de *La Cueva de Salamanca*, véase Asensio, «Entremeses», pág. 191: «hilos de parodia se entrelazan por la trama entera, sin que adivinemos siempre con puntualidad el objeto literario parodiado». Los buscadores de fuentes han indicado las deudas de Cervantes con los *novellieri* italianos (Boccaccio, Bandello, Cinzio). Canavaggio, *Cervantès*, pág. 157, ofrece un buen resumen de las varias hipótesis críticas sobre ese aspecto, subrayando la importancia de algunas (Fichter, Recoules, véase más adelante) y las limitaciones de otras (Cotarelo Valledor, Giannini, Northrup y Trachman): «leur schéma fondamental —l'infidélité de l'épouse, le retour inopiné du mari, la célébration de sa naïvetée— constitue une donnée trop générale et trop souvent exploitée pour qu'on puisse en induire une filiation dont l'aboutissement serai *La Cueva de Salamanca*». Las fuentes literarias más sugestivas parecen ser una *novella* de Bandello (parte I, nov. 35: «Nuovo modo di castigar la moglie, ritrovato da un gentiluomo veneziano») y la «Patraña X» de Timoneda. Véanse, respectivamente, los estudios de W. L. Fichter, «La cueva de Salamanca y un cuento de Bandello», en *Studia Philologica. Homenaje ofrecido a Dámaso Alonso*, 3 vols., Madrid, Gredos, 1960, I, págs. 525-528; y Henri Recoules, «Cervantes y Timoneda y los entremeses del siglo XVII», *Boletín de la Biblioteca Menéndez y Pelayo*, XLVIII (1972), 231-291. Canavaggio, pág. 157, sostiene que la mencionada *novella* de Bandello funciona a nivel «d'un ferment qui a révélé a Cervantès la légitimité littéraire du folklore... aussi d'une médiation qui... a facilité la mise en forme des données diverses dérivées de la tradition orale». Sobre la función limitada de los paradigmas en las grandes creaciones literarias,

tudiante nigromante (véase texto, n. 62), los «demonios» (el Sacristán y el Barbero) salen de la carbonera donde estaban escondidos y Pancracio hasta les invita a cenar.

Como en el caso del *Retablo de las maravillas* (véase sección IV) —donde la intervención del Furrier no logra romper la ilusión del retablo mágico que trae Montiel (Chanfalla)—, la realidad de la representación interior se sostiene. Pancracio queda irrevocablemente burlado, y, más deseoso que nunca de adquirir poderes mágicos, se declara aprendiz de los mismos «demonios»:

> PANC. Entremos; que quiero averiguar si los diablos comen o no, con otras cien mil cosas que dellos cuentan; y, por Dios, que no han de salir de mi casa *hasta que me dejen enseñado* en la ciencia y ciencias que se enseñan en la Cueva de Salamanca (cursiva mía, pág. 257).

Ahora bien, aunque en el entremés de *La Cueva de Salamanca* no se exploren las raíces socio-económicas del matrimonio, el tema de la infidelidad matrimonial se inscribe dentro de una perspectiva consistente que hace recaer sobre los maridos la principal responsabilidad en los casos de adulterio[35]. Así, en *El viejo celoso* se trataba, como hemos visto, de la impotencia sexual del viejo Cañizares y de su celosa cosificación de la joven mujer. En *La Cueva de Salamanca*, Pancracio sale burlado por su credulidad excesiva; por la ceguera de la superstición y del falso saber; y por su creencia en demonios y nigromancia.

---

véase el comentario de A. Castro, «La ejemplaridad de las novelas cervantinas», *art. cit.*, pág. 73: «Un verdadero creador usa el género, o el tópico que sea, como condición o instrumento, pero la realidad que pone en ellos es la creada, inventada por él, no la acarreada por ningún aluvión de tópicos.»

[35] Cfr. Robert V. Piluso, *Amor, matrimonio y honra en Cervantes*, Nueva York, Las Américas, 1967, pág. 96; y Castro, *El pensamiento de Cervantes*, *op. cit.*, pág. 129.

Bajo el ritmo jocoso y festivo de las farsas entremesiles cervantinas, a través de los diálogos estrafalarios de «personajes-tipos», se esconden ideas sobre España. Las ideologías de la España de principios del XVII *entran en los textos*, aunque sea de modo indirecto. Las burlas tienen, en último término, un contenido ideológico.

LA REPRESENTACIÓN ENTREMESIL DEL DRAMA URBANO: LOS EJEMPLOS DE «EL VIZCAÍNO FINGIDO» Y «LA GUARDA CUIDADOSA»

Ya desde la primera mitad del siglo XVI se postula en España una relación causal entre la vida en la ciudad y la pérdida de valores ético-sociales. Esa relación se manifiesta en una actitud de individualismo que en último término desemboca en una línea desviada de conducta; en una negación de normas. Así, en su *Menosprecio de corte y alabanza de aldea* (1539), Fray Antonio de Guevara contrapone la soledad, libertad e intimidad de la vida campestre o de la pequeña comunidad a los poderes que la institución urbana impone sobre el individuo[36]. Pues, lejos del trato familiar que caracteriza la vida aldeana, en medio de la maldad física y moral que caracteriza el ambiente urbano, el individuo se halla fuera de sí mismo, alienado.

La España de principios del siglo XVII era efectivamente una sociedad rural y «las ciudades, numerosas y en expansión, al no ser centros de producción industrial, eran, esencialmente, tumores parásitos de una economía agraria»[37]. Esas ciudades eran centros de atracción y, según textos de la época, verdaderas Babilonias y «madre» de todos: sub-empleados y parados, mendigos y aven-

---

36 Julio Caro Baroja, *La ciudad y el campo*, Madrid-Barcelona, Alfaguara, 1966, págs. 14, 198; y, ante todo, Antonio de Guevara, *Menosprecio de corte y alabanza de aldea* (1539), ed. M. Martínez de Burgos, Madrid, 1915, Clásicos Castellanos, núm. 29.

37 Véase John Lynch, *España bajo los Austrias*, 2 vols., Barcelona, 1972, II, pág. 6.

tureros, mercaderes y artesanos se aproximan, aunque sea en un sentido espacial y simbiótico, a los que viven de cargos y rentas; a burócratas y nobles cortesanos y rentistas[38]. Entre esas ciudades parásitas se destaca Madrid, el eje político de la España barroca. La capital se distingue de otros centros urbanos por su economía de servicios y por la producción de artículos artesanales y de lujo destinados al consumo interno de la corte[39]. Es decir, en Madrid no se trabaja en actividades productivas y la norma es vivir en la ociosidad. La ciudad se ha convertido en un centro de gasto y de consumo, particularmente en cuestiones de alimentación y de lujo[40]. Allí —según un conocido texto de A. Liñan y Verdugo— las relaciones sociales se convierten en teatro; en apariencias: «no se persuada que es todo oro lo que reluce..., y muchas de estas cortesías son socarronerías: ni fíe en galas, ni en gracias, ni en apariencias, ni en presencias, ni en riquezas exteriores, si no sabe los oficios interiores a qùe se ganaron»[41].

---

[38] Lynch, pág. 194. Cfr. J. M. Díez Borque, *Sociedad y teatro*, *op. cit.*, pág. 121.

[39] Díez Borque, *op. cit.*, pág. 121.

[40] Sobre las coincidencias entre el desarrollo del consumo en las ciudades y «las dificultades técnicas de gobernar el mecanismo de la moneda», con la baja inevitable de la producción, véase José A. Maravall, «Reformismo social-agrario en la crisis del siglo XVII: Tierra, trabajo y salario según Pedro de Valencia», *Bulletin Hispanique*, LXXII (enero-junio, 1970), pág. 15. Un escritor importante del siglo XVII —Martínez de Mata— observa que el ocio y las actividades improductivas de los españoles se deben menos a «la haraganería y presunción vana de caballería de los españoles» que a realidades económicas: los productos importados del extranjero habían matado la industria nacional (citado por José A. Maravall, *Estado moderno y mentalidad social*, 2 vols., Madrid, Revista de Occidente, 1972, II, pág. 377). Cfr. el arbitrista Sancho de Moncada, *op. cit.*, pág. 121: «se debe vedar sacar los materiales, y entrar las mercaderías labradas, porque no entrando en España otras, ni teniendo los materiales otro gasto, se labren. Con esto se evita la ociosidad, y vicios que nacen de ella, ganarán todos de comer, cosecheros, oficiales, mercaderes, labradores, señores de rentas eclesiásticas, y seglares, y todos».

[41] *Guía y avisos de los forasteros que vienen a la corte*, ed. Edisons Simons, Madrid, Editora Nacional, 1980, pág. 105.

En la medida en que los tratos sociales están condicionados por «riquezas exteriores», constituyen una posible subversión del orden estamental. A esa situación se intenta hacer frente con pragmáticas (la de los coches en enero de 1611, por ejemplo) y probanzas (entre ellas la de la limpieza de oficios) con el propósito de reafirmar privilegios reservados tradicionalmente a la nobleza[42].

En *El vizcaíno fingido* y en *La guarda cuidadosa* se filtran muchas de las tensiones que agitan a la sociedad madrileña en la primera década del siglo XVII. En las dos piezas, bajo la óptica burlesca de un Cervantes distanciado de sus criaturas, asoman las verdades. Como apunta el mismo Cervantes en el «Prólogo» a *Ocho comedias y ocho entremeses* (1615) y en la *Adjunta al parnaso* (1614), sus textos teatrales —entre ellos los de ínfimo estilo— necesitan ser sometidos a una lectura reflectiva y reposada, pues sólo en el acto receptivo de la lectura se pueden entender o percibir los mensajes latentes. En *La guarda* y, especialmente, en *El vizcaíno* se trata de una recepción privilegiada que apunta hacia mensajes ocultos sobre los falsos valores de la urbe y de la corte. Pues allí, donde el dinero condiciona los tratos sociales, detrás de las engañosas apariencias, la vida se define

---

[42] Sobre la importancia y función de las pruebas de «limpieza de oficios», véase Antonio Domínguez Ortiz, «Unas probanzas controvertidas», en *Les cultures ibériques en devenir (Essais publiés en hommage à la mémoire de Marcel Bataillon)*. Fondation Singer-Polignac, 1979, página 181: «No se ha insistido... bastante en que además de una limpieza de sangre había una *limpieza de oficios*, es decir, que se exigía... la prueba de que el pretendiente, así como sus ascendientes, no habían ejercido profesiones incompatibles con la hidalguía...» Recuérdese que en el *Buscón* de Quevedo, Don Felipe Tristán (Pablos) fue desenmascarado precisamente cuando Don Diego Coronel se puso a «inquirir quién era y de qué vivía» (ed. Fernando Lázaro Carreter, Salamanca, 1965, pág. 238). La mencionada pragmática sobre la reglamentación de los coches, publicada por Felipe III, el 3 de enero de 1611, ha sido reproducida por Manuel José García, *Estudio crítico acerca del entremés 'El vizcaíno fingido' de Miguel de Cervantes Saavedra*, Madrid, 1905, págs. 92-96.

por otras realidades: el paro, el sub-empleo, la prostitución, el trato al pormenor, el ocio y, en definitiva, por una crisis general de valores.

El fingir o el aparentar es indiscutiblemente uno de los temas de *El vizcaíno fingido* y abarca la conducta de un platero mujeriego, la de un alguacil abierto al soborno, la de unas prostitutas ambiciosas, y la de unos jóvenes aristócratas ociosos[43]. La trama de la pieza es bien sencilla: Solórzano, joven noble, ocioso y aventurero, piensa burlarse de una tal Cristina, conocida ninfa sevillana. Tras explicarle a su amigo y cómplice Quiñones que «esta burla... ni ha de ser con ofensa de Dios ni con daño de la burlada» (pág. 193), se presenta ante Cristina: «soy un cortesano a quien vuestra merced no conoce» (pág. 198). En seguida, y frente a la ninfa Brígida, le alaba el hijo de un amigo suyo («vizcaíno, muy galán... un poco burro... muy amigo de damas», pág. 199) y propone que se aprovechen de su liberalidad:

> aquí le desollaremos cerrado como a gato; y para principio traigo aquí a vuestra merced esta cadena..., que pesa ciento y veinte escudos de oro, la cual tomará vuestra merced y me dará diez escudos agora, que yo he menester para ciertas cosillas, y gastará otros veinte en una cena esta noche... (pág. 199).

Tras haberse asegurado Cristina de un platero que la cadena «pesa ciento y cincuenta escudos de oro de a veinte y dos quilates» (pág. 203), le entrega a Solórzano los diez escudos y se declara dispuesta a encargarse de la cena de la noche. El desenlace no lleva sorpresas: tras

---

[43] Cfr. el uso del pronombre personal *vos* entre Solórzano y Quiñones y la utilización de la forma más informal, *tú*, entre las falsas cortesanas. *Vuestra merced* es utilizado por Solórzano de modo burlesco cuando se dirige a la ninfa Cristina para engañarla: «tiene vuestra merced fama de la más discreta dama de la corte» (pág. 200). Véase también Hayward Keniston, *The Syntax of Castilian Prose, The Sixteenth Century*, Chicago, The University of Chicago Press, 1937, páginas 42-44.

la aparición del falso vizcaíno (Quiñones) en casa de la ninfa, Solórzano reclama la cadena, acusando a Cristina de haber sustituido una falsa, de alquimia, por la auténtica de oro (págs. 210-212). Cristina cae en la cuenta de que ha sido burlada pero no puede recurrir a la justicia por ser quien es: «si a las manos del corregidor llega este negocio, me doy por condenada» (pág. 211). Solórzano promete no reclamarle la cadena si Cristina soborna al alguacil y se encarga de la prometida cena. La prostituta acepta las condiciones expuestas aunque la cena será más modesta: «Págueselo a vuestra merced todo el cielo; al señor alguacil daré media docena de escudos, y en la cena gastaré uno, y quedaré por esclava perpetua del señor Solórzano» (pág. 213). En ese momento entran dos músicos y Quiñones. Los músicos recitan un romance de Quiñones sobre la condición vanidosa de la mujer y el entremés acaba aparentemente en fiesta.

Esta trama convencional se ve circunscrita a un discurso en que se alude a una degradación de conceptos que pertenecen originalmente al campo de la vida noble. Así, en la primera escena de *El vizcaíno fingido*, en un diálogo entre Cristina y Brígida, se enlaza el contenido de una nueva pragmática sobre la reglamentación de los coches con las implicaciones que esa ley supone tanto para las mujeres «alegres» como para los caballeros mozos que, «sin acordárseles que había caballos y jineta» (pág. 196) pasan el tiempo ociosamente. Cristina relaciona la promulgación de la ley de coches con la pérdida de valores nobiliarios, aliviando así las preocupaciones de Brígida de que la pragmática se dirija exclusivamente a mujeres como ellas.

Ahora bien, de la comicidad del diálogo entremesil entre Cristina y Brígida se percibe una crítica social que se inserta dentro de la problemática del XVII: si, por un lado, la reglamentación del uso de los coches es un intento de restablecer privilegios reservados tradicionalmente a la nobleza, por otro lado implica una toma de conciencia, de parte de los grupos de poder, de que existe una crisis de valores y que urge hacer algo para restaurarlos[44]. La explicación racional de Cristina, apoyada en la metáfora *coche-galera*, apunta hacia una verbalización cómico-burlesca de esa crisis:

> Según he oído decir, andaba muy *decaída la caballería* en España, porque se empanaban diez o doce caballeros mozos en un coche y *azotaban las calles de noche y de día*, sin acordárseles que había caballos y jineta en el mundo; y, como les falte la comodidad de las galeras de la caballería, con quien sus antepasados se honraron (cursiva mía, pág. 196).

El «coche» es la «galera» donde se confunden clases y jerarquías; es, además, la cárcel a donde se ha ido a deshonrar la joven nobleza ociosa y adamada, tras el abandono de los ideales guerreros de sus antepasados.

El comentario de la ninfa Cristina sobre los designios oficiales de reglamentar el uso de los coches se define por su comicidad e ironía. Al mismo tiempo que alaba la disposición que prohíbe los coches a los caballeros mozos —pues sin esas «galeras» volverían a resucitar la demostración del valor guerrero— sugiere que la antigua función del caballero de defender a los demás por medio de las armas ha sido superada por las realidades sociales y estratégicas de la milicia de 1600. Sabido es que la guerra se desenvuelve ya entre cuerpos profesionales y que sus miembros se reclutan de entre todas las clases. En las estrategias militares de los siglos XVI y XVII la infantería eclipsa a la caballería. La calidad de los combatientes (caballeros) es reemplazada por la cantidad (soldados a pie armados con una pica)[45].

---

[44] Cfr. el arbitrista P. Fernández de Navarrete, *op. cit.*, pág. 529.

[45] Según Geoffrey Parker, *El ejército de Flandes y el camino español, 1567-1659*, Madrid, Revista de Occidente, 1972, págs. 39, 46, 209, 326, la caballería casi no se usa en las guerras de los Países Bajos. El predominio de la infantería en Europa se comienza a establecer después de la década de 1470.

El léxico militar viene a ser usurpado por Cristina para convencer a su amiga Brígida de que se preocupa innecesariamente de los posibles efectos de la pragmática sobre el desempeño de su oficio de «cortesana». Así, cuando Brígida comenta con inquietud que «es con condición que [los coches] no se presten, ni que en ellos ande ninguna [puta]... ya me entiendes» (pág.196), Cristina logra apaciguarla:

> Ese mal nos hagan; porque has de saber, hermana, que está en opinión, entre los que siguen la guerra, cuál es mejor, la caballería o la infantería, y hase averiguado que la infantería española lleva la gala a todas las naciones. Y agora podremos las alegres *mostrar a pie* nuestra gallardía..., y más yendo *descubiertos los rostros*, quitando la ocasión de que *ninguno se llame a engaño* si nos sirviese, pues nos ha visto (cursiva mía, pág. 196).

Aunque no puedan disimular su falsa cortesía en los coches y tengan que ir por las calles con los rostros descubiertos, en definitiva no cambiará nada[46]: Fingirán a pie, cara a cara. La caballería ha dejado el paso a la infantería, y también está claro que el intento anacrónico de restaurar un antiguo sistema de valores por medio

[46] Sobre la falta de eficacia de esas leyes, cfr. Sancho de Moncada, *op. cit.*, pág. 201: «las leyes de España deben de pasar de cinco mil, porque solas las de la Recopilación son tres mil, y fuera de ellas hay las del estilo, partidas, ordenamiento real, fuero real y fuero juzgo, leyes de Toro, y *premáticas que salen cada día*, sin todo el derecho común. *Los daños de tantas leyes son muchos*» (cursiva mía). Cfr. Diego Saavedra Fajardo, *Empresas políticas (Idea de un príncipe político-cristiano)*, 2 vols., ed. Quintín Aldea Vaquero, Madrid, Editora Nacional, I, págs. 231-232: «La multiplicidad de leyes es muy dañosa a las repúblicas, porque con ellas se fundaron todas, y por ellas se perdieron casi todas. En siendo muchas, causan confusión y se olvidan, o, no se pudiendo observar, se desprecian. Argumentos son de una república disoluta. Unas se contradicen a otras y dan lugar a las interpretaciones de la malicia y a la variedad de las opiniones. De donde nacen los pleitos y las disensiones. Ocúpase la mayor parte del pueblo en los tribunales. Falta gente para la cultura de los campos, para los oficios y para la guerra.»

de una pragmática y, por consiguiente, de eliminar cualquier mezcla de clases y jerarquías, está condenado a fracasar.

Cristina acepta en principio las tradicionales jerarquías sociales, pero sabe que son las riquezas exteriores las que condicionan las relaciones entre individuos e, implícitamente, entre grupos. A Brígida le recuerda con ironía de doble filo que «no era bien que un coche igualase a las no tales con las tales» (pág. 197) y le aconseja con autoridad que siga sus tratos a pie, paseando su lujo y holgura:

> acomoda tu brío y tu limpieza, y tu manto de soplillo sevillano, y tus nuevos chapines, en todo caso, con las virillas de plata, y déjate ir por esas calles; que yo te aseguro que no falten moscas a tan buena miel...» (página 197).

Según Cristina, las apariencias se mantienen con la práctica de la ostentación. Los que irán a caer en la red de las «cortesanas» serán precisamente esos «caballeros mozos» que antes de la promulgación de la pragmática «se empanaban diez o doce... en un coche» y «azotaban las calles de noche y de día». Es decir, esos mismos caballeros, olvidados ya del antiguo ejercicio de la caballería e ignorantes del arte de montar a la jineta[47], seguirán viviendo ociosa y desenfrenadamente; serán las «moscas» que acudirán a «tan buena miel».

Sabemos que el espacio imaginario de *El vizcaíno fingido* es el ámbito urbano, el de la ciudad y el de la corte. Allí, los valores ético-sociales tradicionales (honor, vir-

---

[47] Sobre el arte de montar a la jineta se escribieron varios tratados en la segunda mitad del siglo XVI. La decadencia de la jineta se con vierte en tema literario (además de Cervantes es recogido por Mateo Alemán) y tema legal alrededor de 1600. En su «Noticia» al final del libro de Fernán Chacón, *Tractado de la caualleria de la gineta* (1548), edición facsímil, Madrid, 1950, Eugenio Asensio señala que «con este libro se enciende la guerra entre partidarios de la jineta y los de la brida o *estradiota*, guerra que durará siglos».

tud, etc.) son reemplazados por una nueva ética basada en la riqueza y en el dinero. Las figuras que se mueven dentro de ese espacio se definen por unas líneas de conducta desviada. Todos engañan; todos fingen. El ocio, el lujo y el consumo orientan, explícita o implícitamente, toda relación social en esta pieza de ínfimo estilo. Todos los personajes son risibles.

Si por un lado es cierto que, en los entremeses, Cervantes sigue la preceptiva aristotélica, estableciendo así una correlación entre estilo y estamento, por otro lado es observable que los ociosos caballeros Solórzano y Quiñones no se salvan de un tratamiento cómico. Aparte las distorsiones sintácticas en que incurre al hablar el fingido vizcaíno, o las diablura de Solórzano al engañar a la prostituta con la cadena de alquimia, lo que sobresale en último término es la brecha que se abre entre las pretensiones de Solórzano de estafar a la ninfa sevillana sin ir más allá de la broma —es decir, su intento moralizador[48]— y el vacío de su propia existencia como miembro de una clase ociosa que ha abandonado los valores nobiliarios de sus antepasados. El moralista Solórzano «azota las calles» —si no en coche, por lo menos a pie— con el propósito de burlarse de una «cortesana».

Las ninfas y los caballeros intentan burlarse mutuamente, pero sólo aquellas acaban siendo burladas. Si se

---

[48] Eugenio Asensio, «Introducción», *ed. cit.*, pág. 28, insiste en definir a Solórzano como moralista: «*El vizcaíno fingido*... es el más ejemplar de los entremeses de acción... Solórzano el cortesano anticipa que la estafa a la sevillana Cristina no irá más allá de una broma... Tan escrupuloso moralista jamás subió al tablado de los entremeses.» Concuerdan más con nuestras conclusiones las sugerencias de Jean Canavaggio, *op. cit.*, pág. 366: «A première vue..., la déroulement de l'intrigue confronte *engaño* et *desengaño* selon le schéma le plus classique; mais, à y regarder de plus près, l'abusement mis en oeuvre est double, puisque prostituées et aventuriers ont entrepris de se tromper mutuellement. Le désabusement consécutif au retour de Solórzano perd ainsi sa valeur exemplaire, puisqu'il préserve l'impunité du pseudo-biscayen et de son complice; le véritable *desengaño* est donc celui du spectateur, édifié —sans l'aide d'aucun sermon— sur la réalité des moeurs de la *Villa y Corte*.»

puede hablar pues de desengaño, de ejemplaridad o de algún «ejemplo provechoso» (según palabras de Cervantes en su «Prólogo» a las *Novelas ejemplares)*, es al nivel del espectador o, mejor dicho, lector ante quien se devela tanto el parasitismo de unas prostitutas —cuyo afán es el lujo y el consumo— como el de unos aristócratas que tras haber perdido los antiguos valores ético-sociales de su clase se han abandonado al ocio y al paseo. El «teatro» donde se desarrolla este drama cómico-serio es Madrid. La fecha interna de la obra corresponde a 1611. El vehículo escogido por Cervantes para desarrollar tan importante tema es el entremés.

En ese mismo espacio urbano y en la misma vena cómico-seria se exploran los conflictos que agitan a los risibles personajes-tipo de *La guarda cuidadosa* (1611). Fundamentalmente esos conflictos giran alrededor de dos temas: el matrimonio y el dinero. En cuanto al matrimonio, Cervantes no pierde de vista los aspectos económicos que lo condicionan[49]. Por lo que se refiere al tema del dinero, se le coloca, además, dentro de un contexto más amplio y en el marco de unas referencias socio-económicas concretas: el vagabundeo y el paro; la limosna y el sub-empleo; el trabajo y el servicio; la alimentación y el consumo. Así en el mundo de *La guarda...* se distinguen soldados parados, limosneros y buhoneros, sacristanes asalariados, zapateros que viven de su oficio, criadas que anhelan el lujo, y amos aburguesados.

Los principales antagonistas de la pieza son un soldado roto y andrajoso («vestido a lo pícaro») y un sacristán de modestos medios económicos, definido en la acotación como «un mal sacristán». Los dos codician a una fregoncita guapa (Cristinica) que sirve en una de las casas acomodadas de Madrid[50]. Ahora bien, la

---

[49] Canavaggio, *op. cit.*, pág. 406, observa que Cervantes discrepa de la concepción sociológica del matrimonio defendida por los Humanistas del Renacimiento. Sobre el tratamiento entremesil del tema matrimonial, cfr. lo que se ha dicho en esta introducción, sec. II.

[50] Cfr. Patricia Kenworthy, *op. cit.*, págs. 49 y ss.

contienda entre dos aspirantes a una misma amada es tópico literario convencional y es cierto, según observa Eugenio Asensio con su acostumbrada precisión, que «los buscadores de antecedentes han podido remontarse hasta... *Elena y María*, donde se debaten las ventajas de amar un clérigo o un caballero»[51]. Lo que nos interesa, sin embargo, es la manera en que se reactualiza ese tradicional hilo argumental para someter a un lenguaje entremesil las tensiones que agitan a las capas inferiores de la sociedad madrileña de 1611. Así, junto a la matización de tipos como el soldado roto o el sacristán enamoradizo y asalariado, se destacan en este entremés otros cuyas vidas giran alrededor de estructuras económicas anacrónicas. Entre esas figuras callejeras desfilan un mozo que pide limosna; un buhonero (Manuel) que se gana la vida vendiendo randas de Flandes y otros productos no manufacturados en España; y un zapatero (Juan Juncos) que parece vivir de un trabajo semi-artesanal[52]. Es decir, en el Madrid de *La guarda...* escasea

[51] Véase Asensio, «Introducción», ed. cit., pág. 32. El debate dramático entre dos amantes rivales que alaban los méritos de sus respectivos oficios era muy común en Italia. Asensio hace notar que «era tema obligado, durante los festejos de mayo, lo mismo del *mariazo* de la región véneta que del *bruscello* en Siena y otras poblaciones». Al mismo tiempo añade que «poco importa el arranque u origen del asunto, porque escenario y tipos son españoles y contemporáneos». Canavaggio, *op. cit.*, págs. 150-151, ofrece un buen resumen de las fuentes literarias y folklóricas de *La guarda.*

[52] Sobre el tema de la pobreza en España alrededor de 1600 existe una abundante bibliografía. Véase, ante todo, Cristóbal Pérez de Herrera, *Amparo de pobres* (1598), ed. Michel Cavillac, Madrid, 1975, Clásicos Castellanos, núm. 199. La excelente introducción de Cavillac contiene un resumen de las controversias sobre la mendicidad y la beneficencia en la segunda mitad del siglo XVI y principios del XVII. Sus conclusiones sobre el trabajo de Pérez de Herrera son muy sugestivas: «El fomento de la producción manufacturera, cuyos máximos expositores (entre otros, González de Cellorigo) escriben tan sólo a partir de 1600, venía a ser la clave de los *Discursos*. Por primera vez, la reforma de la beneficencia desembocaba en la afirmación de soluciones mercantilistas» (pág. CLIX). Cfr. José Antonio Maravall, «Interpretaciones de la crisis social del siglo XVII por los escritores de la época», en *Seis lecciones sobre la España de los Siglos de Oro. Home-*

el trabajo productivo y la industria, al mismo tiempo que se percibe un incremento del consumo.

Los tipos callejeros de *La guarda...*, encajan dentro de las líneas argumentales y temáticas del entremés y contribuyen a dirigirlo hacia su lógico desenlace: el rechazo del soldado por quimérico e insensato (puesto que sus pretensiones no se ajustan a las realidades de su indigencia) y la decisión de Cristina de Parrazes de contraer matrimonio con el sacristán asalariado Lorenzo Pasillas. Esa «libre» decisión de la joven muchacha es respaldada por el Amo y su Señora («pues escoje..., el que más te agradare... El comer y el casar ha de ser a gusto propio, y no a voluntad ajena», pág. 189) y se apoya precisamente en una consideración económica: en cuestiones de alimentación y de lujo Cristina tiene ciertas pretensiones y el que puede satisfacer sus deseos es el sacristán y no el soldado. El matrimonio tiene así raíces económicas; el *casarse* depende del *comer*.

El debate entre el desmitificado hombre de armas y el ridículo hombre de letras se produce a base de insultos y se desarrolla por medio de expresiones de desafío procedentes del juego de naipes:

> SOLD. Pues ven acá, sota-sacristán de Satanás.
> SAC. Pues voy allá, caballo de Ginebra.
> SOLD. Bueno; sota y caballo; no falta sino el rey para tomar las manos (págs. 171-172).

Se trata, en un primer momento, de un duelo de palabras. El soldado desdeña al sacristán; tiene plena confianza de que los méritos personales adquiridos en la guerra le harán triunfar en este caso de amor. Con esa certidumbre dirige un billete amoroso, escrito detrás de un memorial, a las manos «casi santas» (pág. 174) de

naje a Marcel Bataillon, Universidad de Sevilla-Universidad de Burdeos, 1981, págs. 132-134. Sobre los gremios de zapateros en Madrid durante el siglo XVII, véase Miguel Herrero, *Oficios populares en la sociedad de Lope de Vega*, Madrid, Castalia, 1977, págs. 193-197.

aquella «imagen» (pág. 186). Está convencido —según le dice a su rival— que «si esta mochacha ha correspondido tan altamente... a la miseria de tus dádivas, ¿cómo corresponderá a la grandeza de las mías?» (pág. 173). El sacristán, por su parte, se burla de las pretensiones del soldado porque sabe que no las puede respaldar con recursos económicos. A esos memoriales, que apenas valen cuatro o seis reales (pág. 174), y a las falsas esperanzas ofrecidas por el distorsionado heredero del *miles gloriosus*[53], quien espera una plaza en el reino de Nápoles, el sacristán opone dádivas concretas:

> Dile una destas cajas de membrillo, muy grande, llena de cercenaduras de hostias, blancas como la misma nieve, y de añadidura cuatro cabos de velas de cera, asimismo blancas como un armiño (pág. 172).

Los antagonistas pertenecen, por sus valores, a mundos distintos. El soldado, anacrónico y medio loco, se apropia del código de valores de la vieja nobleza; se define en términos de un honor personal, ganado en acciones guerreras y en servicio de su Majestad el Rey[54].

---

[53] Cfr. Asensio, «Introducción», ed. cit., pág. 32: «El soldado, si de una parte puede ser entroncado con el *miles gloriosus* de la comedia humanística, de otra parte es uno más de la legión de veteranos rotos y acuchillados que callejeaban por Madrid con su canuto lleno de memoriales y certificaciones de servicios.»

[54] Como observa Maravall, *Utopía y contrautopía*, págs. 40-41, «en la nueva situación social de la época ha pasado a ocupar el dinero el papel de fundamento necesario de toda empresa en la que se quiera salir adelante, papel que antes pertenecía a otros valores o bienes, sobre todo al valor heroico y a la virtud de la persona... Desde que el dinero interviene, ha cambiado la moral del combatiente, esto es, del caballero... A las modernas levas de gentes para el ejército se va como manera de enriquecimiento por medios que llegan a no ser lícitos, abandonando incluso el fin principal de vencer en la pelea...». Por lo que se refiere al soldado de *La guarda*..., Luciano García Lorenzo, «Experiencia vital y testimonio literario», *AC*, XV (1978), páginas 171-180, ha estudiado las conexiones irónicas que hay entre sus quejas y las del propio Cervantes. Cfr. Asensio, «Introducción», ed. cit., págs. 32-33: «Podríamos conjeturar que el Cervantes anciano contempla con humor satírico al Cervantes idealista de los treinta

Ese mismo código se aplica al sentimiento del amor —de ahí la usurpación risible del lenguaje del amor cortés[55]: la fregona se convierte en una figura de perfección; en una amada divinizada. El sacristán, por otro lado, sabe perfectamente que el corazón y la mano de una criada no se ganan con retóricas huecas, con falsas cortesías o promesas estrafalarias, sino con la práctica de un oficio que le pueda proporcionar cierto bienestar económico. El contraste entre los antagonistas es tajante:

SOLD. Niña, échame un ojo; mira mi garbo; soldado soy, castellano pienso ser; brío tengo de corazón; soy el más galán hombre del mundo; y, por el hilo deste vestidillo, podrás sacar el ovillo de mi gentileza.

SAC. Cristina, yo soy músico, aunque de campanas; para adornar una tumba y colgar una iglesia para fiestas solenes, ningún sacristán me puede llevar ventaja; y estos *oficios* bien los puedo *ejercitar* casado, y *ganar de comer como un príncipe* (cursiva mía, pág. 189).

El ganar de comer mediante el ejercicio de un oficio, por improductivo y humilde que sea, es preferible al paro total y a las «honras» huecas —las no respaldadas por el dinero.

El debate entre los dos rivales en el amor se convierte así en un duelo cómico-burlesco. La acotación del dramaturgo aclara el sentido de la escena: «Viene el sotasacristán Pasillas, armado con un tapador de tinaja y una espada muy mohosa; viene con él otro Sacristán, con un morrión y una vara o palo, atado a él un rabo de zorra» (pág. 184). Lorenzo Pasillas y su grotesco compañero Grajales se enfrentan al soldado,

---

años. Con ello extremaríamos una semejanza somera y genérica, convirtiendo en documento autobiográfico lo que es un personaje de abolengo literario, de comicidad ya aplaudida desde Lope de Rueda.»

[55] Kenworthy, *op. cit.*, págs. 55-56.

es decir, a la «guarda cuidadosa». El debate está por estallar en golpes y azotes. Se trata, claro, de una escena entremesil en donde se desarrolla de modo cómico un conflicto que entre unos personajes nobles de la comedia quizás hubiese tenido un desenlace trágico. Pero aquí nadie se atreve a pegar el primer golpe. Las acciones son reemplazadas por los gestos; el valor es sustituido por el miedo. Para el público la escena se convierte en carcajada.

El conflicto entre los amantes se «resuelve» tras la intervención del amo de Cristina cuando le propone a su criada que escoja a su futuro marido. Las protestas del soldado sobre los supuestos méritos que dice haber adquirido al lado de generales y maestres de campo no entran en la cuenta; ni para la criadita ni para el amo tienen un valor tangible: «Hasta ahora —dice el amo— ninguna cosa me importa a mí estas relaciones que vuesa merced me da» (pág. 183). Así, cuando Cristina de Parrazes escoje al sacristán Lorenzo Pasillas para marido, el amo propone que se celebre «el desposorio, cantando y bailando» (pág. 190). El «debate» entre los dos aspirantes ha acabado. El soldado ha perdido el corazón de la fregona porque sólo dispone de memoriales, es decir, de promesas huecas. Su precaria situación económica se observa cuando detiene al zapatero Juan Juncos en el umbral de la casa donde sirve Cristina. El zapatero «entra —según la acotación— con unas chinelas pequeñas nuevas en la mano» (pág.179). El soldado pide que le fíe las chinelas a cambio de una biznaga, una banda y un antojo que piensa redimir en un par de días. El zapatero, como «pobre oficial» que vive de su trabajo, no se fía del valor de aquellas prendas. Rechaza la proposición diciéndole, con ironía socarrona: «Aunque zapatero, no soy tan descortés que tengo de despojar a vuesa merced de sus joyas y preseas; vuesa merced se quede con ellas, que yo me quedaré con mis chinelas, que es lo que me está más a cuento» (pág. 180).

El desengaño del soldado no deja lugar a dudas: toda relación social, entre individuos y entre grupos, se basa ahora en el dinero. Hasta la vida afectiva depende de consideraciones económicas. En el Madrid de 1611 (fecha interna de *La guarda...)* las mujeres tienen una consciente apreciación del consumo; de los aspectos materiales del matrimonio. De ahí la reflexión generalizadora y pasiva del hambriento soldado: «Ya no se estima el valor / Porque se estima el dinero, / Pues un sacristán prefieren / A un roto soldado lego» (págs. 190-191). El soldado ha quedado fuera de un espacio histórico real. Por no saber distinguir entre pasado y presente, entre apariencias y realidad, se encuentra desconectado.

Como en el caso de la mayoría de los entremeses cervantinos, *La guarda cuidadosa* impone un tono divertido en un contenido ideológico. Si, por un lado, la farsa desvía ciertas ideologías, creando así una serie de vacíos y ausencias[56], por otro lado esa desviación implica una actitud crítica que apunta hacia una crisis de valores que se ancla en los conceptos de crisis social y crisis económica[57].

---

[56] Véase Pierre Macherey, *Pour une théorie de la production littéraire*, París, Maspéro, 1974.

[57] Sobre el fondo socio-económico de *La guarda...*, véase el interesante comentario de Francisco Márquez Villanueva en una nota a su «Tradición y actualidad literaria en 'La guarda cuidadosa'», *Hispanic Review*, XXXIII (1965), pág. 152, núm. 1: «Dado el ambiente general de *La guarda cuidadosa*, cuyos personajes, con la excepción tal vez de un pobre zapatero, viven en ociosidad o se dan a actividades improductivas y poco serias, el pregón tiende además a sugerir, de un modo automático y casi inconsciente, la pregunta: '¿Aquí quién trabaja?'.» Las observaciones del historiador Pierre Vilar, «Le temps du 'Quichotte'», *Europe* (enero, 1956), 1-16, recogido en *Crecimiento y desarrollo* Barcelona, Ariel, 1976, págs. 332-346, resultan aplicables al mundo de *La guarda:* «en Castilla y hacia 1600, el feudalismo entra en agonía sin que exista nada a punto para reemplazarle»; y, en términos más concretos, «por posición y coyuntura... la sociedad española de 1600..., vuelve la espalda al ahorro y a la inversión».

La representación entremesil del drama aldeano y rural: Los ejemplos de «El retablo de las maravillas» y «Los alcaldes de Daganzo»

Uno de los rasgos caracterizadores de los entremeses cervantinos es la polifonía. Por tal se considera la pluralidad de discursos que se entrelazan en esos textos cómicos, en los que se dialoga tanto con la escritura literaria del propio Cervantes como con distintos textos poéticos del siglo XVI y principios del XVII. Eugenio Asensio fue el primero en indicar esta característica con referencia a *El rufián viudo*. Siguiendo las ideas propagadas por M. Bajtin en su estudio sobre la poética de Dostoyevski, Asensio sugiere que *El rufián* «descuella entre los demás entremeses cervantinos por su literaridad, es decir por su saturación de parodias y citas de poemas y géneros en boga»[58]. El lenguaje dialógico de ese entremés es abarcador y las referencias a otras creaciones literarias son múltiples: las jácaras de Quevedo sobre el rufián Escarramán; las *Églogas* de Garcilaso;

---

[58] «Introducción», ed. cit., pág. 34; y Canavaggio, págs. 167-168. Según Asensio, «Entremeses», en *Suma Cervantina*, ed. J. B. Avalle-Arce y E. C. Riley, Londres, Támesis, 1973, págs. 177-178, «M. M. Bajtin... hace una significativa distinción entre el lenguaje habitual de contextura monológica, y el lenguaje dialógico que, sin abdicar de su sentido liso y llano, apunta y alude a escritores y obras del pasado, remedándolas, contrastándolas o rechazándolas». En su estudio sobre Dostoyevski, M. Bajtin subraya hasta qué punto es imposible reducir la «idea» de la novela a la «voz del autor» o a una perspectiva singular. Véase *Problemy Tvorcestva Dostoevskogo*, Leningrado, 1929; y, *Problemy poetiki Dostoevskogo*, revisada y ampliada, Moscú, 1963. Trad. inglesa: *Problems of Dostoesky's Poetics*, Ann Arbor, 1973. Cfr. otros ensayos de Bajtin traducidos al inglés y recogidos en Michael Holquist (ed.), *The Dialogic Imagination. Four Essays by M. M. Bakhtin*, trad. por Caryl Emerson y Michael Holquist, Austin, University of Texas Press, 1981. Sobre la pluralidad de discursos en un texto, véase también el comentario de Noël Salomón, «Algunos problemas de sociología de las literaturas de lengua española», en *Creación y público en la literatura española*, ed. J. F. Botrel y S. Salaün, Madrid, Castalia, 1974, pág. 20.

las alusiones mitológicas y los cultismos de la poesía de Góngora; la tragedia senequista; y varios textos suyos, entre ellos *Rinconete y Cortadillo*, *La Numancia* y *La Galatea*[59].

Estas observaciones sobre la calidad polifónica de *El rufián* se pueden extender, hasta cierto punto, a la mayoría de los entremeses cervantinos, aunque no se distingan todos por su mismo grado de literaridad. Por ejemplo, aunque *El retablo de las maravillas* y *Los alcaldes de Daganzo* no incluyan referencias burlescas concretas a otros textos contemporáneos, las imágenes distorsionadas y grotescas del mundo aldeano y rural que se desprenden de las respectivas estructuras de esos textos teatrales sugieren un diálogo dual: por un lado se alude a los lugares comunes propagados por tratadistas, novelistas y poetas del Renacimiento —el tópico del *locus amoenus;* el mito literario de la Arcadia y el idealismo platónico del amor; y las múltiples interpretaciones del *Beatus Ille* de Horacio[60]. Por otro lado, esas imágenes grotescas se vienen a contraponer a las idealizadas y propagandísticas del teatro de tema rural (especialmente el de Lope de Vega) durante la primera parte de la centuria de 1600 (1608-1615).

---

[59] Asensio, «Introducción», ed. cit., págs. 34-35; y «Entremeses», en *Suma cervantina, op. cit.*, págs. 177-178. Estas páginas sobre el *Rufián* son excelentes.

[60] Baste pensar en los libros de pastores —entre ellos la *Galatea* del mismo Cervantes, y las *Églogas* de Garcilaso— y en la poesía de Fray Luis de León. Sobre las interpretaciones de algunos de estos temas por los poetas del Renacimiento, véase la bella antología de Bruce W. Wardropper, *Spanish Poetry of the Golden Age*, Nueva York, Appleton Century Crofts, 1971, especialmente págs. 121-133 («The *Beatus Ille* Tradition: A Moral Flight to the Country»); y págs. 136-165 («The Pastoral Mode: An Amorous Flight to the Country»). Para una definición histórica del tópico del *locus amoenus*, véase Ernst R. Curtius, *Europaische Literatur und Lateinisches Mittelalter*, Berna, A. Francke AG Verlag, 1948, págs. 200 y ss. Sobre la tradición del motivo del *Beatus Ille* y el desarrollo del tema «menosprecio de corte y alabanza de aldea» en la literatura española de los Siglos de Oro, véase Salomon, *Recherches*, págs. 171-196. Para una reconstrucción histórica de todos estos temas, véase Francisco López Estrada, *Los libros de pastores en la literatura española. La órbita previa*, Madrid, Gredos, 1974.

Como dramaturgo, Cervantes vuelve a la tradición de los bobos de aldea y de los villanos cómicos de la primera generación de dramaturgos del XVI[61]. Así, cuando se identifica con los cánones del *arte viejo* y se preocupa por la verosimilitud, está pensando concretamente en autores como Torres Naharro y Lope de Rueda —especialmente en el Rueda de los *pasos* a quien se refiere el mismo Lope de Vega en su *Arte nuevo de hacer comedias*... (1609) cuando sugiere que su 'comedia nueva' ha reemplazado a las 'comedias antiguas', es decir, a los entremeses que se adhieren a los principios neoaristotélicos[62].

La actitud de Cervantes frente a la nueva práctica teatral fomentada por Lope de Vega desemboca en una expresión de reserva que, más allá de referencias rutinarias a preceptivas o normas poéticas, se dirige hacia un planteamiento problemático sobre la función social del arte y del creador de ficciones. De ahí que frente a una práctica teatral que considera alienante, Cervantes reclama la prioridad del texto poético. Si Lope de Vega somete sus comedias a las demandas de un mercado y a las exigencias de un público (Lope había dicho en su *Arte nuevo* «Que quien con arte ahora las escribe / muere sin fama y galardón»), Cervantes orienta su teatro entremesil hacia una función desmitificadora. Por eso, en 1615 prefiere hacer imprimir sus obras dramáticas en vez de entregarlas a autores de teatro. Es decir, Cervantes ve perfectamente «el efecto que opera la infraestructura económica sobre los valores artísticos y la integridad del artista»[63]. La diferenciación que establece

---

[61] Me refiero especialmente a los tipos que asoman en el teatro de Juan del Encina, Lucas Fernández, Diego Sánchez de Badajoz y Lope de Rueda. Cfr. William S. Hendrix, *Some Native Comic Types in the Early Spanish Drama*, Columbus, Ohio, The Ohio State University Press, 1924. Cfr. Salomon, *Recherches*, págs. 5-48.

[62] Wardropper, *La comedia española del Siglo de Oro*, *op. cit.*, página 200. Sobre la perfecta unidad y simetría «especular» del *Retablo*, véase el brillante estudio de Maurice Molho, «El Retablo de las maravillas», en *Cervantes: raíces folklóricas*, Madrid, Gredos, 1976, páginas 204 y ss. Cfr. Canavaggio, pág. 227.

[63] Véase el interesante artículo de Carroll B. Johnson, «El arte viejo

en la *Adjunta al Parnaso* (1614) entre el «ver de espacio» y el «pasar apriesa», es decir, entre la participación activa, crítica e intelectual en el acto de la producción y del consumo y la recepción pasiva y superficial del espectador que recibe un producto mediatizado, se refiere precisamente a lo que ocurre cuando un texto pasa del dominio de la imaginación del artista (y del público lector) al de los autores de teatro y de la representación[64]. La pieza dramática en este último caso se convierte en otro texto; se transforma en vehículo creador de mitos que no sólo tratan de distraer a un público espectador «sino de robustecer la ideología colectiva y fortalecer el establecido sistema de distribución de los poderes sociales que debió considerarse amenazado»[65].

En los últimos años, gracias a los estudios señeros de José Antonio Maravall y de Noël Salomon, se ha llegado a una nueva valoración del teatro del XVII como producto de una cultura «masiva», «dirigida», «conservadora» y «urbana» y se ha puesto de relieve la importancia del tema campesino en la producción teatral de Lope de Vega[66]. Salomon ubica la aparición del motivo de la dignidad del villano alrededor de 1608-1610 y lo

---

de hacer teatro: Lope de Rueda, Lope de Vega y Cervantes», *Cuadernos de Filología. Literaturas: Análisis*, III, núms. 1-2, págs. 250-251.

[64] Cfr. Bruce W. Wardropper, «Comedias», en *Suma Cervantina*, *op. cit.*, pág. 154: «[Cervantes] no quiere perder el dominio de la obra de arte en el momento crítico de su realización escénica. Otros dramaturgos cederán sus derechos a la destreza profesional del *metteur en scène*, pero Cervantes desea ser el *autor* en todos los sentidos de la palabra. El hado, sin embargo, impidió la representación de la mayor parte de sus comedias conservadas. Tuvo que contentarse con un público de meros lectores. A estos se dirige también en las acotaciones adoptando incongruentemente la postura de un narrador, de un novelista.» Por otro lado, véase la explicación que ofrece Lope de Vega sobre el sentido de su producción dramática: «No las escribí con este ánimo [de imprimirlas] ni para que los oídos del teatro se trasladaran a la censura de los aposentos.» («Prólogo» a la *Novena parte*. Citado por Díez Borque, *Sociedad y teatro*, pág. 262.)

[65] Maravall, *Teatro y literatura*, pág. 36.

[66] Cfr. Maravall, *La cultura del barroco*, Barcelona, Seix Barral, 1975, págs. 129-304; y, Salomon, *Recherches*, *op. cit.*

relaciona con «la révolution d'opinion accomplie, sous la pressión des faits, à l'avantage du paysan, vers la fin du XVIᵉ siècle»[67]. Lo cierto es que en este periodo el teatro intenta incorporar al campesino al orden monárquico-señorial.

Ese intento coincide con una crisis económica y social aunque, según precisa Maravall, el desarrollo del tema rural en el teatro de principios del XVII responda más a razones sociopolíticas que económicas. La comedia se interesaría por el mundo rural, «para contribuir a socializar una actitud de apoyo a la sociedad tradicional, de jerarquización aristocrática, la cual es fundamentalmente una sociedad agraria... De ahí que el tema del campesino ocupe tanta parte en la producción teatral de Lope y de los escritores contemporáneos suyos, y también que alcance valor tan representativo el tema del labrador»[68]. En esa época se asiste a la reivindicación de la honra por parte de los labradores ricos, y esa reclamación es recogida e interpretada por los economistas[69], que escribirán sobre la crisis agraria a partir de 1600, y por algunos dramaturgos del *establishment* en 1608-1615.

---

67 *Recherches*, pág. 808.

68 Maravall, *Teatro y literatura*, pág. 64.

69 López de Deza, *Gobierno político de agricultura...* (1618), fol. 116, sugiere que una manera de remediar la crisis agraria es hacer que la agricultura sea más atractiva en términos de «honra», «provecho» y «exempciones»; y F. Benito Peñalosa de Mondragón, *Libro de las cinco excelencias del español que despueblan a España, para su mayor potencia y dilatación* (1628), propone que al labrador se le haga participar en el sistema de privilegios que la nobleza adquiría antiguamente por medio de las armas: «Mudáronse ya los tiempos y ocasiones de adquirir nobleza por las armas dentro de España. Y pues nunca ha cesado... la labor del campo, haya para el labrador algunos premios de los muchos que gozan y gozarán los que no pelean, mas antes envueltos en ocio y regalo, muy a la sombra descansan a costa de las grandes inclemencias, sudores y fatigas, pérdidas y descomodidades que los labradores siempre pasan; participen algo de su honor, pues ellos gozan tanto de su trabajo, para que de esta suerte sea en todos tiempos igual la justicia...» (citado por Salomon, *Recherches*, páginas 808-809).

Entre los entremeses cervantinos auténticos, dos abarcan el tema rural y aldeano y en uno de ellos —el *Retablo de las maravillas*— se dialoga brillantemente con aquellas comedias de principios del XVII donde el sentimiento de honor del villano[70] se encarna en la riqueza y en el concepto racial (y racista) de pureza de sangre. Es decir, en el *Retablo* se enfoca el tema rural desde una óptica burlesca y el blanco de la burla es precisamente ese representante de la clase minoritaria del labrador rico que en la comedia se introduce en el régimen del privilegio. Como ejemplo permítaseme aludir brevemente a una pieza muy conocida de Lope —*Peribáñez o el Comendador de Ocaña* (¿1610?)— que parece ser poco anterior al *Retablo*[71] y hacia la cual se dirige, probablemente, la mirada crítica cervantina.

En *Peribáñez* se presenta el conflicto entre un comendador y un labrador, su vasallo (y se alude también a la lucha entre los labradores acomodados y la pequeña

---

[70] Salomon, *Recherches*, págs. 807-808, esboza brillantemente el itinerario teatral de la figura del villano desde fines del siglo XV hasta principios del siglo XVII: «le vilain commence sa carrière théâtrale, à la fin du XVe siècle, par des emplois comiques, où le risible est lié, en profondeur, à une optique féodale antipaysanne ou, dans le meilleur des cas, paternaliste; ensuite, en raison de l'idéologie d'«éloge de village et mépris de cour», le paysan devient, sur scène, exemplaire et moral en même temps que lyrique et pittoresque; mais ces nouveaux angles de vue sont encore des angles de vue aristocratique».

[71] Sobre la fecha de *Peribáñez*, véase S. Griswold Morley y Courtney F. Bruerton, *The Chronology of Lope de Vega's comedias*, Nueva York, 1940; y Courtney Bruerton, «More on the Date of 'Peribáñez y el Comendador de Ocaña'», *Hispanic Review*, XVII, 1949, 35-46. Según ellos, las combinaciones métricas que predominan en *Peribáñez* fechan su composición entre 1609-1612 (probablemente en 1610). Véase también Noël Salomon, «Simples remarques a propos du problème de la date de 'Peribáñez y el Comendador de Ocaña'», *Bulletin Hispanique*, LXIII, 1961, 251-258. Sobre las fechas de composición de los entremeses de Cervantes, véase Canavaggio, *op. cit.*, página 23, donde se ofrece un cuadro sinóptico de las varias cronologías expuestas desde principios del siglo XX por toda una serie de críticos (C. Valledor, R. Schevill, A. Bonilla, M. Buchanan, A. Marín, A. Agostini y E. Asensio). Sobre la fecha de composición del *Retablo* la crítica moderna se inclina hacia 1612.

nobleza rural de los hidalgos)[72]. El desenlace se prefigura ya en la segunda jornada de la pieza: cuando el Comendador de Ocaña comienza a requerir a Casilda, mujer de Peribáñez, el labrador anticipa las funestas consecuencias a que llevará la falta de responsabilidad social del Señor: «Basta que el Comendador a mi mujer solicita; / basta que el honor me quita, / debiéndome dar honor. / Soy vasallo, es mi señor, / vivo en su amparo y defensa; / si en quitarme el honor piensa, / quitaréle yo la vida»[73]. El labrador parece tener conciencia de dos tipos de honor: uno de orden feudal, ligado a una jerarquía de clases (y, por lo tanto, exterior a sí mismo); el otro intrínseco y ligado a la idea de pureza de sangre[74]. Uno de los criados del Comendador se refiere a esta segunda dimensión de la honra, relacionándola, al mismo tiempo, con la riqueza de Peribáñez y el poder moral que puede ejercer por estimación de sus iguales: «Es Peribáñez labrador de Ocaña, / cristiano viejo y rico, hombre tenido / en gran veneración de sus iguales, / y que si se quisiese alzar ahora / en esta villa, seguirán su nombre / cuantos salen al campo con su arado, / porque es, aunque villano, muy honrado» (vs. 824-830).

Peribáñez no se une al Comendador en vínculo de servidumbre sino de vasallaje. Ahora bien, ya que ese tipo de relación sólo era posible en la tradición señorial, la implicación es que «el campesino rico es capaz de sentimientos distinguidos»[75]. Por lo menos es ésta la imagen que se recalca en el desenlace de la tragicomedia. Frente al rey, Enrique el Justiciero, Peribáñez justifica

[72] Sobre las tensiones sociales entre el hidalgo rural y el villano rico, cfr. Noël Salomon, *La vida rural castellana en tiempos de Felipe II*, Barcelona, Planeta, 1973, págs. 317-318; y, Manuel Fernández Álvarez, *La sociedad española del Renacimiento*, Madrid, Cátedra, 1974, páginas 132-133.

[73] Ed. Charles Aubrun y José F. Montesinos, París, 1944, vs. 1746-1753. Las subsiguientes citas textuales de *Peribáñez* remiten a esta edición.

[74] Cfr. Salomon, *Recherches*, págs. 826-827; y, Maravall, *Teatro y literatura*, pág. 89.

[75] Maravall, *ibid.*, pág. 89.

la matanza del Comendador, respaldando esa justificación con una alusión a su sangre limpia («Yo soy un hombre, / aunque de villana casta / limpio de sangre, y jamás / de hebrea o mora manchada») y luego con otra referencia a su recién adquirida dignidad de capitán: «En fin, de cien labradores / me dio [el Comendador] la valiente escuadra. / Con nombre de capitán / salí con ellos de Ocaña.» En esta tragicomedia, el labrador se define así por su riqueza, por su pureza de sangre, y por su subida al estamento de los mílites.

En el *Retablo de las maravillas*, los labradores ricos, honrados y distinguidos de la comedia se convierten en figuras risibles. Los héroes teatrales como Peribáñez, capaces de reivindicar la dignidad y el honor, entran en el dominio de la farsa, convirtiéndose en «espectadores» manipulados; en marionetas. Una lectura socio-histórica del texto aclara sus dimensiones dialógicas: la invectiva cervantina contra unos notables rústicos pueblerinos se convierte en una sátira contra la clase minoritaria de los villanos ricos «cuyo fin jurídico y político» (al explotar a los jornaleros y al luchar contra la pequeña nobleza rural) era «entrar en las filas de la aristocracia»[76]. Es decir, hacia 1612, en una pieza entremesil compuesta sin esperanzas de «fama y galardón», con destino a un público lector, Cervantes convierte en risa y en carcajada las pretensiones de unos aldeanos ricos que reivindican una sangre «inoperante... que no conduce al prestigio del poder efectivo, como el que ejerce, a través del censo y de la renta, una nobleza aburguesada que, si bien desdeña la mercancía, acepta tratar la tierra, sin renunciar a sus prerrogativas feudales, como un capital financiero usurario»[77].

La imagen del villano ridículo del *Retablo* viene a contrastar no sólo con la que propagan los dramaturgos del *establishment* que componen sus piezas hacia 1608-1615 sino también con el modelo que presentan los eco-

[76] Salomon, *La vida rural castellana*, págs. 317-318.
[77] Molho, *Cervantes*, pág. 151.

nomistas que escriben sobre la crisis agraria a partir de 1600. Si aquellos le convierten en un héroe teatral capaz de reivindicar la dignidad y el honor en una sociedad de estamentos, estos últimos le convierten en un paradigma político-social capaz de solucionar la crisis económica del país. En el entremés cervantino estas imágenes quedan sometidas a un proceso desmitificador. Los personajes-espectadores del *Retablo* (el licenciado Gomecillos; el regidor Juan Castrado y su hija, Juana Castrada; el alcalde Benito Repollo, su hija Teresa Repolla y su sobrino Repollo; el escribano Pedro Capacho) son ridículos por su pretenciosa villanía; por su afán alienante de legitimidad y por el carácter ilusorio del poder que han adquirido por medio de una riqueza que les ha dado acceso al consejo del pueblo. En el caso del alcalde y del regidor, la ironía es tajante, pues representan «una propiedad rústica todavía independiente, pero ya amenazada en su independencia»[78].

La grotesca reivindicación del linaje por parte de los villanos ricos del *Retablo* rige la estructura del entremés. Esa obsesión por la legitimidad tiene obvias ramificaciones socio-económicas y ético-morales. Por un lado implica un afán grotesco de incorporación a un régimen de privilegios; por otro lado contiene la subversión del concepto humanista de virtud —concepto muy arraigado en el pensamiento cervantino— de que *cada uno es hijo de sus obras*.

En *El retablo*, dos embusteros y un cómplice (Chanfalla, su mujer Chirinos, y el niño «músico» Rabelín) se dirigen a un pueblo con la idea de estafar a los aldeanos. Para salir con el embuste cuentan con la ignorancia, vanidad y presunción socio-racial de los administradores-labradores ricos de la aldea. Frente a ese público, crédulo y cegado por la manía de legitimidad, el «autor» Chanfalla se presenta como descendiente de brujos y hechiceros: «Yo, señores míos, soy Montiel, el que trae el Retablo de las maravillas» (pág. 219). Mediante una alusión pa-

---

[78] *Ibíd.*, pág. 149.

ródica al tipo de mago encantador (Montiel) y manipulador de objetos mágicos, se establece el origen del *Retablo* y las condiciones necesarias para verlo:

> el cual fabricó y compuso el sabio Tontonelo debajo de tales paralelos, rumbos, astros y estrellas, con tales puntos, caracteres y observaciones, que ninguno puede ver las cosas que en él se muestran, que tenga alguna raza de confeso, o no sea habido y procreado de sus padres de legítimo matrimonio (pág. 220).

Este ambiente de magia y de superstición sirve de fondo a la representación ilusoria que montarán Chanfalla y Chirinos a través de una magia verbal. Es decir, las maravillas del teatro de títeres de Tontonelo dependerán del poder del lenguaje que, a su vez, se ancla en las inquietudes de una clase y en las locuras de una colectividad. Sabido es que, desde un punto de vista social, la impureza de sangre y el nacimiento ilegítimo representan dos obstáculos para subir en las jerarquías de la sociedad estamental o incluso para tener acceso a cualquier tipo de empleo. En *El retablo* son las «tan usadas enfermedades» que, según la ironía de Chanfalla, contribuirán a la ceguera del público que presenciará el retablo que trae Montiel:

> y el que fuere contagiado destas dos tan usadas enfermedades, despídase de ver las cosas, jamás vistas ni oídas, de mi retablo (pág. 220).

La bastardía y la impureza de sangre aluden a dos tipos de ilegitimidad (de nacimiento y de linaje) y operan al mismo tiempo en dos niveles: «el de la socialización del individuo, es decir, su posición en el sistema social y socio-económico de su experiencia, y el de su ser psíquico condicionado por su inserción en el triángulo de la relación filioparental»[79]. En ese esquema, el villano rico,

[79] *Ibíd.*, págs. 164-165, añade que «la conjunción de las dos ilegitimidades implica la identificación del individuo y de la estirpe, cosa ordinaria en la mentalidad de entonces y que se refleja en el lenguaje».

integrado y viril de los dramas rurales de Lope y de algunos de sus contemporáneos, se convierte en personaje-víctima; en «espectador» manipulado por la práctica mistificadora de los embusteros y su niño cómplice. Es decir, la figura del villano rico queda invertida y, por lo tanto, desmitificada. Los villanos ricos-administradores del *Retablo* son unos impotentes, pese a una riqueza que hasta les permite dar una fiesta de teatro en su casa. Esa impotencia se revela no sólo en términos morales y fisiológicos[80], sino también en las esferas sociales y económicas. Se trata de una parálisis total frente a cualquier tipo de actividad creadora. Pues además de representar a una clase que no invierte su capital en actividades comerciales, los villanos del *Retablo* ni son «hijos de sus padres», ni son «hijos de algo», ni son «hijos de sus obras».

Los villanos «espectadores» del retablo mágico que trae Montiel (Chanfalla) son cegados por sus propias inquietudes de legitimidad y por las palabras deslumbrantes (de Chanfalla y Chirinos) y los «sonidos» desorientadores (de Rabelín) de los mistificadores. Sólo así logran «ver» los títeres del sabio Tontonelo que desfilan ante ellos tras el conjuro del mago encantador (Montiel). Frente a ese público inquieto «salen» sucesivamente a escena Sansón (el judío ciego y, simbólicamente, «castrado» del Antiguo Testamento); el toro de Salamanca (con sus cuernos violantes); una manada de ratones (roedores y fálicos) que descienden por línea recta de los que se criaron en el Arca de Noé; el agua del río Jordán (agua regeneradora y fecundante); dos docenas de leones rampantes y osos colmeneros (figuras de la heráldica que, al mismo tiempo, implican representaciones sexuales, de virilidad); y finalmente la galana doncella Herodías (figura del Nuevo Testamento que reemplaza aquí a su hija Salomé, protagonista de bailes «castradores»)[81].

---

[80] *Ibíd.*, pág. 185.

[81] *Ibíd.*, pág. 176 ss. estudia como «cada uno de esos nombres opera como un signo en que figura inscrita la función psicodramática del personaje en la crisis del *Retablo*» (pág. 176).

La creencia de los aldeanos en la representación ilusoria del Retablo se intensifica hasta tal desmesura que el sobrino de Benito Repollo irrumpe en el espacio lingüístico para «bailar» con la misma doncella Herodías «cuyo baile alcanzó en premio la cabeza del Precursor de la vida» (pág. 232). La sustitución de la hija Salomé por la madre Herodías adquiere, según Maurice Molho, un valor significativo, pues la bailarina es «una mujer que se define... por el solo rasgo distintivo de su maternidad, madre fálica, seductora y castradora del hijo, que, entrando en el baile, se aboca al espectáculo vedado»[82].

El único personaje que no logra entrar en el mundo ilusorio del teatro dentro del teatro (en el espacio creado por la habilidad de los mistificadores y por la angustia de los aldeanos) es un furrier que ha llegado al pueblo a pedir alojamiento para «treinta hombres de armas» (pág. 233). Cuando el regidor Juan Castrado intenta sobornarlo con el baile castrador de Herodías, estamos ya frente a un acto de desmitificación: «FURR. ¿Está loca esta gente? ¿Qué diablos de doncella es ésta, y qué baile, y que Tontonelo?» (pág. 235). El abastecedor de tropas ignora los dos criterios necesarios para poder ver los sucesos del Retablo. No puede afirmar lo que objetivamente no ve. Pero su humanidad (materialidad) no logra desengañar a los obsesionados aldeanos, quienes siguen creyendo (con la parcial excepción del cobarde y grotesco Gobernador y poeta, el licenciado Gomecillos) en la realidad de la ficción del Retablo y en la validez de los conceptos de legitimidad, requisitos supuestamente necesarios para poder verlo.

El desenlace, claro está, no lleva a ninguna resolución de conflictos. Los aldeanos tachan al furrier de converso, utilizando, irónicamente, una expresión alterada, originaria del evangelio de San Mateo: «De ex il[l]is es». El furrier, a su vez, tras tacharles de villanos y judíos («canalla barretina») echa mano a su espada y se acuchilla con todos. Con la excepción del niño Rabelín, quien

---

[82] *Ibíd.*, pág. 211.

sale aporreado por el adamado Benito Repollo, los embusteros mistificadores han logrado controlar plenamente a su público encantado. En palabras de Chanfalla, «El suceso ha sido extraordinario; la virtud del Retablo se queda en su punto, y mañana lo podemos mostrar al pueblo; y nosotros mismos podemos cantar el triunfo desta batalla, diciendo: ¡Vivan Chirinos y Chanfalla!» (pág. 236).

Esta obra de ínfimo estilo —sin duda el más logrado de los entremeses cervantinos— implica un tema sustancial y profundo que, desde la perspectiva histórica de 1612, se puede identificar con la crisis de la clase minoritaria del labrador rico. La imagen entremesil y grotesca del labrador impotente es la respuesta cervantina al mito del villano integrado que se crea en los dramas rurales; es la figura invertida de aquellos villanos ricos de la comedia que reclaman la dignidad y el honor y hasta logran entrar en las filas de la aristocracia (cfr. Peribáñez y los hijos de Juan Labrador, personaje principal de *El Villano en su rincón* de Lope de Vega). La lección cervantina viene a centrarse en la sátira de los linajes y reafirma, implícitamente, la noción humanista de que la verdadera honra no emana de la pureza de sangre o del apellido y el blasón, sino más bien de la capacidad o habilidad individual: cada uno es hijo de sus obras[83].

Aunque Cervantes dialogue en *El retablo* con mitos, creencias y escapismos identificables en términos de la literatura idealista del XVI (el tópico del *locus amoenus;* el tema del *Beatus Ille;* el motivo de la Arcadia, etc.) y

---

[83] Este concepto Renacentista de *Virtù* no implica aquí un rechazo de la *virtus* medieval. Tampoco parece implicar una total negación del principio nobiliario. Según A. Domínguez Ortiz, *Las clases privilegiadas en la España del Antiguo Régimen*, Madrid, Ediciones Istmo, 1973, pág. 12: «Quienes atacaban la nobleza de sangre contraponiéndole la virtud y los altos hechos como primera fuente de nobleza, no negaban que ésta fuese una categoría superior; se limitaban a querer cambiar su naturaleza y origen. La aceptación del principio nobiliario fue general. En las revueltas populares no fue atacado, ni siquiera discutido; sólo se protestó contra los excesos individuales de los señores.»

de la incorporación propagandística de esos motivos en el teatro nuevo de principios del XVII, su acierto consiste en elevar el tema de la legitimidad a una dimensión universal: todo hombre aferrado a prejuicios no logra distinguir entre realidad y apariencia, es decir, está predispuesto a ver lo que objetivamente no existe. El racismo es una ceguera que induce a los hombres a vivir encantados, fuera del orden natural. A esta misma dualidad y riqueza de posibilidades interpretativas parece referirse Eugenio Asensio cuando afirma que *El retablo* «es una parábola de la infinita credulidad de los hombres que creen lo que desean creer. Es una estratagema para proyectar la crítica de la morbosa manía de la limpieza, mentira creadora de falsos valores que envenenaba la sociedad española. Y es una sátira del villano contemplado no como fuerza ascensional, que aspira a plena dignidad, sino como objeto cómico, bueno para desatar las carcajadas del espectador: tras el aparente juego gratuito de la imaginación está agazapado un antagonismo social. Tal es la riqueza de posibles perspectivas». El drama aldeano y rural del *Retablo* también es, a fin de cuentas, un drama humano. Detrás de la burla y de la risa (risa también dirigida hacia los dramas rurales de Lope) hay una moraleja importante y esencial.

En *Los alcaldes de Daganzo* (¿1610?) se anticipa la sátira cervantina de los villanos-administradores de aldea que basan su razón de ser en el mito de la pureza de sangre. En ese entremés, como en *El Retablo de las maravillas* (1612), la sátira villanesca se lleva a cabo por medio de un lenguaje dialógico que, además de dirigirse hacia una desmitificación de la aldea-refugio de los pastores cortesanos y de los poetas que «huyen» del mundanal ruido de la corte[84], apunta a una arcadia conflictiva

[84] Piénsese, por ejemplo, en Fray Luis de León y, por lo que se refiere a temas pastoriles de envergadura clásica (Virgilio) y neoclásica (Sannazzaro), en las *Églogas* de Garcilaso; la *Diana* de Montemayor; y *La Galatea* del mismo Cervantes. Cfr. el interesante comentario de E. Asensio, *Itinerario del entremés*, op. cit., pág. 101: «Cervantes, miembro de una generación que cultivó junto a la idealización pastoril la

que se contrapone al mundo rural inventado por la comedia nueva hacia fines de la primera década del siglo XVII.

En *Los alcaldes*, el material de fondo literario y folklórico se viene a insertar dentro de un contexto de actualidad histórica: el de los conflictos de jurisdicción de los señores feudales y los alcaldes aldeanos[85]. El escenario que escoge Cervantes para su pieza cómica entremesil —el de Daganzo— pudo tener ciertas resonancias para el público lector, instruido, y predominantemente aristocrático y urbano, que había llegado a conocer una obra jurídica de Castillo de Bovadilla: *Política para corregidores y señores de vasallos* (Madrid, 1597)[86]. En este tratado, que fue muy difundido en la época, se refiere cómo el conde de Coruña, señor feudal de Daganzo, se negó a confirmar por incompetencia a unos alcaldes elegidos por sus vasallos[87]. Parece que el conde pleiteó dos veces en la Chancillería de Valladolid y la segunda vez se aprobó su decisión de invalidar la elección de los «alcaldes ordinarios» de Daganzo: «porque al señor de vasallos, a quien compete el derecho de

sátira villanesca, reparte entre sus aldeanos dos herencias: la tosquedad sayaguesa y la sabiduría del villano del Danubio, o de Marcolfo.»

85 Salomón, *Recherches*, págs. 118-120. Asensio, «Entremeses», página 183, recoje las huellas literarias y folklóricas de los *Alcaldes*. Entre los «cantores de la aldea castellana» menciona a Pedro de Padilla, cuyo *Tesoro de poesías* «que figuraba en la libería de Don Quijote... había incluido un 'Romance de la elección del alcalde de Bamba». También menciona al actor Nicolás de los Ríos en quien se habría inspirado Cervantes al crear *Pedro de Urdemalas*, especialmente en «las escenas de la jornada primera... en que sirve de consejero al alcalde Martín Crespo».

86 Salomon, *Recherches*, págs. 119-120. Cfr. Asensio, «Entremeses», página 184.

87 Manuel Fernández Álvarez, *La sociedad española del Renacimiento*, *op. cit.*, pág. 123, dice que «tres sistemas eran los más frecuentes: de elección, de designación por autoridad superior (realenga o señorial) y un tercero mixto, de elección inicial que había de ser confirmada. Daganzo, dependiente entonces de Toledo, era de ese tipo».

confirmar la elección, pertenece también conocer del defeto e inhabilidad de los elegidos»[88].

En *Los alcaldes* hay una clara alusión a las tensiones que existen entre Señor y vasallos debido a las prerrogativas jurídicas de aquél de no confirmar una elección si puede probar «defeto e inhabilidad» de los elegidos. A esta misma situación se refiere el escribano Estornudo cuando anuncia el propósito de la sesión del ayuntamiento de Daganzo:

> Y mírese qué alcaldes nombraremos
> Para el año que viene, que sean tales,
> Que no los pueda calumniar Toledo,
> Sino que los confirme y dé por buenos,
> Pues para esto ha sido nuestra junta (pág. 146).

Los vasallos aldeanos tienen que escoger a unos jueces cuyos nombramientos sean aceptables al Señor que vive en la villa de Toledo. El comité examinador está compuesto por el escribano Estornudo, el bachiller Pesuña y los regidores Algarroba y Panduro.

En el diálogo inicial del entremés se establece un contraste cómico entre los dos regidores. Algarroba es instruido, pedante y algo zocarrón; Panduro es analfabeto, tosco e inhábil. Su risible tosquedad se identifica inmediatamente por sus transgresiones lingüísticas de la jerga sayaguesa y por su falta de adherencia a todo proceso racional: «Rellánense; que todo saldrá a cuajo. / Si es que lo quiera el cielo benditísimo» (pág.143). Algarroba se burla de su simpleza y tosquedad («que quiera, o que no quiera, es lo que importa») pero cuando Panduro le denuncia por impertinencia y blasfemia («¡Algarroba, la lengua se os deslicia! / Habrad acomedido y de buen rejo») Algarroba se autodefine en términos de su pureza de linaje y sangre no conversa y reafirma, irónicamente, su creencia en Dios: «Cristiano viejo soy a todo ruedo, / Y creo en Dios a pies jontillas» (pág. 144).

---

[88] *Política para corregidores...*, lib. II, cap. XVI, 70-71 (citado por Salomon, *Recherches*, págs. 119-120).

El tema de la limpieza de sangre y el de la limpieza de pensamiento sirven de introducción a la escena cómica del examen que se inicia tras la descripción burlesca de los cuatro candidatos hecha por el zumbón Algarroba. Según él, Juan Berrocal se distingue por sus habilidades vináticas; Miguel Jarrete por su torpeza en cazar pájaros; Francisco de Humillos por saber remendar zapatos «como un sastre»; y Pedro de la Rana por tener buena memoria, especialmente por lo que se refiere a las letras de un poema antisemita —las «coplas del antiguo y famoso perro de Alba». Algarroba se burla de la ignorancia y falta de habilidad de los aldeanos e indica que las tareas de un juez no son menos importantes que las que desempeñan otros oficiales. Por eso propone que «... al que se hallase suficiente y hábil / Para tal menester, que se le diese / Carta de examen...» (pág. 151). Según él, la falta de buenos jueces es tal, especialmente en los pequeños pueblos, que el que disponga de una carta de examen será bien remunerado:

A tal pueblo podrá llegar el pobre,
Que le pesen a oro; que hay hogaño
Carestía de alcaldes de caletre
En lugares pequeños casi siempre (pág. 152).

Los jueces de calidad («de caletre») escasean en los pequeños pueblos castellanos. Algarroba parece decir entre burlas y veras que los villanos son intelectualmente inhábiles para la tarea de administrar la justicia.

Los candidatos que desfilan ante los examinadores son todos labradores y cristianos viejos. Los cuatro pretendientes pertenecen a un mundo donde todo saber, todo proceso intelectual, resulta sospechoso y dañino. Humillos, el primer candidato, se jacta de que nadie en su linaje haya aprendido a leer y que con saberse «cuatro oraciones» y «ser... cristiano viejo» le basta no sólo para ser alcalde sino para cubrir los más altos puestos de poder político («me atrevo a ser un senador romano»). Jarrete, el segundo, aunque apenas sepa leer, basa su candidatura en el saber tirar con el arco, en el poder «calzar un arado bravamente» y en «herrar novillos» con rapidez. Berrocal, el tercero, se siente capaz de ser alcalde porque tiene habilidades para distinguir entre sesenta y seis vinos. Rana, el cuarto, parece ser la única excepción a la regla. Aunque no tenga una formación libresca, dispone tanto de un sentido común como político. Si sale elegido promete rechazar todo soborno; resistirá ante el poder; templará la justicia con la misericordia («Sería bien criado y comedido, / Parte severo y nada riguroso»); no insultará al acusado («Nunca deshonraría al miserable / Que ante mi le trujesen sus delitos»).

Entre los labradores de Daganzo, Rana se destaca por su sensatez, aunque su concepción de la justicia no participe siempre de «la bondad natural que obliga a enjuiciar al reo con miramientos y humanidad»[89]. Así, cuando unos gitanos y unas gitanillas entran en la sala del ayuntamiento para entretener al consejo con sus cantos y bailes, Rana es el único aldeano que muestra desconfianza y prejuicio frente a ellos: «¿Ellos no son gitanos? pues adviertan / Que no nos hurten las narices» (pág. 162). Pero pese a su actitud negativa y perjudicial frente a los gitanos, Rana se define por su sensatez y por su sentido político secular. Su respuesta al austero sacristán («mal endeliñado», según la acotación) que ha venido a regañar al consejo del pueblo («¿Así se rige el pueblo, noramala, / Entre guitarras, bailes y bureos?») apunta hacia una separación entre los poderes que corresponden a las autoridades religiosas y los que corresponden a las autoridades civiles:

> Dime, desventurado: ¿que demonio
> Se revistió en tu lengua? ¿Quién te mete
> A ti en reprehender a la justicia?
> ¿Has tú de gobernar a la república?
> Métete en tus campanas y en tu oficio;
> Deja a los que gobiernan, que ellos saben
> Lo que han de hacer mejor que no nosotros (pág. 168).

---

[89] Asensio, «Introducción», pág. 39.

La intervención de los gitanos, seguida por la del sacristán, sirve para aplazar la elección de los alcaldes hasta el día siguiente. El bachiller Pesuña, el regidor Panduro y el candidato Jarrete declaran que votarán a favor de Rana. Algarroba no se declara. Humillos se limita a sugerir que Rana cambiará una vez que haya adquirido el poder («la vara»). Lo irónico es que la elección de Rana no resolverá el conflicto implícito que existe entre los vasallos-villanos de Daganzo y el Señor que vive en Toledo y tiene que confirmar los resultados de las elecciones. Recuérdese que el propósito de la reunión del ayuntamiento de Daganzo es de elegir «alcaldes» y, con la excepción de Rana, los candidatos son todos «inhábiles» y «defectuosos» para el cargo.

Salvo el caso de Rana, cuya semblanza del juez nos recuerda efectivamente los consejos de Don Quijote al buen Sancho cuando éste sale a gobernar la ínsula Barataria, la visión de los villanos es esencialmente grotesca y anticipa la invectiva cervantina contra la clase minoritaria de los labradores ricos del *Retablo de las maravillas*[90]. El mundo aldeano de *Los alcaldes* también es conflictivo y cerrado y representa un espacio psicológico donde se impugna el saber, la reflexión y toda capacidad de pensar y de cuestionar. Es decir, en el mundo de *Los alcaldes* se rechaza todo lo que implica un posible asalto al estado de cosas.

[90] También cabe subrayar aquí el contraste tajante entre la invectiva caricaturesca contra los alcaldes villanos en los entremeses cervantinos (especialmente por lo que se refiere a la grotesca obsesión de «limpieza») y la caracterización positiva que hace Lope de Vega de la misma figura. Cfr. Salomon, *Recherches*, págs. 122-123, donde se cita el ejemplo de una comedia de Lope, *San Diego de Alcalá* (1613): «... l'esprit 'cristiano viejo' des paysans s'exhibe plaisamment sous la forme d'une rustique affirmation d'honorabilité» (pág. 122).

Reflexión final

El arte del entremés cervantino se define por su función antagónica frente al *arte nuevo* que se institucionaliza en España bajo el impulso teórico-ideológico de Lope de Vega a principios de 1600[91]. En contraposición a ese teatro, que tiende a reflejar los mitos sociales, «en los cuales se apoya ideológicamente la realidad establecida»[92], los entremeses de Cervantes se inclinan hacia una postura crítica y desmitificadora frente a las ideologías dominantes y oficiales. En esas piezas de «ínfimo estilo» la observación del artista y del receptor de su producto se dirige hacia áreas vitales y sociales apenas exploradas por la comedia[93]. Esas zonas se exploran bajo una óptica deformante. La risa provoca una inversión de las imágenes propagadas por los vehículos de la cultura oficial.

---

[91] En el «Prólogo» a *Ocho comedias y ocho entremeses nuevos nunca representados* (1615), Cervantes se refiere al gran éxito de Lope como comediante («alzose con la monarquía cómica. Avasalló y puso debajo de su jurisdicción a todos los farsantes») y alude al impulso que recibió de varios dramaturgos contemporáneos —en especial de los poetas valencianos. Sobre la huella de los valencianos en Lope, véanse Rinaldo Froldi, *Lope de Vega y la formación de la comedia*, Salamanca, Anaya, 1968 (edición revisada y ampliada del original en italiano: *Il teatro valenzano e l'origine della commedia barocca*, Pisa, 1962), y John G. Weiger, *Hacia la comedia: de los valencianos a Lope*, Madrid, Cupsa Editorial, 1978.

[92] Maravall, *Teatro y literatura*, pág. 37. Cfr., sin embargo, Wardropper, *La comedia española del Siglo de Oro*, pág. 235: «El mensaje de la comedia es el de que los individuos tienen derechos que exceden a los de la sociedad. Este mensaje era, y es, revolucionario. Es la exigencia de un ajuste del hombre (y de la mujer) a la necesidad biológica antes que a la necesidad social.»

[93] Cfr. Asensio, *Itinerario*, pág. 37, y «Entremeses», pág. 196.

Esta Edición

Esta edición sigue la lectura de la *princeps* (Madrid, 1615) aunque se beneficie, en la modernización de la ortografía y puntuación, del texto editado por Adolfo Bonilla y San Martín (Madrid, 1916). Los casos en donde se recojan correcciones o enmiendas serán consignados en las notas al pie de la página.

Las anotaciones pretenden ante todo facilitar la lectura; de modo que la explicación que se da está siempre relacionada con el contexto inmediato de la obra —lingüístico, literario, histórico-social, etc.— y, en cuanto sea posible, con el resto de la producción literaria de Cervantes, especialmente su teatro cómico y el *Quijote*.

He intentado no limitarme a repetir definiciones de diccionarios y refraneros, ya que Cervantes muchas veces cambia el significado de palabras, refranes y frases hechas animándolas de nuevo sentido. La ortografía y la puntuación se han modernizado, y las abreviaturas corrientes como *q̃*, *tâto* se han deshecho. Sin embargo, tanto las formas compuestas que se utilizaban con valor de palabras (aquesto, dél, destos) como aquellas grafías reveladoras de diferencias fonéticas o morfológicas respecto del español moderno (priesa; mochacha; contentarse ha < se contentará) se han conservado en el texto. Asimismo se ha intentado subsanar las erratas evidentes (carcelería < caacelería). Algunas enmiendas han sido señaladas por el uso de corchetes, o se han incorporado al cuerpo de notas a pie de página.

Las notas se benefician de casi todas las ediciones anteriores, tanto de algunas de principios del siglo XX —ediciones preparadas con criterios positivistas y minadas por todos los editores modernos— como de las más recientes, entre las cuales quisiera destacar mis deudas con las de Miguel Herrero, Agustín del Campo, M. del Pilar Palomo, Eugenio Asensio y J. B. Avalle-Arce (véase Bibliografía anotada). En casos problemáticos se incorporan las investigaciones más recientes en cuanto puedan aclarar algunos problemas textuales.

Se anotan juegos de palabras, equívocos, refranes y alusiones literarias, socio-históricas, bíblicas y mitológicas; se intenta aclarar mediante paráfrasis los pasajes que se consideran difíciles para el lector no especialista. Se consignan también en las notas las voces germanescas o rústicas, vulgarismos, cultismos, etc., y todas aquellas expresiones que necesitan ser rescatadas para el lector moderno.

Quisiera expresar también mi deuda con los profesores Jean Canavaggio, Teresa Kreschner y Patricia Kenworthy, que me facilitaron la lectura de sus respectivas ponencias presentadas en el *I congreso internacional sobre Cervantes* (véase Bibliografía); con varios colegas y amigos de la Universidad de Minnesota (E. E. U. U.), entre ellos, Antonio Ramos Gascón, Rafael Varela y A. N. Zahareas; con Gustavo Domínguez, director de Ediciones Cátedra, por su amabilidad y comprensión en la preparación del manuscrito; y, finalmente, con la Universidad de Minnesota por haberme facilitado un «Single Quarter Leave» y una «McMillan Travel Grant».

Bibliografía selecta

I. Ediciones

La editio princeps se publica en Madrid en 1615. Aunque existan por lo menos dos variantes fechadas el mismo año, no se trata de dos ediciones. A pesar de ciertas divergencias (véase más adelante) las composiciones son muy similares: los tipos de algunas letras resultan estropeados y la estampación se hizo con poco esmero y en papel no muy bueno. Los entremeses se volvieron a publicar en los siglos XVIII y XIX, pero es en nuestro siglo cuando llegan a ser anotados y comentados con cierto rigor. A continuación nos limitamos a señalar las ediciones más importantes.

A. Textos de 1615

— Ocho / Comedias, y ocho / Entremeses nuevos, / Nunca representados. / Compuestas por Migvel / de Ceruantes Saauedra. / Dirigidas a Don Pedro Fer / nandez de Castro, Conde de lemos, de Andrade, / y de Villalua, Marques de Sarria, Gentilhombre / de la Camara de su Magestad. / Los titvlos destas ocho comedias, / y sus entremeses van en la quarta hoja. / Año 1615. / Con Privilegio. / En Madrid, Por la viuda de Alonso Martín. / A costa de Iuan Villarroel, mercader de libros, vendese en su casa / a la plaçuela del Angel. 4 ff. s.n. + 257 ff. (los ff. 239 y 240 se repiten). Edición facsímil de la Real Academia Española, 1923.

— La segunda variante de 1615 ofrece ciertas divergencias en la portada («Los títulos destas ocho comedias van en la segunda hoja a la buelta»).

Por faltar el prólogo de Cervantes y su dedicatoria al Conde de Lemos, los preliminares contienen 2 ff. en vez de cuatro.

— Asensio (págs. 50-51) habla de una tercera variante que no he podido consultar. Por lo que indica el mismo, parece ser más tardía: «No tan sólo la ortografía sino la tipografía es diferente, acaso más moderna, y con más erratas. El texto acaba al final del *Vizcaíno fingido*, en el f. 245 v. La portada parece más moderna, del XVIII.» (pág. 51).

B. Textos, siglos XVIII-XIX

— *Comedias y entremeses...* Con una disertación, o prólogo [de D. Blas Nasarre] sobre las comedias de España, Madrid, Imp. de Antonio Marín. 1749, 2 vols., 4.º (Pascual de Gayangos; Ríus, 327; G. M. de Río, 820; S. M. de Asensio y Toledo, 32).

— *Ocho entremeses...* , tercera impresión, Cádiz, D. J. A. Sánchez, Imp. Hércules 1816, 123 + 237 págs., 8.º.
El editor, J. de Cavaleri Pazos, corrige y moderniza el lenguaje. En su escrito titulado «Rasguño de análisis» hace constar tanto los aciertos como los descuidos de los entremeses. (Pascual de Gayangos; Ríus, 330; G. M. del Río, 827.)
Obras escogidas de Miguel de Cervantes. Edición corregida e ilustrada con notas históricas, gramaticales y críticas por D. Agustín García de Arrieta, París, lib. de Bossange, 1826. XLV + 469 págs. Es el tomo X de las *Obras Completas.* Además de los ocho entremeses contiene *Los habladores* y dos comedias: *La Numancia* y *La Entretenida.*

— *Teatro de Miguel de Cervantes*, Madrid. Por los hijos de D.ª Catalina Piñuela, 1829. 2 hojas + 455 págs. + 1 lámina, 16.º.
Según J. M. Asensio y Toledo (29), reproduce la edición de Arrieta sin el Prólogo y las notas de aquél. Cfr. Ríus, 333.

— *Obras completas de Cervantes...* Tomo [XI y XII]: Obras Dramáticas, edición dirigida por D. Cayetano Rosell..., Madrid, Imp. de D. Manuel Rivadeneyra, 1864, 3 vols., 4.º. Los entremeses corresponden al vol. 3 [Tomo XII de las Obras Completas] e incluyen los atribuidos / *Los habladores; La cárcel de Sevilla; El hospital de los podridos* (J. M. de Asensio y Toledo, 30).

— *Los entremeses...*, ilustrados con preciosas viñetas, Madrid, Imp. de Gaspar y Roig, 1868. VIII + 207 págs., 8.º.

Prólogo atribuido al Sr. Benjumea (J. M. de Asensio y Toledo, 33).

— *Los entremeses...*, Madrid, imprenta de la Biblioteca Científico-Literaria, a cargo de Diego Navarro, 1879, 2 tomos en 1 vol., 8.º.
Además de los ocho entremeses cervantinos contiene los tres atribuidos (cfr. *supra)* y «Viaje del Parnaso y la Adjunta al Parnaso». (S. M. de Asensio y Toledo, 34.)

— *Entremeses...*, Madrid, El Progreso Editorial, 1893. 175 páginas. Es el vol. CXXXIV de la Biblioteca Universal.
Contiene los ocho entremeses y los tres atribuidos (cfr. *supra)*. Sin prólogo.

— *Teatro completo de Miguel de Cervantes Saavedra*, Madrid, Hernando, 1896-97. 3 vols. Los entremeses van en el tomo III en donde se incluyen también los tres atribuidos (cfr. *supra)*. Sin estudio crítico.

C. *Ediciones modernas preferibles*

— *Entremeses...* Anotados por Adolfo Bonilla y San Martín, Madrid, Asociación de la librería de España, 1916. Cfr. Rodolfo Schevill y Adolfo Bonilla, *Obras Completas* de Miguel de Cervantes Saavedra. 6 vols., Madrid, 1915-1922. Los *entremeses* van en el tomo IV.
Tanto el texto como las notas (págs. 181-247) de la edición de Bonilla, 1916, forman la base de muchas ediciones posteriores. La «Introducción» (págs. VII-XL) es de escaso interés.

— *Entremeses...* Edición, prólogo y notas de Miguel Herrero García, Madrid, 1945, Clásicos Castellanos, núm. 125.
Sigue esencialmente el texto de Bonilla, recogiendo incluso algunas erratas. Las notas resultan todavía útiles, especialmente en las aclaraciones de voces antiguas, refranes y frases proverbiales. La «Introducción» es de escaso interés.

— *Entremeses*. Edición, prólogo y notas de Agustín del Campo, Madrid, 1948, Clásicos Castilla, núm. 2.
Incluye entremeses auténticos y atribuidos. Para los primeros sigue la lectura de la *princeps* aunque en la ortografía y puntuación parece seguir a Bonilla y San Martín; para los atribuidos sigue la edición de Dámaso Alonso (Madrid, 1936). Contiene buena anotación aunque reproduzca, quizás con exceso, definiciones de diccionarios y refraneros.

— *Entremeses*. Introducción y notas de María del Pilar Palomo, Ávila, La Muralla, 1967. Parece seguir la lectura de la *princeps* aunque en la puntuación y ortografía reproduzca el texto de Bonilla y San Martín.Contiene buena anotación, con amplias comprobaciones en textos de la época.

— *Obras de Miguel de Cervantes Saavedra, II: Obras Dramáticas*. Edición, introducción y notas de Francisco Ynduráin, Madrid, 1962, *BAE*, nueva serie, tomo CLVI. Sigue fielmente la lectura de la *princeps* y en alguna ocasión introduce lección nueva. Contiene buen «Estudio preliminar» aunque se dediquen pocas páginas (XLIX-LXI) a los *Entremeses*. La bibliografía sufre de muchas erratas.

— *Entremeses*. Edición, introducción y notas de Eugenio Asensio, Madrid, 1970, Clásicos Castalia, núm. 29. Sigue el texto de Bonilla y San Martín, aportando a la vez algunas enmiendas y correcciones valiosas. De indispensable consulta por su importante introducción. Anotación muy esquemática.

— *Ocho entremeses*, Englewood Cliffs, Nueva Jersey, 1970. Parece basarse en la edición de Bonilla y San Martín aunque aporte algunas enmiendas. Preparada con destino a estudiantes universitarios norteamericanos. Ofrece buena anotación.

II. Estudios sobre los Entremeses de Cervantes

Agostini Bonelli, Amelia, «El teatro cómico de Cervantes», *BRAE*, XLIV (1964), 223-307; 475-539. Y, *BRAE*, XLV (1965), 65-116.

Asensio, Eugenio, «Entremeses», en *Suma cervantina*, edición de J. B. Avalle-Arce y E. C. Riley, Londres, 1973, págs. 171-197.

— «Introducción crítica», en su ed. *Miguel de Cervantes, Entremeses*, Madrid, 1970, págs. 7-49.

— *Itinerario del entremés: desde Lope de Rueda a Quiñones de Benavente*, Madrid, 1965.

Aveleyra Arrayo de Anda, Teresa, *El humorismo de Cervantes en sus obras menores*, México, 1962.

Balbín Lucas, Rafael de, «La construcción temática de los entremeses de Cervantes», *RFE*, XXXII (1948), 415-428.

Bataillon, Marcel, «Cervantes y el matrimonio cristiano», en *Varia lección de clásicos españoles*, Madrid, Gredos, 1974, páginas 238-255.

— «Ulenspiegel y el Retablo de las maravillas de Cervantes», en *Homenaje a J. A. van Praag*, Amsterdam, 1957, páginas 16-21. Reproducido en *Varia lección...*, págs. 260-267.

BUCHANAN, M. A., «Cervantes as a dramatist. I. The Interludes», *MLN*, XXIII (1908), 183-186.

— «The Works of Cervantes and Their Dates of Composition», *Transactions of the Royal Society of Canada*, section II, vol. XXXII, 1938.

CANAVAGGIO, Jean, «Brecht, lector de los entremeses cervantinos. La huella de Cervantes en los 'Einakter'». Ponencia leída ante el *I congreso internacional sobre Cervantes*, Madrid, 3 a 9 de julio de 1978. (De próxima aparición en las *Actas.)*

— *Cervantès dramaturge. Un théâtre à naître*, París, Presses Universitaires de France, 1977.

— «Variations cervantines sur le thème du théâtre au théâtre», *Revue des Sciences Humaines*, XXXVII (1972), 53-68.

CASALDUERO, Joaquín, *Sentido y forma del teatro de Cervantes*, Madrid, Gredos, 1966.

CIROT, George, «Gloses sur les 'Maris Jaloux' de Cervantes», *Bulletin Hispanique*, 31 (1929), 1-74.

— «Encore les maris jaloux de Cervantes», *Bulletin Hispaniques*, 31 (1929), 1-23, 33-49, 138-143, 339-446.

— «Quelques mots encore sur les maris jaloux de Cervantes», *Bulletin Hispanique*, 42 (1940), 303-306.

CHEVALIER, Maxime, «A Propos de 'La cueva de Salamanca': Questions sur la censure au Siècle d'Or», en *Les cultures ibériques en devenir : Essais publiés en hommage à la mémoire de Marcel Bataillon* (1895-1977), París, Fondation Singer-Polignac, 1978.

COTARELO VALLEDOR, Armando, *El teatro de Cervantes*, Madrid, 1915.

COTARELO y MORI, Emilio, «Estudio preliminar», ed. *Colección de entremeses, loas, bailes, jácaras y mojigangas*, 2 vols., Madrid, 1911 [*Nueva Biblioteca de Autores Españoles*, volumen 17], págs. LIV-LXXVIII.

FICHTER, William L., «La Cueva de Salamanca y un cuento de Bandello», *Homenaje a Dámaso Alonso*, 3 vols., Madrid, Gredos, 1960, I, págs. 525-528.

FLECNIAKOSKA, J. L., «Valeur dynamique de la structure dans les 'Entremeses' de Cervantes», *AC*, X (1971), 15-22.

GARCÍA, Manuel J., *Estudio crítico acerca del entremés 'El vizcaíno fingido'*, Madrid, 1905.

GARCÍA BLANCO, M., «El tema de la Cueva de Salamanca y el entremés cervantino de este título», *AC*, I (1951), 73-109.

GARCÍA LORENZO, Luciano, «Experiencia vital y testimonio literario: Cervantes y 'La guarda cuidadosa'», *AC*, XV (1978), 172-180.

GÓMEZ HOYOS, Rafael, «'El juez de los divorcios' de Cervantes», *Boletín de la Academia Colombiana*, XVII (1967), 399-412.

HAZAÑAS y LA RÚA, J., *Los rufianes de Cervantes, El rufián dichoso y el rufián viudo*, Sevilla, 1906.

HEIDENREICH, Helmut, *Figuren und Komik in den Spanischen 'Entremeses' des goldener Zeitalters*, Munich, 1962.

HONIG, Edwin, «On the 'Interludes' of Cervantes», en *Cervantes*, ed. Lowry Nelson, Jr., Englewood Cliffs, Nueva Jersey, Prentice Hall, 1969, págs. 152-161.

JOLY, Monique, «Cervantes et le refus des codes: le problème du 'sayagués'», *Imprévue* (1978), 122-142.

KENWORTHY, Patricia, «La ilusión dramática en los 'Entremeses' de Cervantes». Comunicación presentada ante el *I congreso internacional sobre Cervantes*, Madrid, 3 a 9 de julio de 1978. (De próxima aparición en las *Actas.)*

— «The Character of Lorenza and the Moral of Cervantes' 'El viejo celoso'», *Bulletin of Comediantes*, 31 (Spring, 1978), 103-108.

KIRSCHNER, Teresa J., «'El Retablo de las maravillas' de Cervantes o la dramatización del miedo». Comunicación presentada ante el *I congreso internacional sobre Cervantes*, Madrid, 3 a 9 de julio de 1978. (De próxima aparición en las *Actas.)*

LÁZARO CARRETER, Fernando, «Notas sobre el texto de los entremeses cervantinos», *AC*, III (1953), 340-348.

LERNER, Isaías, «Notas para el 'Entremés del Retablo de las maravillas': fuente y recreación», en *Estudios de literatura española ofrecidos a Marcos A. Morínigo*, Madrid, Ínsula, 1971, págs. 39-55.

MÁRQUEZ VILLANUEVA, Francisco, «Tradición y actualidad literaria en 'La guarda cuidadosa'», *Hispanic Review*, XXXIII (1965), 152-156.

MARRAST, Robert, «Les Intermèdes: Théâtre en Liberté», en *Miguel de Cervantes, dramaturge*, París, L'Arche, 1957, páginas 114-135.

MOLHO, Mauricio, *Cervantes: raíces folklóricas*, Madrid, Gredos, 1976.

MONER, Michel, «Las maravillosas figuras del 'Retablo de las maravillas'». Comunicación presentada ante el *I Congreso internacional sobre Cervantes*, Madrid, 3 a 9 de julio de 1978. (De próxima aparición en las *Actas.)*

MORLEY, S. G., «Notas sobre los entremeses de Cervantes», en *Estudios dedicados a Menéndez Pidal*, Madrid, II, 1951, páginas 483-496.

OSUNA, Rafael, «La distribución de las obras literarias con referencia a los entremeses de Cervantes», en *Homenaje a William L. Fichter*, Madrid, 1972, págs. 565-574.

RECOULES, Henri, «Cervantes y Timoneda y los entremeses del siglo XVII», *BBMP*, XLVIII (1972), 231-291.

— «Dios, el diablo y la Sagrada Escritura en los 'Entremeses' de Cervantes», *BBMP*, XLI (1965), 91-106.

— «En busca del pasado en los entremeses de Cervantes», *AC*, XII (1973), 39-72.

— «Les personnages des Intermèdes de Cervantès», *AC*, X (1971), 51-167.

— «Les personnages des Intermèdes de Cervantes: le sacristain», *Revue des Langues Romanes*, LXXVI (1964), 51-61.

— «Romancero y entremés», *Segismundo*, II (1975), 9-48.

— «Refranero y entremés», *BBMP*, LXX (1976), 135-153.

ROZENBLAT, W., «¿Por qué escribió Cervantes 'El juez de los divorcios'?», *AC*, XII (1973), 129-134.

SCHEVILL, Rudolph y BONILLA Y SAN MARTÍN, Adolfo, «El teatro de Cervantes: Introducción», en *Cervantes, comedias y entremeses*, Madrid, 1922, VI, págs. 1-158.

TAYLOR, Archer, «The Emperor's New Clothes», *Modern Philology*, XXV (1927-1928), 17-27.

YNDURÁIN, Francisco, «El tema del vizcaíno en Cervantes», *AC*, I (1961), 337-343.

— «Estudio preliminar» a *Obras dramáticas de Cervantes, BAE*, t. CLVI, 1962, págs. VII-LXXVII.

ZIMIC, Stanislav, «Bandello y 'El viejo celoso' de Cervantes», *Hispanófila*, 31 (1967), 29-41.

— «El Juez de los divorcios de Cervantes», *Acta Neophilologica*, XII (1979), págs. 3-27.

— «La elección de los 'Alcaldes de Daganzo'», *AC*, XIX, de próxima aparición.

— «'El rufián viudo' llora sobre la nympha muerta», *AC*, XX, de próxima aparición.

— «'El retablo de las maravillas': Parábola de la mentira», *AC*, XIX, de próxima aparición.

— «La ejemplaridad de la burla en 'El vizcaíno fingido'», *AC*, XX, de próxima aparición.
— «'La Cueva de Salamanca': Parábola de la tontería», *AC*, XX, de próxima aparición.

III. Estudios pertinentes sobre el entremés y el teatro de los siglos XVI y XVII

Asensio, Eugenio, *Itinerario del entremés: desde Lope de Rueda a Quiñones de Benavente*, Madrid, Gredos, 1965.
Bergman, Hannah E., *Luis Quiñones de Benavente y sus entremeses*, Madrid, Castalia, 1965.
Díez Borque, José M., «Aproximación semiológica a la 'escena' del teatro del Siglo de Oro español», en *Semiología del teatro*, Barcelona, Planeta, 1976, págs. 49-92.
— *Sociedad y teatro en la España de Lope de Vega*, Barcelona, Bosch, 1978.
Jacquot, J. (Ed.), *Dramaturgie et Société. Rapports entre l'oeuvre théâtrale, son interpretation et son public aux XVIe et XVIIe siècles*, París, C. N. R. S., 1968.
Duvignaud, Jean, *Sociologie du théâtre. Essai sur les ombres collectives*, París, 1965.
Falconieri, John V., «Historia de la Commedia dell'arte en España», *Rev. de Lit.*, XI (1957), 3-37, y, XII (1957), 69-90.
Hendrix, William S., *Some Native Comic Types in the Early Spanish Drama*, Columbus, Ohio, The Ohio State University Press, 1924.
Jack, William S., *The Early Entremés in Spain: The Rise of a Dramatic Form*, Philadelphia: The University of Pennsylvania Press, 1923.
Newels, Margarete, *Los géneros dramáticos en las Poéticas del Siglo de Oro. Investigación preliminar al estudio de la teoría dramática en el Siglo de Oro*, Londres, 1974.
Pellicer, Casiano, *Tratado histórico sobre el origen y el progreso de la comedia y del histrionismo en España*, 2 vols., Madrid, 1804.
Rennert, Hugo A., *The Spanish Stage in the Time of Lope de Vega*, Nueva York, 1909.
Shergold, N. D., *A History of the Spanish Stage, From Medieval Times Until the End of the XVIIth Century*, Oxford, 1967.
Varey, J. E. *Historia de los títeres en España*, Madrid, 1957.

— «Some Early Palace Performances of Seventeenth-Century Plays», *BHS*, 40 (1963), 212-244.

KLEIN, Julius L., *Geschichte des Spanischen Dramas*, 5 vols., Leipzig, T. O. Weigel, 1871-75.

LÁZARO CARRETER, Fernando, «El Arte Nuevo (vs. 64-73) y el término 'entremeses'», *Anuario de Letras*, V (1965), 77-92.

MARAVALL, José A., *Teatro y literatura en la sociedad barroca*, Madrid, 1972.

SALOMON, Noël, *Recherches sur le thème paysan dans la 'comedia' au temps de Lope de Vega*, Burdeos, 1965.

SENTAURENS, Jean, «Sobre el público de los 'corrales' sevillanos en el Siglo de Oro», *Creación y público en la literatura española*, ed. J. F. Botrel y S. Salaün, Madrid, Castalia, 1974.

WARDROPPER, Bruce W., «Cervantes' Theory of Drama», *Modern Philology*, LII (1955), 217-221.

— «El entremés como comedia antigua», en *La comedia española del Siglo de Oro*, Barcelona, Ariel, 1978, págs. 200-209. Este estudio fue publicado junto a la traducción del libro de Elder Olson, *Teoría de la comedia.*

WILSON, E. M. y MOIR, D., «De Lope de Rueda a Cervantes», en *Historia de la literatura española, III: Siglo de Oro (Teatro)*, Barcelona, Ariel, 1974, págs. 49-77.

IV. CERVANTES EN SU ÉPOCA

A. Biografías y Documentos

ARBÓ, Sebastián Juan, *Cervantes*, 3.ª ed., Barcelona, Noguer, 1956.

ASENSIO Y TOLEDO, J. M., *Nuevos documentos para ilustrar la vida de Miguel de Cervantes Saavedra*, Sevilla, 1864.

ASTRANA MARÍN, Luis, *Vida ejemplar y heroica de Miguel de Cervantes Saavedra*, 7 vols., Madrid, Reus, 1948-1958.

BUSONI, Raffaello, *The Man Who Was Don Quijote: The Story of Miguel Cervantes*, Nueva York, Avon Books, 1968.

BYRON, William, *Cervantes: A Biography*, Nueva York, Doubleday and Company, 1978.

CASSOU, Jean, *Cervantes: un hombre y una época*, trad. F. Pina, México, D. F., Ediciones Quetzal, 1939.

COTARELO y MORI, Emilio, *Efemérides Cervantinas. Resumen cronológico de la vida de Miguel de Cervantes Saavedra*, Madrid, 1905.

— *Los puntos oscuros de la vida de Cervantes*, Madrid, 1916.
FERNÁNDEZ DE NAVARRETE, M., *Vida de Miguel de Cervantes Saavedra*, Madrid, 1819.
GONZÁLEZ DE AMEZÚA, A., «Una carta desconocida e inédita de Cervantes», *BRAE*, XXXIV (1954), 217-224.
MORENO BÁEZ, Enrique, «Perfil ideológico de Cervantes», en *Suma Cervantina*, ed. E. C. Riley y J. B. Avalle-Arce, Londres, Támesis, 1973, págs. 233-272.
NAVARRO y LEDESMA, Francisco, *El ingenioso hidalgo Miguel de Cervantes Saavedra*, Madrid, Sucesores de Hernando, 1905.
PREDMORE, Richard L., *Cervantes*, Nueva York: Dodd, Mead and Company, 1973.
PÉREZ PASTOR, C., *Documentos cervantinos hasta ahora inéditos*, 2 vols., Madrid, 1897-1902.
TORRES LANZAS, P., «Información de Miguel de Cervantes de lo que ha servido a S. M. y de lo que ha hecho estando captivo en Argel», *Revista de dialectología y tradiciones populares*, XII (1905), 305-397.

B. Estudios

CASTRO, Américo, *Cervantes y los casticismos españoles*, Madrid-Barcelona, 1966.
— *El pensamiento de Cervantes*, Madrid, 1925; Barcelona, 1972.
— *Hacia Cervantes*, Madrid, 1967.
DE LOLLIS, Cesare, *Cervantes reazionario*, Roma, Fratelli Treves, 1924.
MARAVALL, José A., *Utopía y contrautopía en el Quijote*, Santiago de Compostela, Pico Sacro, 1976.
OLMOS GARCÍA, Francisco, *Cervantes en su época*, Madrid, Aguilera, 1970.
ROSALES, Luis, *Cervantes y la libertad*, 2 vols., Madrid, Gráficas Valera, 1959-60.

V. TEXTOS Y ESTUDIOS PERTINENTES SOBRE PROBLEMAS LITERARIOS, SOCIO-CULTURALES, SOCIO-HISTÓRICOS Y SOCIO-ECONÓMICOS DE LA ESPAÑA DE LOS SIGLOS XVI Y XVII.

BRAUDEL, Fernand, *La Mediterranée et le monde méditerranéen à l'époque de Philippe II*, 2 vols., París, 1966.

CARO BAROJA, Julio, *La ciudad y el campo*, Madrid, 1966.
— *Las brujas y su mundo*, Madrid, 1966.
— *Las formas complejas de la vida religiosa. Religión, sociedad y carácter en la España de los siglos XVI y XVII*, Madrid, 1978.
CASTRO, Américo, «Algunas observaciones sobre el concepto del honor en los siglos XVI y XVII», *R. F. E.*, III (1916), 1-60; 357-386.
DOMÍNGUEZ ORTIZ, Antonio, *La sociedad española en el siglo XVII*, 2 vols., Madrid, 1963-1970.
— *El antiguo régimen: los Reyes Católicos y los Austrias*, Madrid, Alianza/Alfaguara, 1973.
HENNINGSEN, Gustav, «The Papers of Alonso de Salazar Frías: A Spanish Witchcraft Polemic, 1610-1614», *Temenos*, V (1969), 85-106.
HERRERO GARCÍA, Miguel, *Ideas de los españoles del siglo XVII*. Madrid, 1966.
— *Oficios populares en la sociedad de Lope de Vega*, reimpresión, Madrid, 1977.
LIÑAN y VERDUGO, A., *Guía y aviso de forasteros que vienen a la corte*, ed. Edisons Simons, Madrid, Editora Nacional, 1980.
LYNCH, John, *España bajo los Austrias*, Barcelona, Península, 1972.
MARAVALL, José A., *Estado moderno y mentalidad social*, 2 vols., Madrid, Revista de Occidente, 1972.
— *La cultura del barroco*, Barcelona, Ariel, 1975.
— «La función del honor en la sociedad tradicional», *I & L*, II, 7 (mayo-junio, 1978), 9-27. Reproducido en *Poder, honor y élites en el siglo XVII*, Madrid, Siglo XXI, 1979.
— *La oposición política bajo los Austrias*, Barcelona, Ariel, 1972.
MCKENDRICK, Melveena, *Woman and Society in the Spanish Drama of the Golden Age*, Cambridge Univ. Press, 1974.
MENÉNDEZ y PELAYO, M., *Historia de las ideas estéticas en España*, 5 vols., Madrid, 1940.
SALOMON, Noël, *La vida rural castellana en tiempos de Felipe II*, Barcelona, Planeta, 1973.
VILAR, Jean, *Literatura y economía. La figura satírica del arbitrista en el Siglo de Oro*, Madrid, Revista de Occidente, 1973.
VILAR, Pierre, *Oro y moneda en la historia*, Barcelona, Ariel, 1969.
VIVES, Juan Luis, *Formación de la mujer cristiana*, trad. y ed. por Lorenzo Riber en *Obras Completas*, Madrid, Aguilar, 1947.

Entremeses

OCHO
COMEDIAS, Y OCHO ENTREMESES NVEVOS,

Nunca repreſentados.

COMPVESTAS POR MIGVEL de Ceruantes Saauedra.

DIRIGIDAS A DON PEDRO FERnandez de Caſtro, Conde de Lemos, de Andrade, y de Villalua, Marques de Sarria, Gentilhombre de la Camara de ſu Mageſtad, Comendador de la Encomienda de Peñafiel, y la Zarça, de la Orden de Alcantara, Virrey, Gouernador, y Capitan general del Reyno de Napoles, y Preſidente del ſupremo Conſejo de Italia.

LOS TITVLOS DESTAS OCHO COMEDIAS, Y ſus entremeſes van en la quarta hoja.

1615.

CON PRIVILEGIO.

EN MADRID, *Por la viuda de Alonſo Martin.*

A coſta de Iuan de Villarroel, mercader de libros, vendeſe en ſu caſa a la plaçuela del Angel,

Edición *princeps*

Prólogo al lector

No puedo dejar, lector carísimo, de suplicarte me perdones si vieres que en este prólogo salgo algún tanto de mi acostumbrada modestia. Los días pasados me hallé en una conversación de amigos, donde se trató de comedias y de las cosas a ellas concernientes, y de tal manera las sutilizaron y atildaron que, a mi parecer, vinieron a quedar en punto de toda perfección. Tratóse también de quién fue el primero que en España las sacó de mantillas y las puso en toldo y vistió de gala y apariencia; yo, como el más viejo que allí estaba, dije que me acordaba de haber visto representar al gran Lope de Rueda, varón insigne en la representación y en el entendimiento. Fue natural de Sevilla y de oficio batihoja, que quiere decir de los que hacen panes de oro; fue admirable en la poesía pastoril, y en este modo, ni entonces ni después acá ninguno le ha llevado ventaja; y aunque por ser muchacho yo entonces, no podía hacer juicio firme de la bondad de sus versos, por algunos que me quedaron en la memoria, vistos ahora en la edad madura que tengo, hallo ser verdad lo que he dicho; y si no fuera por no salir del propósito del prólogo, pusiera aquí algunos que acreditaran esta verdad. En el tiempo de este célebre español, todos los aparatos de un autor de comedias se encerraban en un costal y se cifraban en cuatro pellicos blancos guarnecidos de guadamecí dorado y en cuatro barbas y cabelleras y cuatro cayados, poco más o menos. Las comedias eran unos coloquios como églogas, entre dos o tres pastores y alguna pastora; aderezábanlas y dilatábanlas con dos o tres entremeses, ya de negra, ya de rufián, ya de bobo o ya de vizcaíno: que todas estas cuatro figuras y otras muchas hacía el tal Lope con la mayor excelencia y propiedad que pudiera imaginarse. No había en aquel tiempo tramoyas, ni desafíos de moros y cristianos, a pie ni a caballo; no había figura que saliese o pareciese salir del centro de la tierra por lo hueco del teatro, al cual componían cuatro bancos en cuadro y cuatro o seis tablas encima, con que se levantaba del suelo cuatro palmos; ni menos bajaban del cielo nubes con ángeles o con almas. El adorno del teatro era una manta vieja, tirada con dos cordeles de una parte a otra, que hacía lo que llaman vestuario, detrás de la cual estaban los músicos, cantando sin guitarra algún romance antiguo. Murió Lope de Rueda, y por hombre excelente y famoso le enterraron en la iglesia mayor de Córdoba (donde murió), entre los dos coros, donde también está enterrado aquel famoso loco Luis López.

Sucedió a Lope de Rueda, Navarro, natural de Toledo, el cual fue famoso en hacer la figura de un rufián cobarde; éste levantó algún tanto más el adorno de las comedias y mudó el costal de vestidos en cofres y en baúles; sacó la música, que antes cantaba detrás de la manta, al teatro público; quitó las barbas de los farsantes, que hasta entonces ninguno representaba sin barba postiza, e hizo que todos representasen a cureña rasa, si no eran los que habían de representar los viejos u otras figuras que pidiesen mudanza de rostro; inventó tramoyas, nubes, truenos y relámpagos, desafíos y batallas; pero esto no llegó al sublime punto en que está ahora.

Y esto es verdad que no se me puede contradecir, y aquí entra el salir yo de los límites de mi llaneza: que se vieron en los teatros de Madrid representar *Los tratos de Argel*, que yo compuse; *La destrucción de Numancia* y *La batalla naval*, donde me atreví a reducir las comedias a tres jornadas, de cinco que tenían; mostré o, por mejor decir, fui el primero que representase las imaginaciones y los pensamientos escondidos del alma, sacando figuras morales al teatro, con general y gustoso aplauso de los oyentes; compuse en este tiempo hasta veinte comedias o treinta, que todas ellas se recitaron sin que se les ofreciese ofrenda de pepinos ni de otra cosa arrojadiza: corrieron su carrera sin silbos, gritas ni baraúndas. Tuve otras cosas en que ocuparme; dejé la pluma y las comedias, y entró luego el monstruo de naturaleza, el gran Lope de Vega, y alzóse con la monarquía cómica. Avasalló y puso debajo de su jurisdicción a todos los farsantes; llenó el mundo de comedias propias, felices y bien razonadas, y tantas que pasan de diez mil pliegos los que tiene escritos, y todas, que es una de las mayores cosas que puede decirse, las ha visto representar u oído decir por lo menos que se han representado; y si algunos, que hay muchos, no han querido entrar a la parte y gloria de sus trabajos, todos juntos no llegan en lo que han escrito a la mitad de lo que él solo.

Pero no por esto, pues no lo concede Dios todo a todos, dejen de tener en precio los trabajos del doctor Ramón, que fueron los más después del gran Lope; estímense las trazas artificiosas en todo extremo del lincenciado Miguel Sánchez; la gravedad del doctor Mira de Amescua, honra singular de nuestra nación; la discreción e innumerables conceptos del canónigo Tárraga; la suavidad y dulzura de don Guillén de Castro; la agudeza de Aguilar; el rumbo, el tropel, el boato, la grandeza de las comedias de Luis Vélez de Guevara, y las que ahora están en jerga del agudo ingenio de don Antonio de Galarza, y las que prometen *Las fullerías de amor*, de Gaspar de Ávila: que todos estos y otros algunos han ayudado a llevar esta gran máquina al gran Lope.

Algunos años ha que volví yo a mi antigua ociosidad, y pensando que aún duraban los siglos donde corrían mis alabanzas, volví a componer algunas comedias; pero no hallé pájaros en los nidos de antaño; quiero decir que no hallé autor que me las pidiese, puesto que sabían que las tenía, y así las arrinconé en un cofre y las consagré y condené al perpetuo silencio. En esta sazón me dijo un librero que él me las comprara si un autor de título no le hubiera dicho que de mi prosa se podía esperar mucho, pero que del verso nada; y si voy a decir la verdad, cierto que me dio pesadumbre el oírlo y dije entre mí: «O yo me he mudado en otro, o los tiempos se han mejorado mucho; sucediendo siempre al revés, pues siempre se alaban los pasados tiempos.» Torné a pasar los ojos por mis comedias y por algunos entremeses míos que con ellas estaban arrinconados, y vi no ser tan malas ni tan malos que no mereciesen salir de las tinieblas del ingenio de aquel autor a la luz de otros autores menos escrupulosos y más entendidos. Aburríme y vendíselas al tal librero, que las ha puesto en la estampa como aquí te las ofrece; él me las pagó razonablemente; yo cogí mi dinero con suavidad, sin tener cuenta con dimes ni diretes de recitantes. Querría que fuesen las mejores del mundo, o a lo menos razonables; tú lo verás, lector mío, y si hallares que tienen alguna cosa buena, en topando a aquel mi maldiciente autor, dile que se enmiende, pues yo no ofendo a nadie, y que advierta que no tienen necedades patentes y descubiertas, y que el verso es el mismo que piden las comedias, que ha de ser, de los tres estilos, el ínfimo, y el que el lenguaje de los entremeses es propio de las figuras que en ellos se introducen, y que para enmienda de todo esto le ofrezco una comedia que estoy componiendo y la intitulo *El engaño a los ojos*, que, si no me engaño, le ha de dar contento. Y con esto, Dios te dé salud y a mí paciencia.

Dedicatoria al Conde de Lemos

Ahora se agoste o no el jardín de mi corto ingenio, que los frutos que él ofreciere, en cualquier sazón que sea, han de ser de V. E., a quien ofrezco el de estas comedias y entremeses, no tan desabridos, a mi parecer, que no puedan dar algún gusto; y si alguna cosa llevan razonable es que no van manoseados ni han salido al teatro, merced a los farsantes que, de puro discretos, no se ocupan sino en obras grandes y de graves autores, puesto que tal vez se engañan. *Don Quijote de la Mancha* queda calzadas las espuelas en su segunda parte para ir a besar los pies a V. E. Creo que llegará quejoso, porque en Tarragona le han asendereado y malparado; aunque, por sí o por no, lleva información hecha de que no es él el contenido en aquella historia, sino otro supuesto, que quiso ser él y no acertó a serlo. Luego irá el gran *Persiles*, y luego *Las semanas del jardín*, y luego la segunda parte de *La Galatea*, si tanta carga pueden llevar mis ancianos hombros; y luego y siempre irán las muestras del deseo que tengo de servir a V. E., como a mi verdadero señor, y firme y verdadero amparo, cuya persona, etc.

Criado de V. Exc.

MIGUEL DE CERVANTES SAAVEDRA

ENTREMÉS
DEL

Juez de los divorcios

(Sale EL JUEZ, *y otros dos con él, que son* ESCRIBANO *y* PROCURADOR[1], *y siéntase en una silla; salen* EL VEJETE *y* MARIANA, *su mujer.)*

MARIANA. Aun bien que[2] está ya el señor juez de los divorcios sentado en la silla de su audiencia. Desta vez tengo de quedar dentro o fuera; desta vegada[3] tengo de quedar libre de pedido y alcabala, como el gavilán[4].

VEJETE. Por amor de Dios, Mariana, que no almodonees[5] tanto tu negocio; habla paso, por la pasión que

---

[1] *Procurador:* el que en los tribunales representa a los acusados.

[2] *Aun bien que:* a bien que. Cfr. *La guarda cuidadosa*, nota 71, y *El retablo de las maravillas*, pág. 215.

[3] *Vegada:* vez. Arcaísmo repudiado por Juan de Valdés en el *Diálogo de la lengua;* «yo no lo dería ni lo escriviría». Cervantes lo usa también en el *Quijote* (I, xlvi).

[4] *Libre de pedido y alcabala, como el gavilán:* exentos de impuestos («pedido») y derecho real («alcabala»). Alusión a unas disposiciones jurídicas en la Edad Media que eximían los impuestos en relación con esas aves rapiñas. Pilar Palomo (pág. 40) aporta amplia documentación.

[5] *No almodonees:* así en la edición príncipe. La mayoría de los editores modernos preferirían leer *almonedees* en el sentido de poner (o pregonar como) en almoneda (cfr. respectivamente Avalle-Arce, página 9, nota 7, y Asensio, pág. 61, nota 2, que siguen una sugerencia de Herrero, págs. 3-4). Lo arriesgado de este tipo de rectificación ha sido apuntado ya por Ynduráin (pág. LXVIII): «Es preferible dejarlo tal como está, pues, ¿por qué no pensar en un 'almadenees', es decir, machaques?»

Dios pasó; mira que tienes atronada a toda la vecindad con tus gritos; y, pues tienes delante al señor juez, con menos voces le puedes informar de tu justicia.

JUEZ. ¿Qué pendencia traéis, buena gente?

MARIANA. Señor, ¡divorcio, divorcio, y más divorcio, y otras mil veces divorcio!

JUEZ. ¿De quién, o por qué, señora?

MARIANA. ¿De quién? Deste viejo, que está presente.

JUEZ. ¿Por qué?

MARIANA. Porque no puedo sufrir sus impertinencias, ni estar contino atenta a curar todas sus enfermedades, que son sin número; y no me criaron a mí mis padres para ser hospitalera ni enfermera. Muy buen dote llevé al poder desta espuerta de huesos, que me tiene consumidos los días de la vida; cuando entré en su poder, me relumbraba la cara como un espejo, y agora la tengo con una vara de frisa[6] encima. Vuesa merced, señor juez, me descase, si no quiere que me ahorque; mire, mire los surcos que tengo por este rostro, de las lágrimas que derramo cada día, por verme casada con esta anotomía[7].

JUEZ. No lloréis, señora; bajad la voz y enjugad las lágrimas, que yo os haré justicia.

MARIANA. Déjeme vuesa merced llorar, que con esto descanso. En los reinos y en las repúblicas bien ordenadas, había de ser limitado el tiempo de los matrimonios, y de tres en tres años se habían de deshacer, o confirmarse de nuevo, como cosas de arrendamiento[8], y no que hayan de durar toda la vida, con perpetuo dolor de entrambas[9] partes.

---

[6] *Con una vara de frisa:* es decir, arrugada y sombría como «cierta tela de lana delgada con pelo (frisa), que se suele retorcer» *(Cov.)*. Aquí frisa equivale también a paño de luto.

[7] *Anotomía:* anatomía: esqueleto.

[8] *De tres en tres años... arrendamiento:* el plazo reservado a contratos de arrendamiento de las rentas reales era efectivamente de tres años, según la ley 7.ª, título VII de la partida quinta: «... Pero cualquier que las arrendare, non las debe tener más de tres años» (citado por Bonilla, pág. 182).

[9] *Entrambas:* ambas.

JUEZ. Si ese arbitrio[10] se pudiera o debiera poner en prática, y por dineros, ya se hubiera hecho; pero especificad más, señora, las ocasiones que os mueven a pedir divorcio.

MARIANA. El ivierno de mi marido, y la primavera[11] de mi edad; el quitarme el sueño, por levantarme a media noche a calentar paños y saquillos de salvado[12] para ponerle en la ijada; el ponerle, ora aquesto, ora aquella ligadura, que ligado le vea yo a un palo por justicia; el cuidado que tengo de ponerle de noche alta cabecera[13] de la cama, jarabes lenitivos, porque no se ahogue del pecho; y el estar obligada a sufrirle el mal olor de la boca, que le güele mal a tres tiros de arcabuz.

ESCRIBANO. Debe de ser alguna muela podrida.

VEJETE. No puede ser, porque lleve el diablo la muela ni diente que tengo en toda ella.

PROCURADOR. Pues ley hay que dice, según he oído decir, que por sólo el mal olor de la boca se puede desc[as]ar la mujer del marido, y el marido de la mujer.

VEJETE. En verdad, señores, que el mal aliento que ella dice que tengo, no se engendra de mis podridas muelas, pues no las tengo, ni menos procede de mi estómago, que está sanísimo, sino desa mala intención de su pecho. Mal conocen vuesas mercedes a esta señora; pues a fe que, si la conociesen, que la ayunarían o la santiguarían[14]. Veinte y dos años ha que vivo con ella mártir,

[10] *Arbitrio:* consejo. Para unas referencias concretas a la figura satírica del *arbitrista*, cfr. *La elección de los alcaldes de Daganzo*, nota 31, y *Don Quijote* (II, i). Sobre la génesis de la imagen literaria de esos precursores del pensamiento económico moderno, véase el indispensable estudio de Jean Vilar, *Literatura y economía. La figura satírica del arbitrista en el Siglo de Oro*, Madrid, Revista de Occidente, 1973.

[11] *Ivierno... primavera:* vejez... juventud. Ivierno = invierno.

[12] *Saquillos de salvado:* tenían los mismos efectos emolientes que las modernas de agua caliente (Herrero, pág. 6).

[13] *Ponerle de noche alta cabecera:* Bonilla (pág. 5) y con él casi todos los editores modernos enmiendan «alta [la] cabecera». Asensio (pág. 63), «preferiría corregir... *a la cabecera* que hace perfecto sentido y mantiene la simetría y fluidez del discurso».

[14] *Ayunarían... santiguarían:* es decir, o se abstendrían de su trato o se santiguarían de ella como si fuese un diablo. Otras acepciones de *santiguar* son las de *golpear* y *reñir*.

sin haber sido jamás confesor[15] de sus insolencias, de sus voces y de sus fantasías, y ya va para dos años que cada día me va dando vaivenes y empujones hacia la sepultura, a cuyas voces[16] me tiene medio sordo, y, a puro reñir, sin juicio. Si me cura, como ella dice, cúrame a regañadientes; habiendo de ser suave la mano y la condición del médico. En resolución, señores, yo soy el que muero en su poder, y ella es la que vive en el mío, porque es señora, con mero mixto imperio[17], de la hacienda que tengo.

MARIANA. ¿Hacienda vuestra? Y ¿qué hacienda tenéis vos, que no la hayáis ganado con la que llevastes[18] en mi dote? Y son mío la mitad de los bienes gananciales[19], mal que os pese; y dellos y de la dote, si me muriese agora, no os dejaría valor de un maravedí, porque veáis el amor que os tengo.

JUEZ. Decid, señor: cuando entrastes en poder de vuestra mujer, ¿no entrastes gallardo, sano, y bien acondicionado?

VEJETE. Ya he dicho que ha veinte y dos años que entré en su poder, como quien entra en el de un cómitre calabrés a remar en galeras de por fuerza, y entré tan sano, que podía decir y hacer como quien juega a las pintas[20].

---

15 *Mártir... confesor:* refrán (Correas) de índole religiosa, muy usado por rufianes, con que el vejete explica como resistió por veintidós años al tormento de su desgraciado matrimonio sin haber acudido a declararlo ante las autoridades jurídicas. Sobre el uso de esta expresión en la picaresca, cfr. *Estebanillo González*, 2 vols., ed. N. Spadaccini y A. Zahareas, Madrid, Castalia, 1978, I, pág. 158, nota 160.

16 *A cuyas voces:* Asensio (pág. 63) corrige *a [puras] voces*, «retoque sugerido por 'a puro reñir'». Se basa en un rasgo estilístico muy común en los *Entremeses* cervantinos: la obsesión por la simetría.

17 *Mero mixto imperio:* con dominio o señorío absoluto sobre vidas y bienes. Son términos jurídicos comunes en los contratos. Cfr. Bonilla (pág. 183, nota 9).

18 *Llevastes:* llevasteis. La terminación *-tes* del pretérito indefinido era la común en la época. Abundan los ejemplos en estos entremeses.

19 *Bienes gananciales:* los que son ganados durante el matrimonio.

20 *Decir y hacer... juega a las pintas:* contestando al juez con una alusión a un conocido juego de naipes («pintas») el vejete dice que cuando se casó con su mujer estaba en condiciones de poder satisfacer sus envites (ofertas sexuales).

MARIANA. Cedacico nuevo, tres días en estaca[21].

JUEZ. Callad, callad, nora en tal[22], mujer de bien, y andad con Dios; que yo no hallo causa para descasaros; y, pues comistes las maduras, gustad de las duras[23]; que no está obligado ningún marido a tener la velocidad y corrida del tiempo, que no pase por su puerta y por sus días; y descontad los malos que ahora os da, con los buenos que os dió cuando pudo; y no repliquéis más palabra.

VEJETE. Si fuese posible, recebiría gran merced que vuesa merced me la hiciese de despenarme, alzándome esta carcelería[24]; porque, dejándome así, habiendo ya llegado a este rompimiento, será de nuevo entregarme al verdugo que me martirice; y si no, hagamos una cosa: enciérrese ella en un monesterio[25], y yo en otro; partamos la hacienda, y desta suerte podremos vivir en paz y en servicio de Dios lo que nos queda de la vida.

MARIANA. ¡Malos años! ¡Bonica soy yo para estar encerrada! No sino llegaos a la niña, que es amiga de redes, de tornos, rejas y escuchas[26]; encerraos vos que lo podréis llevar y sufrir, que ni tenéis ojos con qué ver, ni oídos con qué oír, ni pies con qué andar, ni mano con qué tocar: que yo, que estoy sana, y con todos mis cinco sentidos cabales y vivos, quiero usar dellos a la descubierta, y no por brújula[27], como quínola dudosa.

---

21 *Cedacico nuevo, tres días en estaca:* refrán (Correas) con que se indica que la bondad de lo nuevo dura poco.

22 *Nora en tal:* en hora mala. Cfr. *Don Quijote* (II, x): «Apártense, nora en tal, del camino..., que vamos de priesa.»

23 *Comiste las maduras, gustad de las duras:* refrán con que indica que ya que disfrutó de lo bueno, p. ej., de la juventud de su marido, también debe estar dispuesta en afrontar lo malo, p. ej., los problemas de su vejez. La alusión original del refrán es a las frutas.

24 *Carcelería:* cárcel.

25 *Monesterio:* monasterio.

26 *Escuchas:* la monja que asiste a la conversación de las religiosas con los visitantes en la grada o locutorio de los conventos (cfr. *Dicc. de Aut.).* Las conversaciones ocurrirían a través de una reja («red»).

27 *Por brújula:* en forma recatada. Cfr. *Dicc. de Aut.:* «Brujulear: mirar o acechar con cuidado: y en los juegos de naipes es ir el jugador descubriendo poco a poco las cartas, y por la pinta conocer de qué

ESCRIBANO. Libre es la mujer.

PROCURADOR. Y prudente el marido; pero no puede más.

JUEZ. Pues yo no puedo hacer este divorcio, *quia nullam invenio causam*[28].

(Entra UN SOLDADO *bien aderezado, y su mujer* DOÑA GUIOMAR.)

GUIOMAR. ¡Bendito sea Dios!, que se me ha cumplido el deseo que tenía de verme ante la presencia de vuesa merced, a quien suplico, cuando encarecidamente puedo, sea servido de descasarme déste.

JUEZ. ¿Qué cosa es *déste?* ¿No tiene otro nombre? Bien fuera que dijérades siquiera: «deste hombre».

GUIOMAR. Si él fuera hombre, no procurara yo descasarme.

JUEZ. Pues ¿qué es?

GUIOMAR. Un leño[29].

SOLDADO. [*Aparte.*] Por Dios, que he de ser leño en callar y en sufrir. Quizá con no defenderme ni contradecir a esta mujer, el juez se inclinará a condenarme; y, pensando que me castiga, me sacará de cautiverio, como si por milagro se librase un cautivo de las mazmorras[30] de Tetuán.

PROCURADOR. Hablad más comedido, señora, y relatad vuestro negocio, sin improperios[31] de vuestro marido, que el señor juez de los divorcios, que está delante, mirará rectamente por vuestra justicia.

---

palo es.» Mariana usa aquí el léxico del juego de naipes («por brújula, como quínola dudosa») para reclamar la libertad de sus sentidos e instintos.

[28] *Quia nullam invenio causam:* porque no encuentro causa *(San Juan*, XVIII, 38). Palabras de Pilatos cuando se niega a sentenciar a Jesús Cristo. Cfr. *San Lucas* (XXIII, 22).

[29] *Un leño:* de poco talento y acción.

[30] *Mazmorras:* prisiones subterráneas de piratas berberiscos.

[31] *Improperios:* insultos.

GUIOMAR. Pues ¿no quieren vuesas mercedes que llame leño a una estatua, que no tiene más acciones que un madero?

MARIANA. Ésta y yo nos quejamos sin duda de un mismo agravio.

GUIOMAR. Digo, en fin, señor mío, que a mí me casaron con este hombre, ya que quiere vuesa merced que así lo llame, pero no es este hombre con quien yo me casé.

JUEZ. ¿Cómo es eso?, que no os entiendo.

GUIOMAR. Quiero decir, que pensé que me casaba con un hombre moliente y corriente, y a pocos días me hallé que me había casado con un leño, como tengo dicho; porque él no sabe cuál es su mano derecha, ni busca medios ni trazas para granjear un real con que ayude a sustentar su casa y familia. Las mañanas se le pasan en oír misa y en estarse en la puerta de Guadalajara [32] murmurando, sabiendo nuevas, diciendo y escuchando mentiras; y las tardes, y aun las mañanas también, se va de casa en casa de juego, y allí sirve de número a los mirones [33], que, según he oído decir, es un género de gente a quien aborrecen en todo estremo los gariteros. A las dos de la tarde viene a comer, sin que le hayan dado un real de barato [34], porque ya no se usa el darlo; vuélvese a ir; vuelve a media noche; cena si lo halla; y si no, santíguase, bosteza y acuéstase; y en toda la noche no sosiega, dando vueltas. Pregúntole qué tiene. Respóndeme que está haciendo un soneto en la memoria para un amigo que se le ha pedido [35]; y da en ser poeta, como si fuese

---

[32] *Puerta de Guadalajara:* una de las principales puertas de la antigua villa de Madrid. «Se hallaba entre la embocadura de la cava de San Miguel y la calle de Milaneses... Era lugar celebrado por sus tiendas y por ser centro de reunión de gente ociosa y novelera» (Bonilla, página 184, nota 16).

[33] *Mirones:* espectadores que, además de mirar, prestaban servicios a los jugadores. Véase más adelante, nota 35.

[34] *Barato:* propina que solían dar los jugadores que ganaban a los mirones y espectadores. Cfr. *Cov.:* «*Dar barato:* sacar los que juegan para dar a los que sirven o asisten al juego.»

[35] *Un soneto... para un amigo que se le ha pedido:* nótese el empleo del leísmo *(le* por *lo)*, aquí como objeto directo. Véase más adelante,

oficio con quien no estuviese vinculada la necesidad del mundo.

SOLDADO. Mi señora doña Guiomar, en todo cuanto ha dicho, no ha salido de los límites de la razón; y, si yo no la tuviera en lo que hago, como ella la tiene en lo que dice, ya había yo de haber procurado algún favor de palillos[36] de aquí o de allí, y procurar verme, como se ven otros hombrecitos aguditos y bulliciosos, con una vara en las manos, y sobre una mula de alquiler, pequeña, seca y maliciosa, sin mozo de mulas que le acompañe, porque las tales mulas nunca se alquilan sino a faltas[37] y cuando están de nones[38]; sus alforjitas a las ancas, en la una un cuello y una camisa, y en la otra su medio queso, y su pan y su bota; sin añadir a los vestidos que trae de rúa, para hacellos de camino, sino unas polainas y una sola espuela[39]; y, con una comisión y aun comezón[40] en el seno, sale por esa Puente Toledana raspahilando[41], a pesar de las malas mañas de la harona, y, a cabo de pocos días, envía a su casa algún pernil de tocino y algunas varas de lienzo crudo; en fin, de aquellas cosas que valen baratas en los lugares del distrito de su comisión, y con esto sustenta su casa como el pecador mejor puede; pero yo, que, ni tengo oficio, [ni beneficio], no sé qué hacerme, porque no hay señor que quiera servirse de mí, porque soy casado; así que me será forzoso supli-

---

«si mi marido pide por cuatro causas divorcio, yo le pido por cuatrocientas».

36 *Favor de palillos:* el obsequio de alguna vara de juez o comisario. El soldado admite su impotencia al no haber conseguido el oficio o favor que pedía.

37 *A faltas:* es decir, en ausencia de.

38 *De nones:* de sobra. Cfr. *Don Quijote* (II, xxxiii).

39 *Sin añadir a los vestidos... espuela:* alusión a la pobreza o escasez de vestidos. Sólo tenía vestidos de paseo o de calle (de «rúa») que eran negros. Estos mismos se convertían en vestidos de viaje (de «camino«) o de color, al ir acompañados de unas polainas de paño y de una espuela.

40 *Comezón:* picazón.

41 *Raspahilando:* de prisa. Cfr. *Corom.:* «*Raspahilar:* moverse rápida y atropelladamente.»

car a vuesa merced, señor juez, pues ya por pobres son tan enfadosos los hidalgos, y mi mujer lo pide, que nos divida y aparte.

GUIOMAR. Y hay más en esto, señor juez: que, como yo veo que mi marido es tan para poco, y que padece necesidad, muérome por remedialle, pero no puedo, porque, en resolución, soy mujer de bien, y no tengo de hacer vileza[42].

SOLDADO. Por esto solo merecía ser querida esta mujer; pero, debajo deste pundonor, tiene encubierta la más mala condición de la tierra; pide celos sin causa; grita sin por qué; presume sin hacienda; y, como me ve pobre, no me estima en el baile del rey Perico[43]; y es lo peor, señor juez, que quiere que, a trueco[44] de la fidelidad que me guarda, le sufra y disimule millares de millares de impertinencias y desabrimientos[45] que tiene.

GUIOMAR. ¿Pues no? ¿Y por qué no me habéis vos de guardar a mí decoro y respeto, siendo tan buena como soy?

SOLDADO. Oid, señora doña Guiomar: aquí delante destos señores os quiero decir esto: ¿Por qué me hacéis cargo de que sois buena, estando vos obligada a serlo, por ser de tan buenos padres nacida, por ser cristiana y por lo que debéis a vos misma? ¡Bueno es que quieran las mujeres que las respeten sus maridos porque son castas y honestas; como si en solo esto consistiese, de todo en todo, su perfección; y no echan de ver los desaguaderos por donde desaguan la fineza de otras mil virtudes que les faltan! ¿Qué se me da a mí que seáis casta

[42] *Muérome por remedialle... y no tengo de hacer vileza:* doña Guiomar insinúa ante el juez que no quiere hacerse puta, es decir, caer en la deshonestidád («hacer vileza») para remediar la necesidad que sufre con y por su marido.

[43] *No me estima en el baile del rey Perico:* no me estima mucho. Cfr. Correas, pág. 150; y, *Cov.:* «cuando queremos significar lo poco que estimamos alguna cosa...».

[44] *A trueco:* a trueque.

[45] *Desabrimientos:* mal genio. (Manifestaciones de mal genio o mal humor.)

con vos misma, puesto que[46] se me da mucho, si os descuidáis de que lo sea vuestra criada, y si andáis siempre rostrituerta, enojada, celosa, pensativa, manirrota, dormilona, perezosa, pendenciera, gruñidora, con otras insolencias deste jaez, que bastan a consumir las vidas de docientos maridos? Pero, con todo esto, digo, señor juez, que ninguna cosa destas tiene mi señora doña Guiomar; y confieso que yo soy el leño, el inhábil, el dejado y el perezoso; y que, por ley de buen gobierno, aunque no sea por otra cosa, está vuesa merced obligado a descasarnos; que desde aquí digo que no tengo ninguna cosa que alegar contra lo que mi mujer ha dicho, y que doy el pleito por concluso, y holgaré de ser condenado.

GUIOMAR. ¿Qué hay que alegar contra lo que tengo dicho? Que no me dais de comer a mí, ni a vuestra criada, y monta[47] que no son muchas, sino una, y aun esa sietemesina[48], que no come por un grillo.

ESCRIBANO. Sosiéguense; que vienen nuevos demandantes.

(Entra uno vestido de médico, y es CIRUJANO; *y* ALDONZA DE MINJACA, *su mujer.)*

CIRUJANO. Por cuatro causas bien bastantes, vengo a pedir a vuesa merced, señor juez, haga divorcio entre mí y la señora Aldonza de Minjaca, mi mujer, que está presente.

---

[46] *Puesto que:* aunque; a pesar de que. Cfr. Keniston, *Syntax of Castilian Prose*, 28-44.

[47] *Y monta:* expresión registrada como frase exclamativa equivalente a «¡vaya...! ¡Cuidado...! ¡Digo!» (cfr. F. Rodríguez Marín, ed. *Rinconete y Cortadillo*, pág. 435, nota 181) en que se sugiere lo contrario de lo que suele afirmarse. De ahí la aclaración «sino una». Cfr. *El retablo de las maravillas*, nota 68.

[48] *Sietemesina:* nacida a los siete meses y, por lo tanto, débil y flaca. Cfr. Sbarbi, *Refranero general español*, III, pág. 279: «si alguno (de los sietemesinos) escapa, siempre vive enfermo, o es casi enano». Cfr. Bonilla, pág. 186, nota 24.

JUEZ. Resoluto[49] venís; decid las cuatro causas.

CIRUJANO. La primera, porque no la puedo ver más que a todos los diablos; la segunda, por lo que ella se sabe; la tercera, por lo que yo me callo; la cuarta, porque no me lleven los demonios, cuando desta vida vaya, si he de durar en su compañía hasta mi muerte.

PROCURADOR. Bastantísimamente[50] ha probado su intención.

MINJACA. Señor juez, vuesa merced me oiga, y advierta que, si mi marido pide por cuatro causas divorcio, yo le pido por cuatrocientas. La primera, porque, cada vez que le veo, hago cuenta que veo al mismo Lucifer; la segunda, porque fui engañada cuando con él me casé; porque él dijo que era médico de pulso[51], y remaneció[52] cirujano, y hombre que hace ligaduras y cura otras enfermedades, que va a decir desto a médico, la mitad del justo precio; la tercera, porque tiene celos del sol que me toca; la cuarta, que, como no le puedo ver, querría estar apartada dél dos millones de leguas.

ESCRIBANO. ¿Quién diablos acertará a concertar estos relojes, estando las ruedas tan desconcertadas?

MINJACA. La quinta...

JUEZ. Señora, señora, si pensáis decir aquí todas las cuatrocientas causas, yo no estoy para escuchallas, ni hay lugar para ello; vuestro negocio se recibe a prueba[53], y andad con Dios; que hay otros negocios que despachar.

CIRUJANO. ¿Qué más pruebas, sino que yo no quiero morir con ella, ni ella gusta de vivir conmigo?

JUEZ. Si eso bastase para descasarse los casados, infinitísimos sacudirían de sus hombros el yugo del matrimonio.

---

49 *Resoluto:* resuelto.

50 *Bastantísimamente:* Superlativo humorístico y vulgar de bastante.

51 *Médico de pulso:* es decir, de medicina general. El cirujano tenía menos estudios y era poco más que un barbero.

52 *Remaneció:* apareció o resultó inesperadamente.

53 *A prueba:* hasta decidir.

(Entran uno vestido de GANAPÁN, *con su caperuza cuarteada.)*

GANAPÁN. Señor juez: ganapán soy, no lo niego, pero cristiano viejo[54], y hombre de bien a las derechas; y, si no fuese que alguna vez me tomo del vino, o él me toma a mí, que es lo más cierto, ya hubiera sido prioste en la cofradía de los hermanos de la carga[55]; pero, dejando esto aparte, porque hay mucho que decir en ello, quiero que sepa el señor juez que, estando una vez muy enfermo de los vaguidos de Baco, prometí de casarme con una mujer errada[56]. Volví en mí, sané, y cumplí la promesa, y caséme con una mujer que saqué de pecado; púsela a ser placera[57]; ha salido tan soberbia y de tan mala condición, que nadie llega a su tabla con quien no riña, ora sobre el peso falto, ora sobre que le llegan a la fruta, y a dos por tres les da con una pesa en la cabeza, o adonde topa, y los deshonra hasta la cuarta generación, sin tener hora de paz con todas sus vecinas ya parleras; y yo tengo de tener todo el día la espada más lista que un sacabuche[58], para defendella; y no ganamos para pagar penas de pesos no maduros, ni de condenaciones de pendencias. Querría, si vuesa merced fuese servido, o que

---

[54] *Ganapán... cristiano viejo:* muchos mozos de carga («ganapanes») eran moriscos o cristianos nuevos, según Bonilla (pág. 187, nota 26). De ahí la aclaración de este mozo de la esportilla. Sobre el tema de la limpieza de sangre en los *Entremeses*, véase «Introducción», y sobre el significado de esta referencia en la España de 1600, cfr. José Antonio Maravall, «La función del honor en la sociedad tradicional», *I & L*, II, número 7 (mayo-junio, 1978), págs. 9-27.

[55] *Prioste... hermanos de la carga:* mayordomo («prioste») de la cofradía de ganapanes («hermanos de la carga»). Alusión burlesca.

[56] *Mujer errada:* puta.

[57] *Placera:* verdulera. La mala fama de las mujeres que vendían verduras en el mercado era proverbial. Cfr. *Don Quijote* (II, li) en donde Sancho las califica de «desvergonzadas, desalmadas y atrevidas».

[58] *Más lista que un sacabuche:* tiene que estar envainando y desenvainando su espada constantemente, como si fuera una especie de trombón («sacabuche»), para defender a su mujer pendenciera. Cfr. *Cov.:* «Sacabuche: instrumento de metal que se alarga y se recoje en si mesmo...»

me apartase della, o por lo menos le mudase la condición acelerada que tiene en otra más reportada y más blanda; y prométole a vuesa merced de descargalle de balde todo el carbón que comprare este verano; que puedo mucho con los hermanos mercaderes de la costilla[59].

CIRUJANO. Ya conozco yo a la mujer deste buen hombre, y es tan mala como mi Aldonza; que no lo puedo más encarecer.

JUEZ. Mirad, señores: aunque algunos de los que aquí estáis habéis dado algunas causas que traen aparejada sentencia de divorcio, con todo eso, es menester que conste por escrito, y que lo digan testigos; y así, a todos os recibo a prueba. Pero ¿qué es esto? ¿Música y guitarras en mi audiencia? ¡Novedad grande es ésta!

(Entran dos músicos.)

MÚSICOS. Señor juez, aquellos dos casados tan desavenidos que vuesa merced concertó, redujo y apaciguó el otro día, están esperando a vuesa merced con una gran fiesta en su casa; y por nosotros le envían a suplicar sea servido de hallarse en ella y honrallos.

JUEZ. Eso haré yo de muy buena gana, y pluguiese a Dios que todos los presentes se apaciguasen como ellos.

PROCURADOR. Desa manera, moriríamos de hambre los escribanos y procuradores desta audiencia; que no, no, sino todo el mundo ponga demandas de divorcios, que al cabo, al cabo, los más se quedan como se estaban, y nosotros habemos gozado del fruto de sus pendencias y necedades.

MÚSICOS. Pues en verdad que desde aquí hemos de ir regocijando la fiesta.

(Cantan los músicos.)

«Entre casados de honor,
cuando hay pleito descubierto,

[59] *Mercaderes de la costilla:* los ganapanes que hacen comercio con, o alquilan, sus espaldas para llevar cargas.

más vale el peor concierto
que no el divorcio mejor.

Donde no ciega el engaño
simple, en que algunos están,
las riñas de por San Juan
son paz para todo el año.

Resucita allí el honor,
y el gusto, que estaba muerto,
donde vale el peor concierto
más que el divorcio mejor.

Aunque la rabia de celos
es tan fuerte y rigurosa,
si los pide una hermosa,
no son celos, sino cielos.

Tiene esta opinión Amor,
que es el sabio más experto:
que vale el peor concierto
más que el divorcio mejor.»

ENTREMÉS
DEL

Rufián[1] viudo llamado Trampagos

(Sale TRAMPAGOS *con un capuz de luto*[2], *y con él,* VADEMÉCUM[3], *su criado, con dos espadas de esgrima.)*

TRAMPAGOS
¿Vademécum?

VADEMÉCUM
¿Señor?

TRAMPAGOS
¿Traes las morenas?[4]

VADEMÉCUM
Tráigolas.

---

[1] *Rufián:* el que comercia con, y protege a, las prostitutas; hoy día, chulo. Cfr. *Cov.:* «El que trae mujeres para ganar con ellas y riñe sus pendencias.»

[2] *Capuz de luto:* capa larga y cerrada por delante; era traje común de viudos.

[3] *Vademécum:* ven conmigo; se refería a la cartera o portalibros de un estudiante y, por extensión, al propio estudiante. El criado de Trampagos sería pues, «estudiante de rufián» (Avalle-Arce, pág. 27, nota 3).

[4] *Las morenas:* las espadas de esgrima negras y sin corte; llevaban botón en la punta y se distinguían así de las blancas, o sea, de las espadas de reñir. Cfr. lo que dice un corchete en *El rufián dichoso* (Jorn. 1.ª): «Mejor juega la blanca que la negra.»

TRAMPAGOS

Está bien: muestra y camina,
Y saca aquí la silla de respaldo, con los otros
asientos de por casa.

VADEMÉCUM

¿Qué asientos? ¿Hay algunos por ventura?

TRAMPAGOS

Saca el mortero, puerco, el broquel[5] saca,
Y el banco de la cama.

VADEMÉCUM

Está impedido;
Fáltale un pie.

TRAMPAGOS

¿Y es tacha?

VADEMÉCUM

¡Y no pequeña!

(Éntrase VADEMÉCUM.)

TRAMPAGOS

¡Ah Pericona, Pericona mía,
Y aun de todo el concejo![6] En fin, llegóse
El tuyo: yo quedé, tú te has partido,
Y es lo peor que no imagino adónde;

---

5 *Broquel:* escudo pequeño.

6 *¡Y aun de todo el concejo!*, el rufián Trampagos alude al oficio de la Pericona. Siendo puta, todo el concejo (ayuntamiento) pudo poseerla.

Aunque, según fue el curso de tu vida,
Bien se puede creer piadosamente
Que estás en parte... aun no me determino
De señalarte asiento en la otra vida.
Tendréla yo, sin ti, como de muerte.
¡Que no me hallara yo a tu cabecera
Cuando diste el espíritu a los aires,
Para que le acogiera entre mis labios,
Y en mi estómago limpio le envasara!
¡Miseria humana! ¿Quién de ti confía?
Ayer fui Pericona, hoy tierra fría[7],
Como dijo un poeta celebérrimo.

(Entra CHIQUIZNAQUE, *rufián.)*

CHIQUIZNAQUE

Mi so[8] Trampagos, ¿es posible sea
Voacé[9] tan enemigo suyo,
Que se entumbe, se encubra y se trasponga
Debajo desa sombra bayetuna
El sol hampesco? So Trampagos, basta
Tanto gemir, tantos suspiros bastan;
Trueque voacé las lágrimas corrientes
En limosnas y en misas y oraciones
Por la gran Pericona, que Dios haya;
Que importan más que llantos y sollozos.

---

[7] *Ayer fui Pericona, hoy tierra fría:* alusión paródica a los versos de un romance, «en donde el *ubi sunt* medieval y manriqueño y el *contemptus mundi* se fusionan en torno al episodio de la muerte del rey D. Rodrigo, cuyo comienzo glosa burlescamente Cervantes: 'Ayer era rey de España / hoy no lo soy de una villa'». (Pilar Palomo, pág. 61, nota 57.)

[8] *Mi so:* mi señor. Contracción muy usada junto a *sor* y *seor* en el lenguaje del hampa. Cfr. más adelante nota 37.

[9] *Voacé* (Germanía): vuestra merced. Cfr. Ginés de Pasamonte (*Don Quijote*, I, xxii). Nótese también que el verso carece de dos sílabas.

TRAMPAGOS

Voacé ha garlado[10] como un tólogo[11],
Mi señor Chiquiznaque; pero, en tanto
Que encarrilo mis cosas de otro modo,
Tome vuesa merced, y platiquemos[12]
Una levada[13] nueva.

CHIQUIZNAQUE

So Trampagos,
No es éste tiempo de levadas: llueven
O han de llover hoy pésames adunia[14],
Y ¿hémonos de ocupar en levadicas?

(Entra VADEMÉCUM *con la silla, muy vieja y rota.)*

VADEMECUM

¡Bueno, por vida mía! Quien le quita
A mi señor de líneas y posturas[15],
Le quita de los días de la vida.

TRAMPAGOS

Vuelve por el mortero y por el banco,
Y el broquel no se olvide, Vademécum.

---

[10] *Garlado* (Germanía): hablado.

[11] *Tólogo* (Vulgarismo): teólogo.

[12] *Platiquemos* (Vulgarismo): practiquemos.

[13] *Levada:* lance de esgrima.

[14] *Adunia:* en abundancia.

[15] *Líneas y posturas:* es decir, de la forma («postura») que suelen tener los esgrimidores *(Cov.)* y de la preocupación, tan generalizada en los tratadistas de la época, «de reducir la esgrima a una geometría, donde las líneas, ángulos y puntos hacían un papel importantísimo» (Herrero, págs. 32-33).

VADEMÉCUM

Y aun trairé[16] el asador, sartén y platos.

(Vuélvese a entrar.)

TRAMPAGOS

Después platicaremos una treta[17],
Única, a lo que creo, y peregrina;
Que el dolor de la muerte de mi ángel,
Las manos ata y el sentido todo.

CHIQUIZNAQUE

¿De qué edad acabó la mal lograda?

TRAMPAGOS

Para con sus amigas y vecinas,
Treinta y dos años tuvo.

CHIQUIZNAQUE

¡Edad lozana!

TRAMPAGOS

Si va a decir verdad, ella tenía
Cincuenta y seis; pero, de tal manera
Supo encubrir los años, que me admiro.
¡Oh, qué teñir de canas! Oh, qué rizos,
Vueltos de plata en oro los cabellos![18]
A seis del mes que viene hará quince años

16 *Trairé* (Vulgarismo): traeré.

17 *Treta:* disimulo o finta que se ejecuta en la esgrima.

18 *Vueltos de plata en oro los cabellos:* las canas («plata») se convierten en color rubio («oro») al ser teñidas. Se trata de una alusión burlesca y deformante de unas imágenes estereotipadas de la poesía renacentista y barroca.

Que fue mi tributaria[19], sin que en ellos
Me pusiese en pendencia ni en peligro
De verme palmeadas[20] las espaldas.
Quince cuaresmas, si en la cuenta acierto,
Pasaron por la pobre desde el día
Que fue mi cara, agradecida prenda,
En las cuales sin duda susurraron
A sus oídos treinta y más sermones[21],
Y en todos ellos, por respeto mío,
Estuvo firme, cual está a las olas
Del mar movible la inmovible roca.
¡Cuántas veces me dijo la pobreta,
Saliendo de los trances rigurosos
De gritos y plegarias y de ruegos,
Sudando y trasudando: «¡Plega al cielo,
Trampagos mío, que en descuento vaya
De mis pecados lo que aquí yo paso
Por ti, dulce bien mío!»

CHIQUIZNAQUE

¡Bravo triunfo!
¡Ejemplo raro de inmortal firmeza!
¡Allá lo habrá hallado!

---

19 *Tributaria:* aquí, prostituta. Los tributos que le pagaba a Trampagos los ganaba mediante sus trámites sexuales.

20 *Palmeadas:* azotadas.

21 *Quince cuaresmas... sermones:* alusión a la costumbre de predicar a las prostitutas en cuaresma para que se arrepintieran. Hazañas (página 32) cita la observación de un tal Ortiz de Zúñiga *(Anales de Sevilla*, año 1612, publ. 1676): «Mientras duró (la casa pública de Sevilla) usaba la piedad sevillana procurar su reducción, especialmente en la Cuaresma, con los sermones que llamaban de arrepentidas, en varios templos, a que las obligaban a asistir; y para las que lograban la conversión, había obras pías, ya para casarlas, ya para otros medios de su remedio.» Bonilla (pág. 190, nota 42), recoge el comentario de un viajero sobre una costumbre parecida en Madrid. Cfr. la burlesca jácara de Quevedo, «Respuesta de la Méndez a Escarramán»: «Esta cuaresma pasada / se convirtió la Tomás / en el sermón de los peces / siendo el pecado carnal. / Convirtióse a puros gritos, etc.» Cfr. más adelante nota 89.

TRAMPAGOS

¿Quién lo duda?
Ni aun una sola lágrima vertieron
Jamás sus ojos en las sacras pláticas,
Cual si de esparto o pedernal su alma
Formada fuera.

CHIQUIZNAQUE

¡Oh, hembra benemérita
De griegas y romanas alabanzas!
¿De qué murió?

TRAMPAGOS

¿De qué? Casi de nada:
Los médicos dijeron que tenía
Malos los hipocondrios[22] y los hígados,
Y que con agua de taray[23] pudiera
Vivir, si la bebiera, setenta años.

CHIQUIZNAQUE

¿No la bebió?

TRAMPAGOS

Murióse.

CHIQUIZNAQUE

Fue una necia.
¡Bebiérala hasta el día del juïcio,

---

[22] *Hipocondrios:* «Cualquiera de las partes laterales de la región hipogástrica. La hipocondria, productora de melancolía, fue la enfermedad de moda en el XVII. De ahí la irónica alusión cervantina» (Pilar Palomo, pág. 64, nota 69).

[23] *Agua de Taray:* lo mismo que tamariz o tamarisco. Según Andrés Laguna, *Pedacio Dioscórides*, Amberes, 1555, pág. 72, «conviene mucho a las opilaciones de hígado y baço» (citado por Asensio, pág. 80, nota 8). Cfr. Bonilla, págs. 190-191, nota 44.

Que hasta entonces viviera! El yerro estuvo
En no hacerla sudar.

TRAMPAGOS

Sudó once veces[24].

(Entra VADEMÉCUM *con los asientos referidos.)*

CHIQUIZNAQUE

¿Y aprovechóle alguna?

TRAMPAGOS

Casi todas:
Siempre quedaba como un ginjo verde[25],
Sana como un peruétano o manzana.

CHIQUIZNAQUE

Dícenme que tenía ciertas fuentes[26]
En las piernas y brazos.

TRAMPAGOS

La sin dicha
Era un Aranjüez[27]; pero, con todo[28],
Hoy come en ella la que llaman tierra,

---

[24] *Sudó once veces:* los sudores eran producidos por las medicinas y curas recetadas para combatir enfermedades venéreas. Sobre estas costumbres de la época, cfr. Gonzalo de Amezúa, ed., *Casamiento engañoso y coloquio de los perros*, Madrid, 1912, págs. 412-416; *Estebanillo González*, II, págs. 485-486, nota 1.377.

[25] *Ginjo verde:* es decir, hermoso; vistoso; gallardo; alegre *(Cov.)*. Esta misma comparación se registra en *El viejo celoso*, nota 12.

[26] *Fuentes:* aquí, llagas que manan.

[27] *Era un Aranjüez:* las llagas («fuentes») venéreas y supurantes de la prostituta la convertían, según Trampagos, en un Aranjuez. Alusión burlesca al sitio real renombrado por sus maravillosos jardines llenos de manantiales. Cfr. *Don Quijote* (II, l).

[28] *Con todo:* a pesar de todo.

De las más blancas y hermosas carnes
Que jamás encerraron sus entrañas;
Y, si no fuera porque habrá dos años
Que comenzó a dañársele el aliento,
Era abrazarla como quien abraza
Un tiesto de albahaca o clavellinas.

CHIQUIZNAQUE

Neguijón[29] debió ser, o corrimiento[30],
El que dañó las perlas de su boca,
Quiero decir, sus dientes y sus muelas[31].

TRAMPAGOS

Una mañana amaneció sin ellos.

VADEMÉCUM

Así es verdad; mas fue deso la causa
Que anocheció sin ellos. De los finos,
Cinco acerté a contarle; de los falsos,
Doce disimulaba en la covacha[32].

TRAMPAGOS

¿Quién te mete a ti en esto, mentecato?

VADEMÉCUM

Acredito verdades.

TRAMPAGOS

Chiquiznaque,
Ya se me ha reducido a la memoria[33]

---

[29] *Neguijón:* enfermedad que carcome y pone negros los dientes *(Dicc. de Aut.)*.

[30] *Corrimiento:* fluxión de humor *(Dicc. de Aut.)*.

[31] *Perlas... muelas:* alusión burlesca y desmitificadora a una metáfora convertida en lugar común en la poesía amorosa de la época.

[32] *Covacha:* cueva fea y monstruosa. Alusión grotesca a la boca enfermiza y sin dientes de la prostituta Pericona.

[33] *Se me ha reducido a la memoria:* la he vuelto a recordar.

La treta de denantes[34]; toma, y vuelve
Al ademán primero.

VADEMÉCUM

Pongan pausa
Y quédese la treta en ese punto,
Que acuden moscovitas[35] al reclamo:
La Repulida viene y la Pizpita,
Y la Mostrenca, y el jayán[36] Juan Claros.

TRAMPAGOS

Vengan en hora buena: vengan ellos
En cien mil norabuenas.

(*Entran* LA REPULIDA, LA PIZPITA, LA MOSTRENCA, *y el rufián* JUAN CLAROS.)

JUAN

En las mismas
Esté mi sor[37] Trampagos.

REPULIDA

¡Quiera el cielo
Mudar su escuridad[38] en luz clarísima!

PIZPITA

Desollado le viesen ya mis lumbres[39]
De aquel pellejo lóbrego y escuro.

---

[34] *De denantes:* de antes.
[35] *Moscovitas:* aquí, moscas. Equívoco humorístico con «natural de Moscovia».
[36] *Jayán:* rufián corpulento y de muchas fuerzas «a quien respetan».
[37] *Sor* (Germanía): señor. V. *supra*, nota 8.
[38] *Escuridad:* oscuridad. Se refiere a la capa de luto que lleva Trampagos.
[39] *Lumbres:* ojos.

MOSTRENCA

¡Jesús, y qué fantasma noturnina![40]
Quítenmele delante.

VADEMÉCUM

¿Melindricos?

TRAMPAGOS

Fuera yo un Polifemo[41], un antropófago,
Un troglodita, un bárbaro Zoílo[42],
Un caimán, un caribe, un comevivos,
Si de otra suerte me adornara, en tiempo
De tamaña desgracia.

JUAN

Razón tiene.

TRAMPAGOS

¡He perdido una mina potosisca[43],
Un muro de la hiedra de mis faltas,
Un árbol de la sombra de mis ansias!

---

40 *Noturnina:* nocturnina: nocturna. Nótese a lo largo de los entremeses la reducción del grupo culto *ct* a *t*.

41 *Polifemo:* aquí, monstruo. Alusión al cíclope cegado por Ulises y cuya fealdad es descrita por Góngora en el *Polifemo*. Algunos de los adjetivos aquí usados burlescamente recuerdan la descripción de la cueva oscura del gigante.

42 *Zoílo:* aquí, maldiciente y malicioso, como el «Rhetórico crítico antiguo [Zoilo], que por dejar nombre de sí, censuró impertinentemente las obras de Homero, Platón e Isócrates» (Pilar Palomo, pág. 67, número 84).

43 *Mina potosisca:* mina de plata. Es decir, con la muerte de su coima, la Pericona, Trampagos ha perdido una fuente de ingresos. La alusión a las famosas minas de plata del Potosí, situadas en el «Alto Perú» (hoy día sur de Bolivia) es burlesca. Sobre las realidades socio-económicas del Potosí, véase Pierre Vilar, *Oro y moneda en la historia, 1450-1920*, Barcelona, Ariel, 1969, págs. 163-182.

JUAN

Era la Pericona un pozo de oro.

TRAMPAGOS

Sentarse a prima noche, y, a las horas
Que se echa el golpe[44], hallarse con sesenta
Numos en cuartos[45], ¿por ventura es barro?
Pues todo esto perdí en la que ya pudre.

REPULIDA

Confieso mi pecado: siempre tuve
Envidia a su no vista diligencia.
No puedo más; yo hago lo que puedo,
Pero no lo que quiero.

PIZPITA

No te penes,
Pues vale más aquel que Dios ayuda,
Que el que mucho madruga: ya me entiendes.

VADEMÉCUM

El refrán vino aquí como de molde;
¡Tal os dé Dios el sueño, mentecatas!

MOSTRENCA

Nacidas somos; no hizo Dios a nadie
A quien desamparase. Poco valgo;
Pero, en fin, como y ceno, y a mi cuyo[46]
Le traigo más vestido que un palmito[47].

---

[44] *Se echa el golpe:* se cierra la puerta [de la mancebía].
[45] *Numos en cuartos:* mucha calderilla. Numos es latinismo, de *nummus* (moneda de cobre).
[46] *Cuyo* (Germanía): dueño; chulo.
[47] *Más vestido que un palmito:* aquí, bien tratado de vestidos (cfr. Correas). Alusión al corazón o la parte comestible del palmito que es recubierta con muchas capas o pencas. Cfr. *El viejo celoso*, nota 19.

Ninguna es fea, como tenga brios;
Feo es el diablo.

VADEMÉCUM

Alega la Mostrenca
Muy bien de su derecho, y alegara
Mejor si se añadiera el ser muchacha
Y limpia, pues lo es por todo estremo.

CHIQUIZNAQUE

En el[48] que está Trampagos me da lástima.

TRAMPAGOS

Vestíme este capuz: mis dos lanternas[49]
Convertí en alquitaras[50].

VADEMÉCUM

¿De aguardiente?

TRAMPAGOS

Pues ¿tanto cuelo yo, hi de malicias?[51]

VADEMÉCUM

A cuatro lavanderas de la puente
Puede dar quince y falta en la colambre[52];
Miren qué ha de llorar, sino agua-ardiente.

---

48 *En el:* léase «en el estremo».

49 *Lanternas:* linternas (Germanía): ojos.

50 *En alquitaras:* en alambiques, puesto que destilan lágrimas.

51 *Pues ¿tanto cuelo yo, hi de malicias?* Pues ¿tanto bebo («cuelo») yo, hijo de puta?

52 *Lavanderas... puente... quince y falta... colambre:* Trampagos tiene mucha sed («colambre») y en el consumo de «agua»-ardiente se aventaja («puede dar quince y falta») a cuatro lavanderas. *Colambre* o corambre es equívoco entre colada de ropa y sed [de vino]. *Dar quince y falta* es expresión del juego de pelota.

JUAN

Yo soy de parecer que el gran Trampagos
Ponga silencio a su contino[53] llanto
Y vuelva al *sicut erat in principio*[54],
Digo a sus olvidadas alegrías;
Y tome prenda que las suyas quite[55],
Que es bien que el vivo vaya a la hogaza,
Como el muerto se va a la sepultura[56].

REPULIDA

Zonzorino Catón[57] es Chiquiznaque.

PIZPITA

Pequeña soy, Trampagos, pero grande
Tengo la voluntad para servirte;
No tengo cuyo, y tengo ochenta cobas[58].

REPULIDA

Yo ciento, y soy dispuesta y nada lerda.

---

[53] *Contino:* continuo.

[54] *Sicut erat in principio* [Como era en un principio]. Son palabras de la misa. Cfr. *Don Quijote* (I, xlvi; II, lxxii).

[55] *Tome prenda que las suyas quite:* equívoco entre «prenda» (amada) y «prendas» de vestir. Juan le incita a escojer a otra amante y quitarse el capuz de luto. Cfr. *La guarda cuidadosa*, pág. 172.

[56] *Vivo... hogaza/muerto... sepultura:* el refrán (cfr. *Dicc. de Aut.)* puesto en boca del rufián Juan Carlos recoje de modo burlesco los ecos de una filosofía entre estoica y fatalista: por importante que fuera el difunto los que quedan lo son aún más. Lo irónico es que la pérdida de la Repulida significa también una pérdida de alimento («hogaza») para Trampagos.

[57] *Zonzorino Catón:* deformación burlesca de «Censorino» y equívoco con «zonzo» (simple). Cfr. el mismo trastueque de significados por boca de Sancho Panza *(Don Quijote*, I, xx) y el análisis que ofrece Molho (pág. 241). El orador romano Censorino o Catón el censor (234-149 a. de J.C.) fue conocido por sus principios morales *(Catonis Dicta)* cuyo texto tuvo varias versiones en castellano. Asensio (página 86, nota 22) recoje unos interesantes datos bibliográficos.

[58] *Cobas* (Germanía): reales.

MOSTRENCA

Veinte y dos tengo yo, y aun venticuatro,
Y no soy mema.

REPULIDA

¡Oh mi Jezúz![59] ¿Qué es esto?
¿Contra mí la Pizpita y la Mostrenca?
¿En tela[60] quieres competir conmigo,
Culebrilla de alambre[61], y tú, pazguata?

PIZPITA

Por vida de los huesos de mi abuela,
Doña Maribobales, mondanispolas[62],
Que no la estimo en un feluz morisco[63].
¡Han visto el ángel tonto almidonado[64],
Cómo quiere empinarse sobre todas!

MOSTRENCA

Sobre mí no, a lo menos, que no sufro
Carga que no me ajuste y me convenga.

JUAN

Adviertan que defiendo a la Pizpita.

---

59 *Jezúz:* según Asensio (pág. 87, nota 24), «el ceceo era común en los que llamaban monasterios de malas mujeres, aunque Cervantes sólo aquí lo resalte». Más adelante, al ver a Escarramán, la Repulida exclama «Jesús».

60 *Tela.* Campo de justas y torneos; aquí, alusión cómica a la riña entre las prostitutas.

61 *Culebrilla de alambre:* es decir, fingida o de caja de sorpresa; que no muerde.

62 *Doña Maribobales, mondanispolas:* la pizpita contesta a los insultos de la Repulida, acusándola de boba y de insignificante («mondanispolas»). Equivale a algo como Doña Boba o Doña Insignificante.

63 *Feluz morisco:* moneda de poco valor.

64 *Ángel... almidonado:* ingenuo («Ángel»)... presumido («almidonado»).

CHIQUIZNAQUE

Consideren que está la Repulida
Debajo de las alas de mi amparo.

VADEMÉCUM

Aquí fue Troya, aquí se hacen rajas[65];
Los de las cachas amarillas[66] salen;
Aquí, otra vez, fue Troya.

REPULIDA

Chiquiznaque,
No he menester que nadie me defienda;
Aparta, tomaré yo la venganza,
Rasgando con mis manos pecadoras
La cara de membrillo cuartanario[67].

JUAN

¡Repulida, respeto al gran Juan Claros!

PIZPITA

Déjala, venga: déjala que llegue
Esa cara de masa mal sobada.

(Entra UNO *muy alborotado.)*

UNO

Juan Claros, ¡la justicia, la justicia!
El alguacil de la justicia viene
La calle abajo.

---

[65] *Se hacen rajas:* se despedazan.

[66] *Los de las cachas amarillas:* los cuchillos jiferos o vaqueros que usaban los rufianes. Los mangos eran amarillos «por ser hecho de hueso» (Avalle-Arce, pág. 40, nota 109).

[67] *La cara de membrillo cuartanario:* o sea, amarilla. Alusión al color de la piel del membrillo y al del enfermo de cuartanas.

(Éntrase luego.)

JUAN

¡Cuerpo de mi padre!
¡No paro más aquí!

TRAMPAGOS

Ténganse todos:
Ninguno se alborote: que es mi amigo
El alguacil; no hay que tenerle miedo.

(Torna a entrar.)

UNO

No viene acá, la calle abajo cuela[68].

(Vase.)

CHIQUIZNAQUE

El alma me temblaba ya en las carnes,
Porque estoy desterrado.

TRAMPAGOS

Aunque viniera,
No nos hiciera mal, yo lo sé cierto
Que no puede chillar, porque está untado[69].

VADEMÉCUM

Cese, pues, la pendencia, y mi sor sea
El que escoja la prenda que le cuadre
O le esquine[70] mejor.

---

[68] *Cuela:* aquí, pasa de largo (Pilar Palomo, pág. 72, nota 106).
[69] *Untado:* sobornado.
[70] *Cuadre... esquine:* juego de palabras entre «cuadrar» en el sentido de ajustarse una cosa con otra y «esquinar», es decir, formar ángulo exterior. *Le cuadre* = le convenga.

REPULIDA

Yo soy contenta.

PIZPITA

Y yo también.

MOSTRENCA

Y yo.

VADEMÉCUM

Gracias al cielo,
Que he hallado a tan gran mal tan gran remedio.

TRAMPAGOS

Abúrrome[71], y escojo.

MOSTRENCA

Dios te guíe.

REPULIDA

Si te aburres, Trampagos, la escogida
También será aburrida.

TRAMPAGOS

Errado anduve;
Sin aburrirme escojo.

MOSTRENCA

Dios te guíe.

[TRAMPAGOS]

Digo que escojo aquí a la Repulida.

---

[71] *Abúrrome*. Equívoco entre la antigua acepción de aventurarse y la moderna de fastidiarse (cfr. Gillet, III, págs. 226-227).

JUAN

Con su pan se la coma, Chiquiznaque.

CHIQUIZNAQUE

Y aun sin pan, que es sabrosa en cualquier modo.

REPULIDA

Tuya soy: ponme un clavo y una S[72]
En estas dos mejillas.

PIZPITA

¡Oh hechicera!

MOSTRENCA

No es sino venturosa: no la envidies,
Porque no es muy católico Trampagos,
Pues ayer enterró a la Pericona,
Y hoy la tiene olvidada.

REPULIDA

Muy bien dices.

TRAMPAGOS

Este capuz arruga, Vademécum,
Y dile al padre[73] que sobre él te preste
Una docena de reäles.

---

[72] *Un clavo y una S:* señales que se ponía a los esclavos en la cara. Cfr. Fr. Pedro de Vega, *Declaración de los siete salvos penitenciales* (1606): «La S y el clavo en un carrillo, el cuyo en el otro, es la divisa del esclavo» (citado por Bonilla, págs. 195-196, nota 63), y Salas Barbadillo, *El Gallardo Escarramán* (Acto II), ed. Marcel Charles Andrade, Chapel Hill, Univ. of North Carolina, 1974 [Estudios de Hispanófila, 30], pág. 267.

[73] *Padre:* el hombre que mandaba en los burdeles. Cfr. *El rufián dichoso:* «Es alcaide, con perdón, / señor, de la mancebía, / a quien llaman *padre* hoy día / las de nuestra profesión» (jorn. 1.ª).

VADEMÉCUM

Creo
Que tengo yo catorce.

TRAMPAGOS

Luego, luego,
Parte, y trae seis azumbres[74] de lo caro.
Alas pon en los pies.

VADEMÉCUM

Y en las espaldas.

(Éntrase VADEMÉCUM *con el capuz, y queda en cuerpo* TRAMPAGOS.)

TRAMPAGOS

¡Por Dios, que si durara la bayeta[75],
Que me pudieran enterrar mañana!

REPULIDA

¡Ay lumbre destas lumbres, que son tuyas,
Y cuán mejor estás en este traje,
Que en el otro sombrío y malencónico![76]

(Entran dos músicos, sin guitarras.)

MÚSICO 1.º

Tras el olor del jarro nos venimos
Yo y mi compadre.

---

[74] *Seis azumbres:* es decir, más de doce litros de vino. *Azumbre:* medida algo más de dos litros, todavía utilizada en algunos medios rurales de Castilla.

[75] *Si durara la bayeta:* o sea, si tuviera que continuar a vestir el capuz de luto.

[76] *Malencónico:* melancólico.

TRAMPAGOS

En hora buena sea.
¿Y las guitarras?

MÚSICO 1.º

En la tienda quedan;
Vaya por ellas Vademécum.

MÚSICO 2.º

Vaya:
Mas yo quiero ir por ellas.

MÚSICO 1.º

De camino,

(Éntrase el un músico.)

Diga a mi oíslo[77] que, si viene alguno
Al *rapio rapis*[78], que me aguarde un poco;
Que no haré sino colar seis tragos
Y cantar dos tonadas y partirme;
Que ya el señor Trampagos, según muestra,
Está para tomar armas de gusto[79].

(Vuelve VADEMÉCUM.)

VADEMÉCUM

Ya está en el antesala el jarro.

---

[77] *Oíslo:* mujer; esposa. Cfr. *Don Quijote* (I, vii) en donde dice Sancho que al ser él rey, «mi oíslo vendría a ser reina y mis hijos infantes».

[78] *Al rapio rapis:* a raparse. El músico es también barbero.

[79] *Está para tomar armas de gusto:* es decir, está a punto de participar en la fiesta; está dispuesto a divertirse.

TRAMPAGOS

Traile[80].

VADEMÉCUM

No tengo taza.

TRAMPAGOS

Ni Dios te la depare.
El cuerno de orinar[81] no está estrenado;
Tráele, que te maldiga el cielo santo;
Que eres bastante a deshonrar un duque.

VADEMÉCUM

Sosiéguese; que no ha de faltar copa,
Y aun copas, aunque sean de sombreros
[*Aparte.*] A buen seguro que éste es churrullero[82].

(Entra UNO, *como cautivo, con una cadena al hombro, y pónese a mirar a todos muy atento, y todos a él.)*

REPULIDA

¡Jesús! ¿Es visión ésta? ¿Qué es aquésto?
¿No es éste Escarramán?[83] Él es, sin duda.

---

80 *Traile:* tráele. Cfr. más adelante.

81 *El cuerno de orinar:* alusión burlesca a un ritual matrimonial pagano que prescribía un intercambio de orín entre los dos participantes. Cfr. el soneto satírico de Quevedo «A las bodas que hicieron Diego y Juana». Según esas creencias, el orín daba vida y sustento y el cuerno daba energía y potencia. Cfr. respectivamente John G. Bourke, *Scatological Rites of All Nations*, 1891; reeditado por la American Anthropological Society, 1934; y Richard Onians, *The Origins of European Thought about the Mind, the Soul, the World, Time and Fate*, Cambridge, 1951, página 241. Bonilla, pág. 197, nota 69, cita a Gutiérrez de Cetina y llega a la conclusión que el cuerno de orinar se usaba en algunas tiendas y talleres.

82 *Churrullero:* es decir, soldado desertor. Vademécum se refiere a Escarramán, al que ve entrar vestido de cautivo.

83 *Escarramán:* figura mítica de la rufianesca creada por Quevedo en una jácara. Hacia 1611 había alcanzado una gran popularidad sea en el canto que en el baile.

¡Escarramán del alma, dame amores,
Esos brazos, coluna de la hampa!

TRAMPAGOS

¡Oh Escarramán, Escarramán amigo!
¿Cómo es esto? ¿A dicha[84] eres estatua?
Rompe el silencio y habla a tus amigos.

PIZPITA

¿Qué traje es éste y qué cadena es ésta?
¿Eres fantasma, a dicha? Yo te toco,
Y eres de carne y hueso.

MOSTRENCA

Él es, amiga;
No lo puede negar, aunque más calle.

ESCARRAMÁN

Yo soy Escarramán, y estén atentos
Al cuento breve de mi larga historia.

(Vuelve EL BARBERO *con dos guitarras, y da la una al compañero.)*

Dió la galera al traste[85] en Berbería
Donde la furia de un jüez me puso
Por espalder[86] de la siniestra banda;
Mudé de cautiverio y de ventura;
Quedé en poder de turcos por esclavo;
De allí a dos meses, como al cielo plugo,
Me levanté con una galeota;
Cobré[87] mi libertad y ya soy mío.

---

[84] *A dicha:* por dicha; por ventura.

[85] *Dió... al traste:* se volcó a una banda *(Cov.);* se perdió por dar en roca o navío (Correas).

[86] *Espalder:* remero de popa en la galera; marca el ritmo para los demás, a los que hace espalda (cfr. *Cov.).*

[87] *Cobré:* recobré.

Hice voto y promesa inviolable
De no mudar de ropa ni de carga
Hasta colgarla de los muros santos
De una devota ermita, que en mi tierra
Llaman de San Millán de la Cogolla[88];
Y este es el cuento de mi extraña historia;
Digna de atesorarla en mi memoria.
La Méndez[89] no estará ya de provecho,
¿Vive?

JUAN

Y está en Granada a sus anchuras.

CHIQUIZNAQUE

¡Allí le duele[90] al pobre todavía!

ESCARRAMÁN

¿Qué se ha dicho de mí en aqueste mundo,
En tanto que en el otro me han tenido
Mis desgracias y gracia?

MOSTRENCA

Cien mil cosas:
Ya te han puesto en la horca los farsantes[91].

---

88 *Ermita... de San Millán de la Cogolla:* en este pueblo de la provincia de Logroño en donde vivió también el poeta Gonzalo de Berceo existen dos monasterios que datan de la Edad Media.

89 *La Méndez:* coima de Escarramán a quien el rufián dirige la famosa «Carta». Cfr. también la «Respuesta de la Méndez a Escarramán» (Quevedo, *Poesía original*, ed. José Manuel Blecua, Barcelona, Planeta, 1963, págs. 1.228-1.233).

90 *Allí le duele:* es decir, en el corazón. Escarramán sigue amando a la Méndez.

91 *Ya te han puesto en la horca los farsantes:* así ocurre por ejemplo con Alonso de Salas Barbadillo, quien en su comedia *El gallardo Escarramán*, que incluye al fin de la novela *El subtil cordobés Pedro de Urdemalas* (Madrid, 1620), hace que el condenado Escarramán se salve sólo por la intervención de la Méndez. Cfr. Acto III, ed. Marcel

PIZPITA

Los muchachos han hecho pepitoria[92]
De todas tus medulas y tus huesos.

REPULIDA

Hante vuelto divino[93]; ¿qué más quieres?

CHIQUIZNAQUE

Cántante por las plazas, por las calles;
Báilante en los teatros y en las casas;
Has dado que hacer a los poetas,
Más que dió Troya al mantuano Títiro[94].

JUAN

Óyente resonar en los establos.

REPULIDA

Las fregonas te alaban[95] en el río;
Los mozos d[illegible]aballos te almohazan.

Charles Andrade, pág. 300, donde dice El Asistente: «Sabed que ya que la suerte / oy a Escarramán tenía, / para essotro día / plato y manjar de la muerte. / La Méndez, una mujer del público, le ha pedido por su cabeça y marido, y húvelo de conceder / por rescatar del pecado / a una mujer tan atada / del vicio (piedad honrada y de que yo me he pagado). Cfr. Asensio (pág. 95, nota 35), quien recuerda además que «el casamiento con una prostituta salvaba al condenado de la muerte en el patíbulo».

[92] *Pepitoria:* mezcla desordenada de cosas diversas. Según Pilar Palomo (pág. 77, nota 120): «guisado a base de despojos de aves». Cfr. *Los alcaldes de Daganzo*, nota 72, y «Prólogo», *Novelas ejemplares.*

[93] *Hante vuelto divino:* como ocurrió con tantas obras literarias de los siglos XVI y XVII que trataban del amor profano y fueron adaptados para dirigirse al amor de Dios, lo mismo sucedió con los romances de Escarramán, «desde 1612 por lo menos» según Asensio (pág. 95, nota 36).

[94] *Mantuano Títiro:* [illegible]ión paródica al poeta mantuano Virgilio (70-19 a. de J.C.), el cual relata los sucesos de la caída de Troya en la *Eneida* (libro II). Títiro es un pastor (cfr. Égloga I de *Las Bucólicas)* en quien parece personificarse el poeta.

[95] *Las fregonas te alaban:* así la edición príncipe y hace sentido.

CHIQUIZNAQUE

Túndete el tundidor con sus tijeras;
Muy más que el potro rucio[96] eres famoso.

MOSTRENCA

Han pasado a las Indias tus palmeos[97],
En Roma se han sentido tus desgracias,
Y hante dado botines *sine numero*[98].

VADEMÉCUM

Por Dios que te han molido como alheña[99],
Y te han desmenuzado como flores,
Y que eres más sonado y más mocoso
Que un reloj y que un niño de dotrina[100].
De ti han dado querella todos cuantos
Bailes pasaron en la edad del gusto,

Herrero (pág. 53) y Avalle-Arce (pág. 49) corrigen *te lavan*. Quizás habría que leerse «te a-la-ban», lo que sugeriría alabar-lavar por coincidencias fonéticas.

96 *El potro rucio:* alusión jocosa al romance «Ensílleme el potro rucio / del alcaide de los Vélez» atribuido a Lope de Vega. Cfr. La parodia de Góngora: «Ensílleme el asno rucio / del alcalde Juan Llorente...» (BAE, X, 33a).

97 *Palmeos:* equívoco que juega con la triple acepción de acción de palmear, aplausos o azotes.

98 *Botines sine número:* aquí, una infinidad de patadas. Es equívoco ya que, como es sabido, botín es también un tipo de zapato. Cfr. *El vizcaíno fingido*, «que vale más la suela de mi botín...».

99 *Molido como alheña:* cansado o molido a golpes como se solía hacer con las raíces de la alheña, que se usaba para teñir (cfr. *Cov.).* Lo mismo que *hecho una alheña* o hecho polvo (cfr. *Don Quijote*, II, i).

100 *Eres más sonado y más mocoso / que un reloj y que un niño de dotrina:* juego de palabras y alusiones burlescas. Se hace referencia al «sonido» producido por las campanadas del reloj y por el cántico general de los niños huérfanos que acompañaban los entierros cantando (cfr. Pilar Palomo, pág. 79, nota 129). Además, se juega con dos acepciones de «sonado» (golpeado; celebrado) al mismo tiempo que se provoca otra: el sonar de las narices. Esta última acepción sugiere la referencia burlesca de mocoso, o sea, de niño que tiene mocos, y también la de atrevido.

Con apretada y dura residencia[101];
Pero llevóse el tuyo la excelencia.

ESCARRAMÁN

Tenga yo fama, y hágame pedazos;
De Éfeso el templo abrasaré por ella[102].

(Tocan de improviso los músicos, y comienzan a cantar este romance.)

[MÚSICOS]

«Ya salió de las gurapas[103]
El valiente Escarramán,
Para asombro de la gura[104],
Y para bien de su mal.»

ESCARRAMÁN

¿Es aquesto brindarme por ventura?
¿Piensan se me ha olvidado el regodeo?
Pues más ligero vengo que solía;
Si no, toquen, y vaya, y fuera ropa[105].

---

101 *Residencia:* juicio; querella.

102 *Tenga yo fama... De Éfeso el templo abrasaré por ella:* alusión paródica y burlesca a la leyenda clásica que relata como el pastor Eróstrato prendió fuego al templo de Diana en Efeso para dejar fama de sí mismo. Cfr. Correas, pág. 476: «Por ser conocido la iglesia quemaría. Como hizo Eróstrato.»

103 *Gurapas* (Germanía): Galeras.

104 *Gura* (Germanía): justicia; policía.

105 *Fuera ropa:* uno de los sentidos recogidos por Correas es precisamente el de «saltar y correr». Es decir, a saltar y bailar con brío. Se decía *fuera ropa* en las galeras para exortar a los remeros a «remar con hígado» *(Cov.)*. Cfr. sin embargo *Don Quijote* (II, lxiii): «... el cómitre... dio señal con el pito que la chusma hiciese *fuera ropa*, que se hizo en un instante. Sancho, que vio tanta gente *en cueros*, quedó pasmado...» (cursiva mía) y *Estabanillo González*, II, pág. 139, nota 864. Es posible que Escarramán se quite el vestido de cautivo antes de comenzar a bailar.

PIZPITA

¡Oh flor y fruto de los bailarines!
Y ¡qué bueno has quedado!

VADEMÉCUM

Suelto y limpio.

JUAN

Él honrará las bodas de Trampagos.

ESCARRAMÁN

Toquen; verán que soy hecho de azogue.

MÚSICOS

Váyanse todos por lo que cantare[106],
Y no será posible que se yerren.

ESCARRAMÁN

Toquen; que me deshago y que me bullo.

REPULIDA

Ya me muero por verle en la estacada[107].

MÚSICOS

Estén alerta todos.

CHIQUIZNAQUE

Ya lo estamos.

---

106 *Váyanse todos por lo que cantare:* es decir, oriéntense por mi canto los que bailen.
107 *Estacada:* lugar reservado para desafíos.

(Cantan.)

[MÚSICOS]

«Ya salió de las gurapas
El valiente Escarramán,
Para asombro de la gura,
Y para bien de su mal.
Ya vuelve a mostrar al mundo
Su felice habilidad,
Su ligereza y su brío,
Y su presencia reäl.
Pues falta la Coscolina [108],
Supla agora en su lugar
La Repulida, olorosa
Más que la flor de azahar;
Y, en tanto que se remonda [109]
La Pizpita sin igual,
De la gallarda [110] el paseo
Nos muestre aquí Escarramán.»

---

[108] *La Coscolina:* personaje de jácaras y coima del rufián Cañamar. Quevedo alude a ella en la «Carta de Escarramán a la Méndez» (ed. Blecua, núm. 849): «Su amiga la Coscolina / se acogió con Cañamar.» Este nombre rufianesco era además sinónimo de ninfa o puta (v. *Estebanillo González*, II, pág. 487).

[109] *Que se remonda:* que se aclara o desembaraza la garganta antes de cantar. Cfr. *Don Quijote* (II, xlvi): «... y habiendo recorrido los trastes de la vihuela, y afinándola lo mejor que supo, escupió y remondóse el pecho, y luego... cantó...».

[110] *La gallarda:* baile palaciego castellano. Aquí es bailado en parodia, por el rey de rufianes («su presencia real»): Escarramán. Sobre la manera de bailar la *gallarda*, véase la descripción de Calderón en *El maestro de danzar* (jorn. II, esc. xxv): «La reverencia ha de ser, / grave el rostro, airoso el cuerpo, / sin que desde el medio arriba / se conozca el movimiento / de la rodilla; los brazos / descuidados, como ellos / naturalmente cayeren; / y siempre el oído atento / al compás, señalar todas / las cadencias sin efecto. / ¡Bien! En habiendo acabado / la reverencia, el izquierdo / pie delante, pasear / la sala, midiendo el cerco / en su proporción, de cinco / en cinco los pasos.» Sobre la historia de ese baile palaciego en España y Europa, véase Querol, páginas 111-114.

(Tocan la gallarda; dánzala ESCARRAMÁN, *que le ha de hacer el bailarín, y, en habiendo hecho una mudanza*[111], *prosíguese el romance.)*

«La Repulida comience,
Con su brío, a rastrear[112],
Pues ella fue la primera
Que nos le vino a mostrar.
Escarramán la acompañe;
La Pizpita otro que tal,
Chiquiznaque y la Mostrenca,
Con Juan Claros el galán.
¡Vive Dios que va de perlas!
No se puede desear
Más ligereza o más garbo,
Más certeza o más compás.
¡A ello, hijos, a ello!
No se pueden alabar
Otras ninfas[113] ni otros rufos[114],
Que nos puedan igualar.
¡Oh, qué desmayar de manos!
¡Oh, qué huir y qué juntar!
¡Oh, qué nuevos laberintos,
Donde hay salir y hay entrar!
Muden el baile a su gusto,
Que yo le sabré tocar:
El *canario* o las *gambetas*,
O *Al villano se lo dan*,
Zarabanda o *Zambapalo*,
El *Pésame dello* y más;
El rey don Alonso el Bueno[115],
Gloria de la antigüedad.»

---

[111] *Mudanza:* paso de baile.

[112] *A rastrear:* «alude Cervantes al baile del *Rastreado*, cuyos movimientos describe en el romance» (Bonilla, pág. 200, nota 86).

[113] *Ninfas* (Germanía): prostitutas. Cfr. *El vizcaíno fingido*, nota 5.

[114] *Rufos:* rufianes.

[115] *El canario... El rey don Alonso el Bueno:* sobre estos bailes de la época, cfr. Querol, págs. 93-132. 1) El *canario* se caracteriza por

ESCARRAMÁN

El canario, si le tocan,
A solas quiero bailar.

MÚSICOS

Tocaréle yo de plata;
Tú de oro le bailarás.

(Toca el canario, y baila solo ESCARRAMÁN; *y, en habiéndole bailado, diga.)*

ESCARRAMÁN

Vaya el *villano* a lo burdo[116],
Con la cebolla y el pan[117],
Y acompáñenme los tres.

---

movimientos audaces y exóticos; por la combinación del saltillo y el pateo; y por el alternar del taco y la suela en el pateo (Querol, página 100); 2) La *gambeta* se define por «un movimiento especial que se hace con las piernas, jugándolas y cruzándolas en el aire» *(Dicc. de Aut.)* y, según el *Tratado de danzar* de Esquivel Naharro, es lo mismo que el *cruzado* (cit. por Querol, pág. 114); 3) El *Villano* es definido por el *Dicc. de Aut.* como baile de carácter rústico, aunque Esquivel Naharro describa en el mismo *Tratado...* una variante cortesana del mismo baile caracterizado por saltos *(voleos)* que se ejecutan en el aire (folio 26, cit. por Querol, pág. 125); 4) La *zarabanda* es «baile alegre y lascivo, porque se hace con meneos del cuerpo descompuestos...» *(Cov.)*. Según el Padre Juan de Mariana, se trata de «un baile y cantar tan lascivo en las palabras, tan feo en los meneos, que basta para pegar fuego aun a las personas más honestas» (cap. XII de su versión española de *De Spectaculis*, cit. por Querol, págs. 129-130); 5) Sobre el *zambapalo*, el *Pésame dello*, y el *Rey don Alonso el Bueno* existe poca información, según Querol (véanse, respectivamente, págs. 127, 120, 98). Parecen ser bailes grotescos relacionados con la *zarabanda*. Cfr. *El retablo de las maravillas*, nota 82.

116 *A lo burdo:* a lo rústico.

117 *Con la cebolla y el pan:* segundo verso de un cantarcillo que dio el nombre al baile del villano («Al villano que le dan», citado por Bonilla, pág. 200, nota 87).

MÚSICOS

Que te bendiga San Juan.

(*Bailan el villano, como bien saben, y, acabado el villano, pida* ESCARRAMÁN *el baile que quisiere, y, acabado, diga* TRAMPAGOS.)

TRAMPAGOS

Mis bodas se han celebrado
Mejor que las de Roldán[118].
Todos digan como digo:
¡Viva, viva Escarramán!

TODOS

¡Viva, viva!

---

118 *Roldán:* famoso personaje de la épica francesa y sobrino de Carlomagno, conocido en muchos romances españoles. Aquí, alusión burlesca.

ENTREMÉS
DE

La elección de los alcaldes de Daganzo[1]

(Salen EL BACHILLER PESUÑA; PEDRO ESTORNUDO, *escribano;* PANDURO, *regidor, y* ALONSO ALGARROBA, *regidor.)*

PANDURO

Rellánense[2], que todo saldrá a cuajo[3],
Si es que lo quiere el cielo benditísimo.

ALGARROBA

Mas echémoslo a doce, y no se venda[4].

---

[1] *Daganzo:* posible alusión a Daganzo de Abajo, perteneciente en aquel entonces a la provincia de Toledo y hoy desaparecido. Cfr. más adelante, nota 18. El proceso de la elección de los alcaldes de Daganzo queda descrito en las *Relaciones Topográficas* que mandó hacer Felipe II hacia fines del siglo XVI: «Dixeron que el dicho señor conde de Coruña, como señor de la villa, después de haber nombrado en la dicha villa alcalde, regidores y procurador general, se le lleva a confirmar y lo confirma y da por bueno el dicho nombramiento, y aquellos que son nombrados, y por el dicho señor conde confirmados, sirven de su oficio un año» (citado por Noël Salomon, *La campagne de Nouvelle Castille a la fin du XVIIe siècle d'après les Relaciones topográficas*, París, 1964, pág. 20; versión española, Barcelona, 1973.

[2] *Rellánense:* arrellánense; asiéntense con comodidad.

[3] *A cuajo:* bien; a gusto.

[4] *Echémoslo a doce, y no se venda:* «Meter el pleito a voces; echar el bodegón a rodar, y romper por todo, sin tener en cuenta las con-

[PANDURO]

Paz, que no será mucho que salgamos
Bien del negocio, si lo quiere el cielo.

[ALGARROBA]

Que quiera, o que no quiera, es lo que importa.

PANDURO

¡Algarroba, la luenga[5] se os deslicia![6]
Habrad acomedido y de buen rejo[7],
Que no me suenan bien esas palabras:
«Quiera o no quiera el cielo.» Por San Junco[8],
Que, como presomís[9] de resabido,
Os arrojáis a trochemoche[10] en todo.

ALGARROBA

Cristiano viejo soy a todo ruedo[11],
Y creo en Dios a pies jontillas[12].

---

secuencias que de ello puedan venir; que esa idea aporta el *aunque no se venda*» (F. Rodríguez Marín, ed. *Rinconete y Cortadillo*, pág. 451, nota 208).

[5] *Luenga:* lengua.

[6] *Deslicia:* desliza.

[7] *Habrad acomedido y de buen rejo:* hablad (vulgarismo, «habrad») comedido y de buen modo («de buen rejo»).

[8] *Por San Junco:* juramento villanesco a un santo fantástico. Era muy común en el «sayagués», jerga usada por los pastores del teatro de Encina, Lucas Fernández y otras figuras del siglo XVI y que se perpetúa también en la literatura entremesil del siglo XVII. Cfr. Frida Weber de Kurlat, *Lo cómico en el teatro de Fernán González de Eslava*, Buenos Aires, 1963, págs. 102-105. La misma autora pretende ver en *Los alcaldes de Daganzo* la desintegración del sayagués que quedaría reducido a unas cuantas fórmulas y convenciones.

[9] *Presomís:* presumís.

[10] *A trochemoche:* sin orden; en forma precipitada (cfr. *Don Quijote*, II, iii).

[11] *Cristiano viejo... a todo ruedo:* cristiano viejo puro y sin defectos («a todo ruedo»), es decir sin tener raza de moro o de judío. Sobre el tema de la limpieza de sangre en los entremeses, véase «Introducción».

[12] *A pies jontillas:* a pies juntillas, o sea, con firmeza y sin titubeos.

BACHILLER

Bueno;
No hay más que desear[13].

ALGARROBA

Y si por suerte
Hablé mal, yo confieso que soy ganso,
Y doy lo dicho por no dicho.

ESCRIBANO

Basta;
No quiere Dios, del pecador más malo,
Sino que viva y se arrepienta.

ALGARROBA

Digo
Que vivo y me arrepiento, y que conozco
Que el cielo puede hacer lo que él quisiere,
Sin que nadie le pueda ir a la mano[14],
Especial cuando llueve.

PANDURO

De las nubes,
Algarroba, cae el agua, no del cielo.

ALGARROBA

¡Cuerpo del mundo![15] si es que aquí venimos
A reprochar los unos a los otros,

---

13 *No hay más que desear:* es decir, con ser cristiano viejo y creyente basta; no se necesita ningún otro tipo de credencial para ser alcalde.

14 *Le pueda ir a la mano:* pueda detenerlo.

15 *¡Cuerpo del mundo!:* juramento eufemístico por *Cuerpo de Cristo* muy usado en los entremeses. Lo mismo que con *cuerpo de tal* o *cuerpo de nosla* se pretende atenuar la irreverencia efectuando el cambio al final de la exclamación. Alguna vez, sin embargo, el cambio no se efectúa. Para una serie de ejemplos sobre estos juramentos, cfr. *El retablo de las maravillas*, notas 42, 75, 79, 95.

Díganmoslo[16]; que a fe que no le falten
Reproches a Algarroba a cada paso.

BACHILLER

Redeamus ad rem[17], señor Panduro
Y señor Algarroba; no se pase
El tiempo en niñerías escusadas.
¿Juntámonos aquí para disputas
Impertinentes? ¡Bravo caso es éste,
Que siempre que Panduro y Algarroba
Están juntos, al punto se levantan
Entre ellos mil borrascas y tormentas
De mil contraditorias intenciones!

ESCRIBANO

El señor bachiller Pesuña tiene
Demasiada razón. Véngase al punto,
Y mírese qué alcaldes nombraremos
Para el año que viene, que sean tales,
Que no los pueda calumniar Toledo,
Sino que los confirme[18] y dé por buenos,
Pues para esto ha sido nuestra junta.

PANDURO

De las varas hay cuatro pretensores[19]:
Juan Berrocal, Franciso de Humillos,
Miguel Jarrete y Pedro de la Rana;
Hombres todos de chapa y de caletre[20],

---

[16] *Díganmoslo* (Vulgarismo): dígannoslo.

[17] *Redeamus ad rem:* volvamos al asunto.

[18] *Toledo... los confirme:* el escribano quiere que la selección de los alcaldes sea irreprochable por tener que ser confirmada por la nobleza del antiguo reino de Toledo. Sobre este procedimiento, cfr. *supra*, nota 1 e «Introducción», sec. IV.

[19] *Pretensores:* pretendientes.

[20] *Hombres... de chapa y de caletre:* personas principales («de chapa») y capaces intelectualmente hablando («de caletre»). Cfr. respectivamente, Bonilla (págs. 205-206, nota 93) y Avalle Arce (pág. 60, nota 28). La expresión *hombre de chapa* se utiliza también en *Don Quijote* (II, xvi) y es registrada por *Cov.* y Correas.

Que pueden gobernar, no que a Daganzo,
Sino a la misma Roma.

ALGARROBA

A Romanillos[21].

ESCRIBANO

¿Hay otro apuntamiento? ¡Por San Pito[22],
Que me salga del corro!

ALGARROBA

Bien parece
Que se llama Estornudo el escribano,
Que así se le encarama y sube el humo.
Sosiéguese, que yo no diré nada.

PANDURO

¿Hallarse han, por ventura, en todo el sorbe?

ALGARROBA

¿Qué es *sorbe*, sorbe-huevos? Orbe diga
El discreto Panduro, y serle ha[23] sano.

PANDURO

Digo que en todo el mundo no es posible
Que se hallen cuatro ingenios como aquestos
De nuestros pretensores.

---

21 *A Romanillos:* pueblo de la provincia de Guadalajara, con cuya mención Algarroba logra burlarse tanto de los disparates de Panduro como de la capacidad de sus amigos aldeanos para gobernar.

22 *Por san Pito:* sobre la mención de los santos ficticios para suavizar el juramento, cfr. *supra*, nota 8.

23 *Serle ha:* forma antigua de *le será*. Hay otros casos en los Entremeses en que el pronombre se interpone entre los dos elementos que componen el futuro o el condicional. Cfr. respectivamente, *El retablo de las maravillas*, nota 29 y *El viejo celoso*, nota 53.

ALGARROBA

Por lo menos,
Yo sé que Berrocal tiene el más lindo
Distinto[24].

ESCRIBANO

¿Para qué?

ALGARROBA

Para ser sacre[25]
En esto de mojón y cata-vinos[26].
En mi casa probó los días pasados
Una tinaja, y dijo que sabía
El claro vino a palo, a cuero y hierro.
Acabó la tinaja su camino
Y hallóse en el asiento della un palo
Pequeño, y dél pendía una correa
De cordobán y una pequeña llave.

ESCRIBANO

¡Oh rara habilidad! ¡Oh raro ingenio!
Bien puede gobernar, el que tal sabe,
A Alanís y a Cazalla, y aun a Esquivias[27].

ALGARROBA

Miguel Jarrete es águila.

---

[24] *Distinto:* instinto.

[25] *Ser sacre:* ser listo como un águila o un halcón («sacre»). Cfr. *Don Quijote* (II, xli): «... para dejarnos caer de una sobre el reino de Candaya, como hace el sacre o neblí sobre la garza, para cogerla por más que se remonte...»

[26] *Mojón y cata-vinos:* el que prueba los vinos. Mojón y cata-vinos son sinónimos. Cfr. *Don Quijote* (II, xiii).

[27] *A Alanìs, y a Cazalla y aun a Esquivias:* pueblos conocidos por sus celebrados vinos. Cfr. Miguel Herrero García, *La vida española del siglo XVII. I. Las bebidas*, Madrid, 1933; 1966.

BACHILLER

¿En qué modo?

ALGARROBA

En tirar con un arco de bodoques[28].

BACHILLER

¿Qué, tan certero es?[29]

ALGARROBA

Es de manera,
Que, si no fuese porque los más tiros
Se da en la mano izquierda, no habría pájaro
En todo este contorno.

BACHILLER

¡Para alcalde,
Es rara habilidad y necesaria!

ALGARROBA

¿Qué diré de Francisco de Humillos?
Un zapato remienda como un sastre.
Pues ¿Pedro de la Rana? No hay memoria
Que a la suya se iguale; en ella tiene
Del antiguo y famoso perro de Alba
Todas las coplas[30], sin que letra falte.

---

[28] *Arco de bodoques:* ballesta que disparaba pelotas de barro o hierro («bodoques») en vez de flechas.

[29] *¿Qué, tan certero es?:* ¿tan buena puntería tiene?

[30] *Del antiguo y famoso perro de Alba / ... las coplas:* famosas coplas antijudías, atribuidas a Juan Agüero de Trasmiera, en donde se relata el pleito de los judíos de Alba de Tormes con un perro que les mordía y perseguía. Sobre Trasmiera, cfr. Asensio (pág. 108, nota 8) y sobre las *coplas*, cfr. Julio Puyol y Alonso, ed. *La pícara Justina*, tomo III, Madrid, 1912, págs. 286-288.

PANDURO

Éste lleva mi voto.

ESCRIBANO

Y aun el mío.

ALGARROBA

A Berrocal me atengo.

BACHILLER

Yo a ninguno
Si es que no dan más pruebas de su ingenio,
A la jurisprudencia encaminadas.

ALGARROBA

Yo daré un buen remedio, y es aqueste:
Hagan entrar los cuatro pretendientes,
Y el señor Bachiller Pesuña puede
Examinarlos, pues del arte sabe,
Y, conforme a su ciencia, así veremos
Quién podrá ser nombrado para el cargo.

ESCRIBANO

¡Vive Dios, que es rarísima advertencia!

PANDURO

Aviso es que podrá servir de arbitrio[31]

---

[31] *Arbitrio:* aquí, consejo. Cfr. *El juez de los divorcios*, nota 10. La referencia no deja de tener sabor irónico-burlesco ya que por medio del rústico Panduro se hace alusión a una de las figuras más controvertidas de la España de 1600: la del arbitrista. Cfr. un poema de la época (citado por Del Campo, pág. 322, nota 34): «Arbitrista, señor, es ser un hombre / de singular ingenio e inventiva, / clara especulación de cosas grandes / fundadas en las dos filosofías / y en la razón de estado, que al provecho / y gobierno del Rey se encamina. Tengo trecientos y setenta arbitrios / en un compendio que acabé estos días, / que intitulo *Política arbitraria* (N. BAE, XVII, 304a). Para una sátira despiadada de esta figura, cfr. *El Buscón* de Quevedo.

Para su Jamestad[32]; que, como en corte
Hay potra-médicos[33], haya potra-alcaldes.

ALGARROBA

Prota, señor Panduro, que no potra.

PANDURO

Como vos no hay friscal en todo el mundo.

ALGARROBA

¡*Fiscal*, pese a mis males!

ESCRIBANO

¡Por Dios santo
Que es Algarroba impertinente!

ALGARROBA

Digo
Que, pues se hace examen de barberos,
De herradores[34], de sastres, y se hace
De cirujanos y otras zarandajas[35],
También se examinasen para alcaldes,
Y, al que se hallase suficiente y hábil
Para tal menester, que se le diese
Carta de examen, con la cual podría

---

[32] *Jamestad:* majestad. Se ha notado en la distorsión «el eco de la palabra 'jamelgo'» (Avalle-Arce, pág. 64, nota 47).

[33] *Potra-médicos:* protomédicos. Los que en la corte examinaban a los pretendientes a médico. El error de pronunciación (prota-hernia) se sostiene en la parte final del verso («prota-alcaldes»).

[34] *Que, pues se hace examen de barberos, / De herradores...:* efectivamente, se necesitaba aprobar un examen para pasar de aprendiz a oficial. *Herrador* = herrero.

[35] *Zarandajas:* igual que hoy en día, cosas sin valor. Aquí Algarroba hace constar burlonamente que si la mayoría de los oficios, por insignificantes que sean, requieren título o certificado («carta de examen»), no debería requerirse menos para ser alcalde.

El tal examinado remediarse;
Porque de lata en una blanca caja
La carta acomodando merecida,
A tal pueblo podrá llegar el pobre,
Que le pesen a oro[36]; que hay hogaño[37]
Carestía de alcaldes de caletre
En lugares pequeños casi siempre.

BACHILLER

Ello está muy bien dicho y bien pensado.
Llamen a Berrocal, entre, y veamos
Dónde llega la raya de su ingenio.

ALGARROBA

Humillos, Rana, Berrocal, Jarrete,
Los cuatro pretensores, se han entrado.

(Entran estos cuatro labradores.)

Ya los tienes presentes.

BACHILLER

Bien venidos
Sean vuesas mercedes.

BERROCAL

Bien hallados
Vuesas mercedes sean.

---

[36] *De lata... caja / ... La carta acomodando... / Que le pesen a oro:* los documentos importantes solían llevarse en una caja o tubo de lata y se colgaban a la bandolera. Nótese el uso del hipérbaton y la manera afectada y culta en que se expresa Algarroba para desencadenar a continuación, de modo burlón, la idea de que hay pequeños pueblos, carentes de buenos alcaldes, en donde uno con título puede llegar a enriquecerse.

[37] *Hogaño:* hoy día; expresión todavía común en el marco rural extremeño.

PANDURO

Acomódense,
Que asientos sobran.

HUMILLOS

Siéntome, y me siento[38].

JARRETE

Todos nos sentaremos, Dios loado.

RANA

¿De qué os sentís, Humillos?

HUMILLOS

De que vaya
Tan a la larga nuestro nombramiento.
¿Hémoslo de comprar a gallipavos,
A cántaros de arrope y a abiervadas[39],
Y botas de lo añejo tan crecidas,
Que se arremetan a ser cueros?[40] Díganlo,
Y pondráse remedio y diligencia.

BACHILLER

No hay sobornos aquí; todos estamos
De un común parecer, y es, que el que fuere

---

[38] *¡Siéntome, y me siento!:* juego de palabras entre sentarse y sentirse (dolerse).

[39] *Abiervadas:* palabra desconocida o, quizás, errata. Cfr., sin embargo, Herrero (pág. 72, nota 7): «Si, según el Diccionario académico, *bierva* significa 'vaca a la que se ha quitado la cría y sigue dando leche', *abiervadas* significará chotas o becerras recién destetadas.» Y Avalle-Arce (pág. 66, nota 63): «Quizás sea forma de abrevar [*to water cattle*], con referencia al vino de que se hablará de inmediato.»

[40] *¿Y botas... / Que se arremetan a ser cueros?:* alusión al soborno equivale a algo como, ¿deben ser las botas tan llenas de vino que den en ser («arremetan») cueros?

Más hábil para alcalde, ése se tenga
Por escogido y por llamado[41].

RANA

Bueno;
Yo me contento.

BERROCAL

Y yo.

BACHILLER

Mucho en buen hora.

HUMILLOS

También yo me contento.

JARRETE

Dello gusto.

BACHILLER

Vaya de examen, pues.

HUMILLOS

De examen venga.

BACHILLER

¿Sabéis leer, Humillos?

HUMILLOS

No, por cierto,
Ni tal se probará que en mi linaje

[41] *Por escogido y por llamado:* alusión burlesca al Evangelio de San Mateo (XX, 16): «Muchos son los llamados y pocos los elegidos.»

Haya persona tan de poco asiento[42],
Que se ponga a aprender esas quimeras,
Que llevan a los hombres al brasero[43],
Y a las mujeres a la casa llana[44].
Leer no sé, mas sé otras cosas tales,
Que llevan al leer ventajas muchas.

BACHILLER

Y ¿cuáles cosas son?

HUMILLOS

Sé de memoria
Todas cuatro oraciones, y las rezo
Cada semana cuatro y cinco veces.

RANA

Y ¿con eso pensáis de ser alcalde?

HUMILLOS

Con esto, y con ser yo cristiano viejo,
Me atrevo a ser un senador romano.

BACHILLER

Está muy bien. Jarrete diga agora
Qué es lo que sabe.

---

42 *Asiento:* juicio; cordura.

43 *Al brasero:* a la hoguera. Cfr. *Cov.:* «Brasero se llama el campo o lugar donde queman los relajados por el Santo Oficio.» Por medio del rústico Humillos, zapatero e iletrado, se plantea aquí el ataque a la razón. Toda idea nueva es sospechosa. Como dirá a continuación, con saberse de memoria el *Padrenuestro*, *Ave María*, *Credo* y *Salve* («Todas cuatro oraciones») y rezarlas rutinariamente unas cuantas veces por semana y, «con ser... cristiano viejo», es decir, de sangre limpia y no judía o mora, le basta para recubrir cualquier cargo de autoridad y prestigio («Me atrevo a ser un senador romano»). Sabido es también que en la España de la época la vida intelectual se asociaba muchas veces con los judíos conversos.

44 *Casa llana:* mancebía; prostíbulo.

JARRETE

Yo, señor Pesuña,
Sé leer, aunque poco; deletreo,
Y ando en el be-a-ba bien ha tres meses,
Y en cinco más daré con ello a un cabo[45];
Y, además desta ciencia que ya aprendo,
Sé calzar un arado bravamente.
Y herrar[46], casi en tres horas, cuatro pares
De novillos briosos y cerreros[47];
Soy sano de mis miembros, y no tengo
Sordez ni cataratas, tos ni reumas,
Y soy cristiano viejo como todos,
Y tiro con un arco como un Tulio[48].

ALGARROBA

¡Raras habilidades para alcalde,
Necesarias y muchas!

BACHILLER

Adelante.
¿Qué sabe Berrocal?

BERROCAL

Tengo en la lengua
Toda mi habilidad, y en la garganta;
No hay mojón en el mundo que me llegue:
Sesenta y seis sabores estampados
Tengo en el paladar, todos vináticos.

ALGARROBA

Y ¿quiere ser alcalde?

---

[45] *Daré con ello a un cabo:* acabaré.
[46] *Herrar:* marcar con el hierro.
[47] *Cerreros:* bravos; sin domar.
[48] *Tulio:* Marco Tulio Cicerón. La comparación es disparatada y, por lo tanto, cómica.

BERROCAL

Y lo requiero;
Pues cuando estoy armado a lo de Baco,
Así se me aderezan los sentidos,
Que me parece a mí que en aquel punto
Podría prestar leyes a Licurgo
Y limpiarme con Bártulo[49].

PANDURO

¡Pasito,
Que estamos en concejo!

BERROCAL

No soy nada
Melindroso ni puerco[50]; sólo digo
Que no se me malogre mi justicia,
Que echaré el bodegón por la ventana[51].

BACHILLER

¿Amenazas aquí? ¡Por vida mía,
Mi señor Berrocal, que valen poco!
¿Qué sabe Pedro Rana?

---

49 *Licurgo... Bártulo:* el primero fue un célebre legislador griego de gran sabiduría; el segundo —Bartolo di Sassoferrato— fue un famoso jurisconsulto y su obra jurídica dejó huella en la fraseología del Siglo de Oro. Cfr. Correas: «Arrimar los bártulos. Por: dejar el estudio. Bártulos son los libros.» Berrocal dice que cuando está borracho se cree más perito en leyes que Licurgo y que podría limpiarse el trasero con la obra de Bártulo. Las alusiones humorísticas a textos jurídicos eran muy comunes en la época. Cfr. *Estebanillo González*, II, pág. 457, nota 1.233.

50 *No soy nada / Melindroso ni puerco:* «No soy extremoso en un sentido ni en otro; ni remilgado, ni... puerco» (Herrero, pág. 75, nota 15).

51 *Echaré el bodegón por la ventana:* armaré un escándalo.

RANA

Como Rana,
Habré de cantar mal; pero, con todo
Diré mi condición, y no mi ingenio.
Yo, señores, si acaso fuese alcalde,
Mi vara no sería tan delgada
Como las que se usan de ordinario;
De una encina o de un roble la haría,
Y gruesa de dos dedos, temeroso
Que no me la encorvase el dulce peso
De un bolsón de ducados, ni otras dádivas,
O ruegos, o promesas, o favores,
Que pesan como plomo, y no se sienten
Hasta que os han brumado[52] las costillas
Del cuerpo y alma; y, junto con aquesto,
Sería bien criado y comedido,
Parte severo y nada riguroso;
Nunca deshonraría al miserable
Que ante mí le trujesen[53] sus delitos;
Que suele lastimar una palabra
De un juëz arrojado[54], de afrentosa,
Mucho más que lastima su sentencia,
Aunque en ella se intime cruel castigo.
No es bien que el poder quite la crianza[55],
Ni que la sumisión de un delincuente
Haga al juez soberbio y arrogante.

ALGARROBA

¡Vive Dios, que ha cantado nuestra Raná
Mucho mejor que un cisne cuando muere![56]

---

[52] *Brumado:* golpeado.

[53] *Trujesen* (Vulgarismo): trajesen.

[54] *Arrojado:* atrevido.

[55] *Crianza:* cortesía.

[56] *... ha cantado nuestro Rana / ... mejor que un cisne cuando muere!:* alusión a una leyenda de origen clásico, y difundida por Marcial y Ovidio a las literaturas románicas, de que el cisne cantaba dulcemente antes de morir (cfr. Pilar Palomo, pág. 97, nota 169).

PANDURO

Mil sentencias ha dicho censorinas.

ALGARROBA

De Catón Censorino[57]; bien ha dicho
El regidor Panduro.

PANDURO

¡Reprochadme![58]

ALGARROBA

Su tiempo se vendrá.

ESCRIBANO

Nunca acá venga.
¡Terrible inclinación es, Algarroba,
La vuestra en reprochar!

ALGARROBA

No más, so escriba.

ESCRIBANO

¿Qué *escriba*[59], fariseo?

BACHILLER

¡Por San Pedro,
Que son muy demasiadas demasías
Éstas!

---

[57] *Sentencias... censorinas / ... de Catón Censorino:* sentencias dignas del gran orador romano. Cfr. *El rufián viudo*, nota 57.

[58] *¡Reprochadme!:* le enoja a Panduro la intervención de Algarroba y la manera en que éste hace lucir su sabiduría en forma de correcciones y aclaraciones.

[59] *Escriba:* equívoco entre el que copia documentos («Escriba» es despectivo por escribano) y el que interpreta la ley entre los judíos. Algarroba le tacha al escribano de converso.

ALGARROBA

Yo me burlaba[60].

ESCRIBANO

Y yo me burlo.

BACHILLER

Pues no se burlen más, por vida mía.

ALGARROBA

Quien miente, miente.

ESCRIBANO

Y quien verdad pronuncia,
Dice verdad.

ALGARROBA

Verdad.

ESCRIBANO

Pues punto en boca.

HUMILLOS

Esos ofrecimientos que ha hecho Rana,
Son desde lejos[61]. A fe que si él empuña
Vara, que él se trueque y sea otro hombre
Del que ahora parece.

BACHILLER

Está de molde
Lo que Humillos ha dicho.

---

60 *Me burlaba:* bromeaba.

61 *Desde lejos:* así la ed. príncipe, pero sobra una sílaba al verso. Algunos editores proponen *de lejos.*

HUMILLOS

Y más añado:
Que si me dan la vara, verán cómo
No me mudo, ni trueco, ni me cambio.

BACHILLER

Pues veis aquí la vara, y haced cuenta
Que sois alcalde ya.

ALGARROBA

¡Cuerpo del mundo!
¿La vara le dan zurda?

HUMILLOS

¿Cómo zurda?

ALGARROBA

Pues ¿no es zurda esta vara? Un sordo o mudo
Lo podrá echar de ver desde una legua.

HUMILLOS

¿Cómo, pues, si me dan zurda la vara,
Quieren que juzgue yo derecho?[62]

ESCRIBANO

El diablo
Tiene en el cuerpo este Algarroba; ¡miren
Dónde jamás se han visto varas zurdas!

---

62 *Zurda... derecho:* juego de palabras; derecho es lo opuesto de zurdo y quiere decir también justo.

(Entra uno.)

UNO

Señores, aquí están unos gitanos
Con unas gitanillas milagrosas[63];
Y aunque la ocupación se les ha dicho
En que están sus mercedes, todavía
Porfían que han de entrar a dar solacio[64]
A sus mercedes.

BACHILLER

Entren, y veremos
Si nos podrán servir para la fiesta
Del Corpus, de quien yo soy mayordomo[65].

PANDURO

Entren mucho en buen hora.

BACHILLER

Entren luego.

HUMILLOS

Por mí, ya los deseo.

JARRETE

Pues yo, ¡pajas![66]

---

[63] *Milagrosas:* guapas.

[64] *A dar solacio:* a entretener. *Solacio* es latinismo por solaz.

[65] *Del Corpus... mayordomo:* el que estaba encargado de organizar la fiesta del Corpus Christi, celebrada en mayo o junio, el jueves que sigue a la octava de Pentecostés.

[66] *Pues yo ¡pajas!:* es decir, yo igual; también lo deseo. Cfr. Correas, «Y yo, ¿pajas? Y fulano, ¿pajas? Da a entender que tanto puede hacer como los otros.»

RANA

¿Ellos no son gitanos? Pues adviertan
Que no nos hurten las narices.

UNO

Ellos,
Sin que los llamen, vienen; ya están dentro.

(Entran los músicos de gitanos, y dos gitanas bien aderezadas, y al son deste romance, que han de cantar los músicos, ellas dancen.)

MÚSICOS

«Reverencia os hace el cuerpo,
Regidores de Daganzo,
Hombres buenos de repente,
Hombres buenos de pensado;
De caletre prevenidos
Para proveer los cargos
Que la ambición solicita
Entre moros y cristianos.
Parece que os hizo el cielo,
El cielo, digo, estrellado,
Sansones para las letras,
Y para las fuerzas Bártulos.»[67]

JARRETE

Todo lo que se canta toca historia.

HUMILLOS

Ellas y ellos son únicos y ralos.

---

[67] *Sansones para las letras, / y para las fuerzas Bártulos:* los dos últimos versos del romance rematan la actitud jocosa y burlesca de los músicos que han venido a interrumpir el examen de los labradores. Los regidores de Daganzo son, según ellos, unos insensatos ya que utilizan el cerebro y las fuerzas al revés.

ALGARROBA

Algo tienen de espesos[68].

BACHILLER

Ea, *sufficit*[69].

MÚSICOS

«Como se mudan los vientos,
Como se mudan los ramos,
Que, desnudos en invierno,
Se visten en el verano,
Mudaremos nuestros bailes
Por puntos[70], y a cada paso,
Pues mudarse las mujeres
No es nuevo ni extraño caso.
¡Vivan de Daganzo los regidores,
Que parecen palmas, puesto que son robles!»

(Bailan.)

JARRETE

¡Brava trova, por Dios!

HUMILLOS

Y muy sentida.

BERROCAL

Éstas se han de imprimir, para que quede
Memoria de nosotros en los siglos
De los siglos. Amén.

---

[68] *Ralos... / espesos:* Humillos se equivoca en la pronunciación y dice *ralos* (escasos; pocos) en vez de raros. Algarroba capta el error y establece burlonamente la antítesis *ralos / espesos.*

[69] *Sufficit:* basta.

[70] *Por puntos:* de un momento a otro (Avalle-Arce, pág. 76).

BACHILLER

Callen, si pueden.

MÚSICOS

«Vivan y revivan,
Y en siglos veloces
Del tiempo los días
Pasen con las noches,
Sin trocar la edad,
Que treinta años forme,
Ni tocar las hojas
De sus alcornoques.
Los vientos, que anegan
Si contrarios corren,
Cual céfiros blandos
En sus mares soplen.
¡Vivan de Daganzo los regidores,
Que palmas parecen, puesto que son robles!»

BACHILLER

El estribillo en parte me desplace;
Pero, con todo, es bueno.

BERROCAL

Ea, callemos.

MÚSICOS

«Pisaré yo el polvico[71],
A tan menudico,

---

[71] *Pisaré yo el polvico:* «Canción que dio nombre al antiguo baile de *El polvillo.* Cervantes la vuelve a mencionar en el entremés del *Vizcaíno fingido* (cfr. más adelante, nota 31) y alude también a ella en *La gitanilla de Madrid* (Bonilla, pág. 211, nota 115). Querol (pág. 121) no conoce descripciones de esta baile, pero recuerda que es condenado por inmoral y escandaloso por Fray Juan de la Cerda *(Libro intitulado, Vida política de todos los estados de mugeres...* [1599], Tratado V, cap. IV, folio 468).

Pisaré yo el polvó,
A tan menudó.»

PANDURO

Estos músicos hacen pepitoria[72]
De su cantar.

HUMILLOS

Son diablos los gitanos.

MÚSICOS

«Pisaré yo la tierra
Por más que esté dura,
Puesto que me abra en ella
Amor sepultura,
Pues ya mi buena ventura
Amor la pisó
A tan menudó.»
«Pisaré yo lozana
El más duro suelo,
Si en él acaso pisas
El cual que recelo;
Mi bien se ha pasado en vuelo,
Y el polvo dejó
A tan menudó.»

(Entra UN SOTA SACRISTÁN, *muy mal endeliñado*[73]*.)*

SACRISTÁN

Señores regidores, ¡voto a dico[74],
Que es de bellacos tanto pasatiempo!

---

[72] *Pepitoria:* cfr. *El rufián viudo*, nota 92.
[73] *Mal endeliñado:* mal aliñado o compuesto; mal vestido.
[74] *Voto a dico:* eufemismo por ¡voto a Dios!

¿Así se rige el pueblo, noramala[75],
Entre guitarras, bailes y bureos?[76]

BACHILLER

¡Agarradle, Jarrete!

JARRETE

Ya le agarro.

BACHILLER

Traigan aquí una manta; que, por Cristo,
Que se ha de mantear este bellaco,
Necio, desvergonzado e insolente,
Y atrevido además.

SACRISTÁN

¡Oigan, señores!

ALGARROBA

Volveré con la manta a las volandas.

(Éntrase ALGARROBA.)

SACRISTÁN

Miren que les intimo que soy présbiter.

BACHILLER

¿Tú presbítero, infame?

SACRISTÁN

Yo presbítero,
O de prima tonsura, que es lo mismo.

---

[75] *Noramala:* en hora mala.
[76] *Bureos:* regodeo; fiesta.

PANDURO

Agora lo veredes, dijo Agrajes[77].

SACRISTÁN

No hay Agrajes aquí.

BACHILLER

Pues habrá grajos[78]
Que te piquen la lengua y aun los ojos.

RANA

Dime desventurado: ¿qué demonio
Se revistió en tu lengua? ¿Quién te mete
A ti en reprehender a la justicia?
¿Has tú de gobernar a la república?
Métete en tus campanas y en tu oficio;
Deja a los que gobiernan[79], que ellos saben
Lo que han de hacer, mejor que no nosotros.
Si fueren malos, ruega por su enmienda;
Si buenos, porque Dios no nos los quite.

---

[77] *Agora lo veredes, dijo Agrajes*, expresión proverbial de reto que tuvo su origen en el *Amadís de Gaula*. Agrajes, primo de Amadís, tuvo fama de gran acometedor en las afrentas, y, «por decir tal cual vez, al poner la mano a la espada, *agora lo vereis*, quedaron en proverbio él y su dicho» (F. Rodríguez Marín, ed. *Don Quijote*, I, pág. 273, nota 1). La expresión es recogida por la literatura burlesca. Cfr. el *Baile entremesado del rey don Rodrigo y la Cava* en donde el conde Julián amenaza al Rey (citado por Henri Recoules, «Romancero y entremés», *Segismundo*, núms. 21-22 [1975], 10-48). La misma expresión se utiliza en *La guarda cuidadosa* (cfr. nota 24).

[78] *No hay Agrajes aquí. / Pues habrá grajos:* juego de palabras basado en cierta semejanza fonética entre Agrajes y grajo (tipo de pájaro).

[79] *Métete en tus campanas... / Deja a los que gobiernan:* Francisco Ynduráin ve en estos versos un «Sensatísimo programa de relaciones entre Iglesia y Estado, desde el pintoresco ambiente de la aldea en su versión de entremés» («Prólogo» a *Miguel de Cervantes, Entremeses*, Madrid, Espasa-Calpe, Selecciones Austral, 1975, pág. 21).

BACHILLER

Nuestro Rana es un santo y un bendito.

(Vuelve ALGARROBA; *trae la manta.)*

ALGARROBA

No ha de quedar por manta.

BACHILLER

Asgan, pues, todos,
Sin que queden[80] gitanos ni gitanas.
¡Arriba, amigos!

SACRISTÁN

¡Por Dios, que va de veras![81]
¡Vive Dios, si me enojo, que bonito
Soy yo para estas burlas! ¡Por San Pedro
Que están descomulgados[82] todos cuantos
Han tocado los pelos de la manta!

RANA

Basta, no más; aquí cese el castigo;
Que el pobre debe estar arrepentido.

SACRISTÁN

Y molido, que es más. De aquí adelante
me coseré la boca con dos cabos
De zapatero.

---

80 *Sin que queden:* sin que falten.

81 *¡Arriba, amigos! ¡Por Dios, que va de veras!:* sobra una sílaba en el verso.

82 *Descomulgados:* el clérigo gozaba del privilegio de la bula *(Siquis suadente diabolo*, que excomulga al que ponía la mano violentamente sobre él), Herrero, pág. 85, nota 17. Cfr. *Don Quijote* (I, XIX): «Yo entiendo, Sancho, que quedo descomulgado por haber puesto las manos violentamente en cosa sagrada: *juxta illud, si quis cuadente diabolo*, etc., aunque se bien que no puse las manos, sino este lanzón...»

RANA

Aqueso es lo que importa.

BACHILLER

Vénganse los gitanos a mi casa,
Que tengo qué decilles.

GITANOS

Tras ti vamos.

BACHILLER

Quedarse ha la elección para mañana,
Y desde luego doy mi voto a Rana.

GITANOS

¿Cantaremos, señor?

BACHILLER

Lo que quisiéredes.

PANDURO

No hay quien cante cual nuestra Rana canta.

JARRETE

No solamente canta, sino encanta.

(Éntranse cantando: «Pisaré yo el polvico...»)

ENTREMÉS
DE

La guarda cuidadosa

(Sale UN SOLDADO *a lo pícaro*[1], *con muy mala banda*[2] *y un antojo*[3], *y detrás dél* UN MAL SACRISTÁN.)

SOLDADO. ¿Qué me quieres, sombra vana?

SACRISTÁN. No soy sombra vana, sino cuerpo macizo.

SOLDADO. Pues, con todo eso, por la fuerza de mi desgracia, te conjuro que me digas quién eres y qué es lo que buscas por esta calle.

SACRISTÁN. A eso te respondo, por la fuerza de mi dicha, que soy Lorenzo Pasillas, sota-sacristán desta parroquia, y busco en esta calle lo que hallo, y tú buscas y no hallas.

SOLDADO. ¿Buscas por ventura a Cristinica, la fregona desta casa?

SACRISTÁN. *Tu dixisti*[4].

SOLDADO. Pues ven acá, sota-sacristán de Satanás.

SACRISTÁN. Pues voy allá, caballo de Ginebra[5].

---

[1] *A lo pícaro:* vestido de harapos. Pícaro equivale aquí a picaño, es decir a «el andrajoso y despedazado» *(Cov.)*.

[2] *Banda:* se refiere a la banda roja que acostumbraban a llevar los soldados.

[3] *Un antojo:* caja cilíndrica de lata en donde se llevaban documentos. Cfr. *Los alcaldes de Daganzo*, nota 36.

[4] *Tu dixisti:* tú lo has dicho.

[5] *Sota-sacristán de Satanás / ... caballo de Ginebra:* juego de palabras; las figuras que se mencionan a continuación («sota», «caballo»,

SOLDADO. Bueno: sota y caballo; no falta sino el rey para tomar las manos[6]. Ven acá, digo otra vez. ¿Y tú no sabes, Pasillas, que pasado[7] te vea yo con un chuzo[8], que Cristinica es prenda mía?

SACRISTÁN. ¿Y tú no sabes, pulpo vestido[9], que esa prenda la tengo yo rematada, que está por sus cabales[10] y por mía?

SOLDADO. ¡Vive Dios, que te dé mil cuchilladas, y que te haga la cabeza pedazos!

SACRISTÁN. Con las que le cuelgan[11] desas calzas, y con los dese vestido, se podrá entretener, sin que se meta con los de mi cabeza.

SOLDADO. ¿Has hablado alguna vez a Cristina?

SACRISTÁN. Cuando quiero.

SOLDADO. ¿Qué dádivas le has hecho?

SACRISTÁN. Muchas.

SOLDADO. ¿Cuántas y cuáles?

SACRISTÁN. Dile una destas cajas de carne de membrillo, muy grande, llena de cercenaduras de hostias, blancas como la misma nieve, y de añadidura cuatro cabos de velas de cera, asimismo blancas como un armiño.

«rey») pertenecen al juego de naipes. Además, puede ser que «el sacristán tilde de hereje al soldado, porque la misma censura late en muchas alusiones a Ginebra que se leen en nuestros clásicos» (Bonilla, página 212, nota 123).

[6] *Para tomar las manos:* es decir, para «ser mano» en el juego de naipes.

[7] *Pasado:* traspasado.

[8] *Chuzo:* media pica.

[9] *Pulpo vestido:* alusión burlesca al soldado mal vestido, cuyos harapos son convertidos en las patas o tentáculos de un pulpo por la imaginación del sacristán. Cfr. *Cov.:* «cuando alguno trae el manto desharrapado por bajo y lleno de lodo, decimos que trae más rabos que un pulpo».

[10] *Prenda... rematada... cabales:* el sacristán reclama vulgarmente a Cristinica como si fuera un objeto («prenda») ganado en subasta («rematada») por su justo precio («por sus cabales»).

[11] *Cuchilladas... con las que cuelgan:* equívoco, ya que «cuchilladas» son los golpes dados con cuchillo o espada y, también, unos ojales o agujeros que tenían ciertas calzas («calzas acuchilladas») y por los cuales se mostraba normalmente un forro de tela rica. El sacristán se burla de las calzas despedazadas del soldado.

SOLDADO. ¿Qué más le has dado?

SACRISTÁN. En un billete[12] envueltos, cien mil deseos de servirla.

SOLDADO. Y ella ¿cómo te ha correspondido?

SACRISTÁN. Con darme esperanzas propincuas[13] de que ha de ser mi esposa.

SOLDADO. Luego ¿no eres de epístola?

SACRISTÁN. Ni aun de completas. Motilón soy[14], y puedo casarme cada y cuando me viniere en voluntad; y presto lo veredes.

SOLDADO. Ven acá, motilón arrastrado[15]; respóndeme a esto que preguntarte quiero. Si esta mochacha[16] ha correspondido tan altamente, lo cual yo no creo, a la miseria de tus dádivas, ¿cómo corresponderá a la grandeza de las mías? Que el otro día le envié un billete amoroso, escrito por lo menos en[17] un revés de un memorial que di a su Majestad[18], significándole[19] mis servicios

---

[12] *Billete:* carta breve *(Dicc. Acad.)*.

[13] *Propincuas:* próximas. Cfr. *Don Quijote* (II, lxviii): «Por mí te has visto gobernador, y por mí te ves con esperanzas propincuas de ser conde o tener otro título equivalente...»

[14] *De epístola... de completas... Motilón soy:* el soldado trata de averiguar si el sacristán está obligado al celibato. Cuando le pregunta si tiene órdenes mayores («de epístola») que le obligan tanto a cantar la epístola de la misa como al celibato, se ve contestar burlonamente que tampoco fue ordenado para rezar la última de las horas canónicas («de completas»). Puesto que es fraile lego y sin tonsura, aunque fuera pelón («Motilón soy»), puede casarse cuando quiere.

[15] *Arrastrado:* desastrado.

[16] *Mochacha:* muchacha. Es un caso más del uso de la vocal átona *o* por *u*.

[17] *Por lo menos en:* nada menos que en (Del Campo, pág. 329, nota 21).

[18] *Memorial que di a su Majestad:* solicitud escrita, con exposición de servicios y méritos. Estos «memoriales» pertenecen a la realidad social de la época y, en sus ecos literarios, se convierten a veces en metáforas trilladas. No así en Cervantes, donde las pretensiones y desilusiones del propio autor parecen tener un eco lejano e irónico en las del soldado de este entremés, según vuelve a recordar Luciano García Lorenzo, «Experiencia vital y testimonio literario. Cervantes y la 'Guarda cuidadosa'», *Anales Cervantinos*, XV (1978), 171-180.

[19] *Significándole:* expresándole.

y mis necesidades presentes (que no cae en mengua el soldado que dice que es pobre), el cual memorial salió decretado y remitido al limosnero mayor[20]; y, sin atender a que sin duda alguna me podía valer cuatro o seis reales, con liberalidad increíble, y con desenfado notable, escribí en el revés dél, como he dicho, mi billete; y sé que de mis manos pecadoras llegó a las suyas casi santas.

SACRISTÁN. ¿Hasle enviado otra cosa?

SOLDADO. Suspiros, lágrimas, sollozos, parasismos, desmayo, con toda la caterva de las demonstraciones necesarias que para descubrir su pasión los buenos enamorados usan y deben de usar en todo tiempo y sazón.

SACRISTÁN. ¿Hasle dado alguna música concertada?[21]

SOLDADO. La de mis lamentos y congojas, las de mis ansias y pesadumbres.

SACRISTÁN. Pues a mí me ha acontecido dársela con mis campanas a cada paso, y tanto, que tengo enfadada a toda la vecindad con el continuo ruido que con ellas hago, sólo por darle contento y porque sepa que estoy en la torre ofreciéndome a su servicio; y, aunque haya de tocar a muerto, repico a vísperas solenes.

SOLDADO. En eso me llevas ventaja, porque no tengo qué tocar, ni cosa que lo valga[22].

SACRISTÁN. ¿Y de qué manera ha correspondido Cristina a la infinidad de tantos servicios como le has hecho?

SOLDADO. Con no verme, con no hablarme, con maldecirme cuando me encuentra por la calle, con derramar sobre mí las lavazas cuando jabona y el agua de fregar cuando friega; y esto es cada día, porque todos los días

---

20 *Salió decretado y remitido al limosnero mayor:* es decir, salió aprobado («decretado») pero por su poco valor fue dirigido al que repartía las limosnas («limosnero mayor») del rey. De ahí que el soldado no lo cobre, limitándose a usar el papel para escribir una carta de amor a Cristinica.

21 *Música concertada:* «Serenata con músicos y cantores contratados» (Pilar Palomo, pág. 110, nota 195).

22 *No tengo qué tocar, ni cosa que lo valga:* es decir, ni tengo dinero ni cosa semejante. Nótese el «juego de palabras con tocar campanas y *tocar* (cobrar) dinero... significación... ya conocida por Torres Naharro», cfr. *Gillet*, III, pág. 255 (Asensio, pág. 131, nota 5).

estoy en esta calle y a su puerta; porque soy su guarda cuidadosa; soy, en fin, el perro del hortelano, etcétera. Yo no la gozo, ni ha de gozarla ninguno mientras yo viviere; por eso, váyase de aquí el señor sota-sacristán, que, por haber tenido y tener respeto a las órdenes que tiene, no le tengo ya rompidos los cascos.

SACRISTÁN. A rompérmelos como están rotos esos vestidos, bien rotos estuvieran.

SOLDADO. El hábito no hace al monje; y tanta honra tiene un soldado roto por causa de la guerra, como la tiene un colegial con el manto hecho añicos, porque en él se muestra la antigüedad de sus estudios; ¡y váyase, que haré lo que dicho tengo!

SACRISTÁN. ¿Es porque me ve sin armas? Pues espérese aquí, señor guarda cuidadosa, y verá quién es Callejas[23].

SOLDADO. ¿Qué puede ser un Pasillas?

SACRISTÁN. Ahora lo veredes, dijo Agrajes[24].

(*Éntrase el* SACRISTÁN.)

SOLDADO. ¡Oh, mujeres, mujeres, todas, o las más, mudables y antojadizas! ¿Dejas, Cristina, a esta flor, a este jardín de la soldadesca, y acomódaste con el muladar de un sota-sacristán, pudiendo acomodarte con un sacristán entero, y aun con un canónigo? Pero yo procuraré que te entre en mal provecho, si puedo, aguando[25] tu gusto, con ojear[26] desta calle y de tu puerta los que imaginare que por alguna vía pueden ser tus amantes; y así vendré a alcanzar nombre de la guarda cuidadosa.

---

23 *Verá quien es Callejas:* Correas recoje varias versiones de esta expresión sin aclarar el significado. Parece tratarse de un desafío con que el sacristán indica que se impodrá a su adversario. Cfr. *D.R.A.E.*, «expr. fam. con que alguno se jacta de su poder o autoridad». Cfr. *Rinconete y Cortadillo*, pág. 380, nota 4.

24 *Ahora lo veredes, dijo Agrajes:* expresión de reto. Cfr. *Los alcaldes de Daganzo*, nota 77.

25 *Aguando:* frustrando.

26 *Ojear:* aquí, más que mirar hace sentido *oxear*, «espantar y ahuyentar» *(Dicc. de Aut.)*.

(Entra UN MOZO *con su caja y ropa verde, como estos que piden limosna para alguna imagen*[27]*.)*

MOZO. ¡Den por Dios, para la lámpara del[28] aceite de señora Santa Lucía, que les guarde la vista de los ojos. ¡Ha de casa! ¿Dan limosna?

SOLDADO. ¡Hola, amigo Santa Lucía! Venid acá. ¿Qué es lo que queréis en esa casa?

MOZO. ¿Ya vuesa merced no lo ve? Limosna para la lámpara del aceite de señora Santa Lucía.

SOLDADO. ¿Pedís para la lámpara, o para el aceite de la lámpara?[29] Que, como decís limosna para la lámpara del aceite, parece que la lámpara es del aceite, y no el aceite de la lámpara.

MOZO. Ya todos entienden que pido para aceite de la lámpara, y no para la lámpara del aceite.

SOLDADO. ¿Y suelen-os dar limosna en esta casa?

MOZO. Cada día, dos maravedís.

SOLDADO. ¿Y quién sale a dároslos?

MOZO. Quien se halla más a mano; aunque las más veces sale una fregoncita que se llama Cristina, bonita como un oro.

SOLDADO. ¿Así que es la fregoncita bonita como un oro?

MOZO. ¡Y como unas pelras![30]

SOLDADO. ¿De modo que no os parece mal a vos la muchacha?

MOZO. Pues aunque yo fuera hecho de leño, no pudiera parecerme mal.

---

27 *Un mozo... como estos que piden... imagen:* probable alusión a un santero. Cfr. *Cov.:* «el medio hermitaño que tiene a su cuenta la custodia, limpieza y adorno de alguna hermita, y de pedir para aceite con que arda la lámpara».

28 *Del:* de.

29 *¿Pedís para la lámpara, o para el aceite de la lámpara?*: este chiste se encuentra en «El Deleitoso», paso 2.º, de Lope de Rueda.

30 *Pelras* (Vulgarismo): metátesis por *perlas* (cfr. *Don Quijote*, II, xxi). Algunos editores (Herrero, pág. 98; Del Campo, pág. 101; Palomo, pág. 112; Avalle-Arce, pág. 92) corrigen innecesariamente la metátesis.

SOLDADO. ¿Cómo os llamáis? Que no querría volveros a llamar Santa Lucía.

MOZO. Yo, señor, Andrés me llamo.

SOLDADO. Pues, señor Andrés, esté en[31] lo que quiero decirle: tome este cuarto de a ocho[32], y haga cuenta que va pagado por cuatro días de la limosna que le dan en esta casa y suele recebir por mano de Cristina; y váyase con Dios, y séale aviso que por cuatro días no vuelva a llegar a esta puerta ni por lumbre[33], que le romperé las costillas a coces.

MOZO. Ni aun volveré en este mes, si es que me acuerdo; no tome vuesa merced pesadumbre, que ya me voy. *(Vase.)*

SOLDADO. ¡No, sino dormíos, guarda cuidadosa!

(Entra OTRO MOZO *vendiendo y pregonando tranzaderas*[34], *holanda,* [*de*] *Cambray*[35], *randas*[36] *de Flandes y hilo portugués.)*

UNO. ¿Compran tranzaderas, randas de Flandes, holanda, cambray, hilo portugués?

(CRISTINA, *a la ventana.)*

CRISTINA. ¡Hola, Manuel!, ¿traéis vivos[37] para unas camisas?

---

[31] *Esté en:* dese cuenta de; entienda.

[32] *Cuarto de a ocho:* ocho maravedís.

[33] *Ni por lumbre:* jamás. También juego de palabras ya que uno de los oficios del mozo era pedir aceite para que la lámpara pudiera arder y alumbrar. Sobre la expresión *ni por lumbre*, cfr. Correas: «dícese negando y vedando hacer algo: Ni por imaginación; ni por lumbre; ni por sueños: negando algo».

[34] *Tranzaderas:* trenzaderas; lazos trenzados para el cabello.

[35] *Holanda,* [*de*] *cambray:* especies de lienzos o telas finas.

[36] *Randas:* adornos de encaje.

[37] *Vivos:* puntas o encajes para rematar bordes (Pilar Palomo, página 113, nota 204).

UNO. Sí traigo; y muy buenos.

CRISTINA. Pues entrá[38], que mi señora los ha menester.

SOLDADO. ¡Oh, estrella de mi perdición, antes que norte de mi esperanza! Tranzaderas, o como os llamáis, ¿conocéis aquella doncella que os llamó desde la ventana?

UNO. Sí conozco. Pero, ¿por qué me lo pregunta vuesa merced?

SOLDADO. ¿No tiene muy buen rostro y muy buena gracia?

UNO. A mí así me lo parece.

SOLDADO. Pues también me parece a mí que no entre dentro desa casa; si no, ¡por Dios que ha de molelle los huesos, sin dejarle ninguno sano!

UNO. ¿Pues no puedo yo entrar adonde me llaman para comprar mi mercadería?

SOLDADO. ¡Vaya, no me replique, que haré lo que digo, y luego!

UNO. ¡Terrible caso! Pasito, señor soldado, que ya me voy. (Vase Manuel.)

(CRISTINA, *a la ventana.*)

CRISTINA. ¿No entras, Manuel?

SOLDADO. Ya se fue Manuel, señora la de los vivos, y aun señora la de los muertos[39], porque a muertos y a vivos tienes debajo de tu mando y señorío.

CRISTINA. ¡Jesús, y qué enfadoso animal! ¿Qué quieres en esta calle y en esta puerta?

(*Éntrase* CRISTINA.)

SOLDADO. Encubrióse y púsose mi sol detrás de las nubes.

---

[38] *Entrá:* entrad.

[39] *Vivos... muertos:* juego de palabras; *vivos* significa puntas o encajes (cfr. *supra*, nota 37) y es también antítesis de *muertos.*

(*Entra* UN ZAPATERO *con unas chinelas pequeñas, nuevas, en la mano, y, yendo a entrar en casa de* CRISTINA, *detiénele el* SOLDADO.)

SOLDADO. Señor bueno, ¿busca vuesa merced algo en esta casa?

ZAPATERO. Sí busco.

SOLDADO. ¿Y a quién, si fuere posible saberlo?

ZAPATERO. ¿Por qué no? Busco a una fregona que está en esta casa, para darle estas chinelas que me mandó hacer.

SOLDADO. ¿De manera que vuesa merced es su zapatero?

ZAPATERO. Muchas veces la he calzado.

SOLDADO. ¿Y hale de calzar ahora estas chinelas?

ZAPATERO. No será menester; si fueran zapatillos de hombre, como ella los suele traer, si calzara.

SOLDADO. ¿Y estás, están pagadas, o no?

ZAPATERO. No están pagadas; que ellas me las ha de pagar agora.

SOLDADO. ¿No me haría vuesa merced una merced, que sería para mí muy grande, y es que me fiase estas chinelas, dándole yo prendas que lo valiesen, hasta desde aquí a dos días, que espero tener dineros en abundancia?

ZAPATERO. Sí haré, por cierto. Venga la prenda, que, como soy pobre oficial[40], no puedo fiar a nadie.

SOLDADO. Yo le daré a vuesa merced un mondadientes que le estimo en mucho, y no le dejaré por un escudo. ¿Dónde tiene vuesa merced la tienda, para que vaya a quitarle?[41]

ZAPATERO. En la calle Mayor, en un poste de aquéllos, y llámome Juan Juncos.

SOLDADO. Pues, señor Juan Juncos, el mondadientes es éste, y estímele vuesa merced en mucho, porque es mío.

---

40 *Oficial:* artesano.

41 *Quitarle:* desempeñarle (Herrero, pág. 102).

ZAPATERO. ¿Pues una biznaga[42] que apenas vale dos maravedís, quiere vuesa merced que estime en mucho?

SOLDADO. ¡Oh, pecador de mí! No la doy yo sino para recuerdo de mí mismo; porque, cuando vaya a echar mano a la faldriquera y no halle la biznaga, me venga a la memoria que la tiene vuesa merced y vaya luego a quitalla; sí a fe de soldado, que no la doy por otra cosa; pero, si no está contento con ella, añadiré esta banda y este antojo: que al buen pagador no le duelen prendas[43].

ZAPATERO. Aunque zapatero, no soy tan descortés que tengo de despojar a vuesa merced de sus joyas y preseas[44]; vuesa merced se quede con ellas, que yo me quedaré con mis chinelas, que es lo que me está más a cuento.

SOLDADO. ¿Cuántos puntos tienen?[45]

ZAPATERO. Cinco escasos.

SOLDADO. Más escaso soy yo[46], chinelas de mis entrañas, pues no tengo seis reales para pagaros, ¡Chinelas de mis entrañas! Escuche vuesa merced, señor zapatero, que quiero glosar[47] aquí de repente este verso, que me ha salido medido:

Chinelas de mis entrañas.

ZAPATERO. ¿Es poeta vuesa merced?

SOLDADO. Famoso, y agora lo verá; estéme atento.

---

[42] *Una biznaga:* un mondadientes barato hecho con los tallos de una planta *(Cov.)*. También los había de lentisco, de cañones de pluma y de plata y oro *(Cov.)*.

[43] *Al buen pagador no le duelen prendas:* equivale a: al que cumple fielmente con sus obligaciones o deudas, no le molesta dejar fianza. Cfr. *Don Quijote* (II, xiv). Expresión proverbial registrada por Correas y todavía en uso.

[44] *Preseas:* alhajas.

[45] *¿Cuántos puntos tienen?:* ¿de qué medida («puntos») son?

[46] *Cinco escasos... escaso soy yo:* equívoco entre la escasez de los puntos en las chinelas y la escasez de medios económicos a disposición del soldado.

[47] *Glosar:* comentar; explicar en forma poética, repitiendo uno o más versos enunciados anteriormente.

Chinelas de mis entrañas.

GLOSA

Es amor tan gran tirano,
Que, olvidado de la fe
Que le guardo siempre en vano,
Hoy con la funda[48] de un pie,
Da a mi esperanza de mano.
Estas son vuestras hazañas,
Fundas pequeñas y hurañas;
Que ya mi alma imagina
Que sois, por ser de Cristina,
Chinelas de mis entrañas.

ZAPATERO. A mí poco se me entiende de trovas; pero éstas me han sonado tan bien, que me parecen de Lope[49], como lo son todas las cosas que son o parecen buenas.

SOLDADO. Pues, señor, ya que no lleva remedio de fiarme estas chinelas, que no fuera mucho, y más sobre tan dulces prendas, por mi mal halladas[50], llévelo, a lo menos, de que vuesa merced me las guarde hasta desde aquí a dos días, que yo vaya por ellas; y por ahora, digo, por esta vez, el señor zapatero no ha de ver ni hablar a Cristina.

ZAPATERO. Yo haré lo que me manda el señor soldado, porque se me trasluce de qué pies cojea, que son dos: el de la necesidad y el de los celos.

---

48 *Funda:* cubierta. Aquí, «zapato».

49 *Me han sonado tan bien, que me parecen de Lope:* en el elogio que el zapatero hace de esta glosa disparatada y la subsiguiente asociación con la poesía de Lope (1552-1635) se ha querido ver una intención ironizante de Cervantes frente al Fénix, cfr. F. Márquez Villanueva, «Tradición y actualidad literaria en 'La guarda cuidadosa'», *Hispanic Review*, XXXIII (1965), 152-156.

50 *Tan dulces prendas, por mi mal halladas:* alusión irónica al verso primero (¡Oh dulces prendas por mí mal halladas!) del famoso soneto X de Garcilaso de la Vega (1503-1536) parodiado en la literatura anti-idealista del siglo XVII, especialmente la entremesil y la picaresca. Cfr. *Estebanillo González*, II, pág. 353, nota 907.

SOLDADO. Ése no es ingenio de zapatero, sino de colegial trilingüe[51].

ZAPATERO. ¡Oh, celos, celos, cuán mejor os llamaran duelos, duelos!

(Éntrase el ZAPATERO.*)*

SOLDADO. No, sino no seáis guarda, y guarda cuidadosa, y veréis cómo se os entran mosquitos en la cueva donde está el licor de vuestro contento. Pero ¿qué voz es ésta? Sin duda es la de mi Cristina, que se desenfada cantando cuando barre o friega.

(Suenan dentro platos, como que friegan, y cantan.)

Sacristán de mi vida[52],
tenme por tuya,
y, fiado en mi fe,
canta *alleluia.*

SOLDADO. ¡Oídos que tal oyen! Sin duda el sacristán debe de ser el brinco[53] de su alma. ¡Oh platera[54], la más limpia que tiene, tuvo o tendrá el calendario de las fregonas! ¿Por qué, así como limpias esa loza talaveril[55] que traes entre las manos, y la vuelves en bruñida y tersa plata, no limpias esa alma de pensamientos bajos y sota-sacristaniles?

---

[51] *Ingenio de colegial trilingüe:* la agilidad mental del zapatero se parece, según el soldado, a la de los que asistían al Colegio Trilingüe de Alcalá de Henares (fundado en 1528) donde se estudiaba griego, latín y hebreo.

[52] *Sacristán de mi vida...*, etc.: se trata de una seguidilla conocida. Ver Márquez Villanueva, *ob. cit.:* «Al entrar en la iglesia / dixe: Aleluya, / sacristán de mi alma, / toda soy tuya.»

[53] *Brinco:* aquí, «joya».

[54] *Platera:* «Equívoco de *plata* y de *plato*. El primer sentido se refiere a brinco, el segundo al oficio fregonil» (Herrero, pág. 106).

[55] *Loza talaveril:* conjunto de platos, tazas, etc. («loza») fabricados en Talavera de la Reina.

(*Entra* EL AMO *de* CRISTINA.)

AMO. Galán, ¿qué quiere o qué busca a esta puerta?

SOLDADO. Quiero más de lo que sería bueno, y busco lo que no hallo. Pero ¿quién es vuesa merced, que me lo pregunta?

AMO. Soy el dueño desta casa.

SOLDADO. ¿El amo de Cristinica?

AMO. El mismo.

SOLDADO. Pues lléguese vuesa merced a esta parte, y tome este envoltorio de papeles; y advierta que ahí dentro van las informaciones de mis servicios, con veinte y dos fees[56] de veinte y dos generales debajo de cuyos estandartes he servido, amén de otras treinta y cuatro de otros tantos maestres de campo que se han dignado de honrarme con ellas.

AMO. ¡Pues no ha habido, a lo que yo alcanzo, tantos generales ni maestres de campo de infantería española de cien años a esta parte!

SOLDADO. Vuesa merced es hombre pacífico, y no está obligado a entendérsele mucho de las cosas de la guerra. Pase los ojos por esos papeles, y verá en ellos, unos sobre otros, todos los generales y maestres de campo que he dicho.

AMO. Yo los doy pasados y vistos; pero, ¿de qué sirve darme cuenta desto?

SOLDADO. De que hallará vuesa merced por ellos ser posible ser en verdad una que agora diré, y es, que estoy consultado en[57] uno de tres castillos y plazas, que están vacas en el reino de Nápoles; conviene a saber: Gaeta, Barleta y Rijobes[58].

AMO. Hasta agora, ninguna cosa me importa a mí estas relaciones que vuesa merced me da.

SOLDADO. Pues yo sé que le han de importar, siendo Dios servido.

---

[56] *Fees:* testimonios escritos y firmados.
[57] *Estoy consultado en:* me ha propuesto para.
[58] *Rijobes:* Rijoles (Reggio Calabria, Italia).

AMO. ¿En qué manera?

SOLDADO. En que, por fuerza, si no se cae el cielo, tengo de salir proveído en una destas plazas, y quiero casarme agora con Cristinica; y, siendo yo su marido, puede vuesa merced hacer de mi persona y de mi mucha hacienda como cosa propria; que no tengo de mostrarme desagradecido a la crianza que vuesa merced ha hecho a mi querida y amada consorte.

AMO. Vuesa merced lo ha de los cascos[59] más que de otra parte.

SOLDADO. ¿Pues sabe cuánto le va, señor dulce?[60] Que me la ha de entregar luego, luego, o no ha de atravesar los umbrales de su casa.

AMO. ¿Hay tal disparate? ¿Y quién ha de ser bastante para quitarme que no entre en mi casa?

(Vuelve el SOTA-SACRISTÁN PASILLAS, *armado con un tapador de tinaja y una espada muy mohosa; viene con él* OTRO SACRISTÁN, *con un morrión y una vara o palo, atado a él un rabo de zorra.)*

SACRISTÁN. ¡Ea, amigo Grajales, que éste es el turbador de mi sosiego!

GRAJALES. No me pesa sino que traigo las armas endebles y algo tiernas; que ya le hubiera despachado al otro mundo a toda diligencia.

AMO. ¡Ténganse, gentiles hombres! ¿Qué desmán y qué acecinamiento[61] es éste?

---

[59] *Vuesa merced lo ha de los cascos:* está usted mal de cabeza (loco). Cfr. Correas: «Halo de la cabeza. Notando a uno de poco juicio.»

[60] *¿Señor dulce?:* es decir, individuo acostumbrado a ganarse la vida sin someterse a grandes sacrificios. Cfr. *Dicc. de Aut.*: «*Soldados de agua dulce.* Se llaman los que no saben de trabajo, por haber servido siempre en el regalo y quietud de sus patrias.»

[61] *Acecinamiento:* asesinato *(Dicc. Histor.)*. Cfr. Chaves, *Relación de la cárcel de Sevilla* (citado por Del Campo, pág. 335, nota 76): «... por manera que en su muerte le hacen a la memoria tantas muertes como he dicho, que parece que son cochinos que quieren acecinar.»

SOLDADO. ¡Ladrones! ¿A traición y en cuadrilla? ¡Sacristanes falsos, voto a tal que os tengo que horadar, aunque tengáis más órdenes que un Ceremonial![62] ¡Cobarde! ¿A mí con rabo de zorra? ¿Es notarme de borracho, o piensas que estás quitando el polvo[63] a alguna imagen de bulto?

GRAJALES. No pienso sino que estoy ojeando[64] los mosquitos de una tinaja de vino.

(A la ventana, CRISTINA *y su* AMA.)

CRISTINA. ¡Señora, señora, que matan a mi señor! Más de dos mil espadas están sobre él, que relumbran que me quitan la vista.

ELLA. Dices verdad, hija mía; Dios sea con él; santa Úrsola, con las once mil vírgines, sea en su guarda. Ven, Cristina, y bajemos a socorrerle como mejor pudiéremos.

AMO. ¡Por vida de vuesas mercedes, caballeros, que se tengan, y miren que no es bien usar de superchería[65] con nadie!

SOLDADO. ¡Tente, rabo, y tente, tapadorcillo![66] no acabéis de despertar mi cólera, que, si la acabo de des-

---

[62] *Aunque tengáis más órdenes que un Ceremonial:* equívoco; órdenes alude tanto a las sacerdotales como a las que aparecían en los manuales sobre las ceremonias que se debían observar en distintas ocasiones (ceremoniales). Asensio (pág. 141, nota 17) hace constar que «Palau registra *(Manual,* III, pág. 383) títulos de la época aquí parodiados, por ejemplo, 'Ceremonial de la Orden de Descalzos', 'Ceremonial de la Orden de la Santísima Trinidad'», etc.

[63] *Rabo de zorra... borracho... quitando el polvo:* el rabo de zorra colgado a un palo se utilizaba para quitar el polvo a la tapicería (cfr. Herrero, pág. 109). *Zorra* significa también, borrachera.

[64] *Ojeando:* oxeando. Cfr. *supra,* nota 26.

[65] *Superchería:* aquí, violencia o injuria. Cfr. F. Rodríguez Marín, ed. *Don Quijote,* V, pág. 250: «Superchería: injuria o violencia con abuso manifiesto y alevoso de fuerza, generalmente con ventaja numérica de parte de los que la cometen.»

[66] *Rabo... tapadorcillo:* alusiones despectivas a los dos sacristanes, Grajales y Pasillas, por las grotescas «armas» que utilizan en la pelea con el soldado.

pertar, os mataré, y os comeré, y os arrojaré por la puerta falsa[67] dos leguas más allá del infierno!

AMO. ¡Ténganse, digo; si no, por Dios que me descomponga de modo que pese a alguno!

SOLDADO. Por mí, tenido soy; que te tengo respeto, por la imagen que tienes en tu casa.

SACRISTÁN. Pues, aunque esa imagen haga milagros, no os ha de valer esta vez.

SOLDADO. ¿Han visto la desvergüenza deste bellaco, que me viene a hacer cocos[68] con un rabo de zorra, no habiéndome espantado ni atemorizado tiros mayores que el de Dio[69], que está en Lisboa?

(Entran CRISTINA *y su* SEÑORA.)

ELLA. ¡Ay, marido mío! ¿Estáis, por desgracia, herido, bien de mi alma?

CRISTINA. ¡Ay desdichada de mí! Por el siglo de[70] mi padre, que son los de la pendencia mi sacristán y mi soldado.

SOLDADO. Aun bien que[71] voy a la parte con el sacristán; que también dijo: «mi soldado».

AMO. No estoy herido, señora, pero sabed que toda esta pendencia es por Cristinica.

ELLA. ¿Cómo por Cristinica?

AMO. A lo que yo entiendo, estos galanes andan celosos por ella.

---

[67] *La puerta falsa:* el trasero.

[68] *Hacer cocos:* gestos para asustar o espantar *(Dicc. de Aut.)*.

[69] *El de Dio:* el cañón de Dio, pieza notable de artillería. Según Asensio (pág. 142, nota 20): «Fue... tomada a los turcos y su aliado el Rey de Cambaya, por Antonio da Silveira en el heroico cerco de Diu de 1538.»

[70] *Por el siglo de:* por vida de. Esta fórmula es empleada con distintas variantes: «... mi madre»; «... mi abuelo», etc.

[71] *Aun bien que:* a bien que. Cfr. *El juez de los divorcios*, nota 2 y *El retablo de las maravillas*, pág. 215.

ELLA. ¿Y es esto verdad, muchacha?
CRISTINA. Sí, señora.
ELLA. ¡Mirad con qué poca vergüenza lo dice! Y, ¿hate deshonrado alguno dellos?[72]
CRISTINA. Sí, señora.
ELLA. ¿Cuál?
CRISTINA. El sacristán me deshonró el otro día, cuando fui al Rastro[73].
ELLA. ¿Cuántas veces os he dicho yo, señor, que no saliese esta muchacha fuera de casa; que ya era grande, y no convenía apartarla de nuestra vista? ¿Qué dirá ahora su padre, que nos la entregó limpia de polvo y de paja?[74] ¿Y dónde te llevó, traidora, para deshonrarte?
CRISTINA. A ninguna parte, sino allí en mitad de la calle.
ELLA. ¿Cómo en mitad de la calle?
CRISTINA. Allí, en mitad de la calle de Toledo, a vista de Dios y de todo el mundo, me llamó de sucia y de deshonesta, de poca vergüenza y menos miramiento[75], y otros muchos baldones[76] deste jaez; y todo por estar celoso de aquel soldado.
AMO. Luego ¿no ha pasado otra cosa entre ti ni él sino esa deshonra que en la calle te hizo?
CRISTINA. No por cierto, porque luego se le pasa la cólera.
ELLA. ¡El alma se me ha vuelto al cuerpo, que le tenía ya casi desamparado!
CRISTINA. Y más, que todo cuanto me dijo fue con-

---

[72] *¿Hate deshonrado alguno de ellos?:* comienza aquí un pasaje sumamente cómico basado en un equívoco. La señora quiere saber si Cristinica ha sido seducida o «deshonrada» sexualmente; ésta entiende «deshonra» como injuria de palabras o insulto.
[73] *Al Rastro:* al matadero. Cfr. *La cueva de Salamanca*, nota 32.
[74] *Limpia de polvo y de paja:* es decir, limpia como el trigo que se queda sin embarazos (cfr. Correas). Avalle-Arce (pág. 106, nota 135) sugiere que, «La señora se refiere a que Cristinica no ha andado acostándose por el suelo con ningún hombre».
[75] *Miramiento:* respeto.
[76] *Baldones:* injurias.

fiado en esta cédula que me ha dado de ser mi esposo[77], que la tengo guardada como oro en paño.

AMO. Muestra; veamos.

ELLA. Leedla alto, marido.

AMO. Así dice: «Digo yo, Lorenzo Pasillas, sota-sacristán desta parroquia, que quiero bien, y muy bien, a la señora Cristiana de Perrazes; y en fee desta verdad, le di ésta, firmada de mi nombre, fecha en Madrid, en el cimenterio de San Andrés[78], a seis de mayo deste presente año de mil y seiscientos y once[79]. Testigos: mi corazón, mi entendimiento, mi voluntad y mi memoria[80]. LORENZO PASILLAS.» ¡Gentil manera de cédula de matrimonio!

SACRISTÁN. Debajo de decir que la quiero bien, se incluye todo aquello que ella quisiere que yo haga por ella; porque quien da la voluntad, lo da todo.

AMO. ¿Luego, si ella quisiese, bien os casaríades[81] con ella?

SACRISTÁN. De bonísima gana, aunque perdiese la expectativa de tres mil maravedís de renta, que ha de fundar agora sobre mi cabeza[82] una agüela[83] mía, según me han escrito de mi tierra.

SOLDADO. Si voluntades se toman en cuenta, treinta y nueve días hace hoy que, al entrar de la Puente Segoviana, di yo a Cristina la mía, con todos los anejos[84] a mis tres

---

[77] *Cédula... de ser mi esposo:* documento público («cédula») en donde el sacristán le prometió por escrito que se casaría con ella.

[78] *Cimenterio de San Andrés:* cementerio de la parroquia de San Andrés en Madrid.

[79] *Año de mil seiscientos y once:* esta fecha «interna» de *La guarda cuidadosa* es uno de las pocas que poseemos para una cronología auténtica de los entremeses. V. «Introducción».

[80] *Corazón... entendimiento... voluntad... memoria:* las últimas tres eran las potencias del alma. Cfr. *El retablo de las maravillas*, nota 5.

[81] *Casaríades:* antigua forma esdrújula verbal de casaríais.

[82] *Fundar... sobre mi cabeza:* «Se trata de una capellanía, de la que se nombraría titular al sacristán, siempre que fuera célibe y en estado clerical» (Herrero, pág. 114).

[83] *Agüela* (Vulgarismo): abuela.

[84] *Anejos:* anexos.

potencias; y si ella quisiere ser mi esposa, algo irá a decir de ser castellano de un famoso castillo, a un sacristán[85] no entero, sino medio, y aun de la mitad le debe de faltar algo.

AMO. ¿Tienes deseo de casarte, Cristinica?

CRISTINA. Sí tengo.

AMO. Pues escoge, destos dos que se te ofrecen, el que más te agradare.

CRISTINA. Tengo vergüenza.

ELLA. No la tengas; porque el comer y el casar ha de ser a gusto proprio, y no a voluntad ajena.

CRISTINA. Vuesas mercedes, que me han criado, me darán marido como me convenga; aunque todavía quisiera escoger.

SOLDADO. Niña, échame el ojo[86]; mira mi garbo; soldado soy, castellano pienso ser; brío tengo de corazón; soy el más galán hombre del mundo; y por el hilo deste vestidillo, podrás sacar el ovillo[87] de mi gentileza.

SACRISTÁN. Cristina, yo soy músico, aunque de campanas; para adornar una tumba[88] y colgar una iglesia para fiestas solenes, ningún sacristán me puede llevar ventaja; y estos oficios bien los puedo ejercitar casado, y ganar de comer como un príncipe.

AMO. Ahora bien, muchacha: escoge de los dos el que te agrada; que yo gusto dello, y con esto pondrás paz entre dos tan fuertes competidores.

SOLDADO. Yo me allano.

---

85 *A un sacristán:* léase: a decir ser sacristán.

86 *Échame el ojo:* mírame.

87 *Por el hilo... podrás sacar el ovillo:* uso cómico de un refrán conocido («por el hilo se saca el ovillo», o sea, que por el principio de algo se conoce lo demás). Cervantes lo pone en boca del soldado vestido de harapos («por el hilo deste vestidillo...») para llamar la atención sobre la distancia que existe entre sus pretensiones («podrás sacar el ovillo de mi gentileza») y la desconcertante realidad de su situación. Para un estudio fundamental sobre la función de los refranes españoles, cfr. A. A. Parker, «The Humor of Spanish Proverbs», *Diamante*, XIII, Londres, 1962.

88 *Tumba:* aquí, «armazón en forma de ataúd usado en los funerales, revestido de paños negros» (Asensio, pág. 145, nota 22).

SACRISTÁN. Y yo me rindo.
CRISTINA. Pues escojo al sacristán.

(Han entrado los músicos.)

AMO. Pues llamen esos oficiales de mi vecino el barbero, para que con sus guitarras y voces nos entremos a celebrar el desposorio, cantando y bailando; y el señor soldado será mi convidado.
SOLDADO. Acepto:

> «*Que, donde hay fuerza de hecho,*
> *Se pierde cualquier derecho*»[89].

MÚSICOS. Pues hemos llegado a tiempo, éste será el estribillo de nuestra letra.

(Cantan el estribillo.)

SOLDADO.

> «Siempre escogen las mujeres
> Aquello que vale menos,
> Porque excede su mal gusto
> A cualquier merecimiento.
> Ya no se estima el valor,
> Porque se estima el dinero[90],

---

[89] *Que, donde hay fuerza de hecho, / Se pierde cualquier derecho:* estos versos forman el estribillo; se repiten en la canción que sigue y van confirmando a modo de desenlace que la contienda entre el soldado y el sacristán ha terminado con el desposorio de este último con la fregona. Así que las pretensiones del sacristán tienen ya «fuerza de hecho» y el soldado admite que no tiene «derecho» en requerer ya a la jovencita.

[90] *Ya no se estima el valor, / Porque se estima el dinero:* sobre esta temática en la España de 1600, cfr. Pierre Vilar, «El tiempo del Quijote», en *Crecimiento y desarrollo* (Barcelona, Ariel, 1976), págs. 332-346 y José Antonio Maravall, *Utopía y contrautopía en el Quijote*, Santiago de Compostela, ed. Pico Sacro, 1976. Sobre la función de este tema en la *Guarda cuidadosa*, ver «Introducción».

Pues un sacristán prefieren
A un roto soldado lego.
Mas no es mucho: que ¿quién vió
Que fue su voto tan necio,
Que a sagrado se acogiese,
Que es de delincuentes puerto?[91]

Que adonde hay fuerza, etc.»

SACRISTÁN

«Como es proprio de un soldado
Que es sólo en los años viejo,
Y se halla sin un cuarto
Porque ha dejado su tercio[92],
Imaginar que ser puede
Pretendiente de Gaiferos[93],
Conquistando por lo bravo
Lo que yo por manso adquiero,
No me afrentan tus razones,
Pues has perdido en el juego;

---

[91] *Que a sagrado se acogiese, / ... de delincuentes puerto?:* el sacristán se ha refugiado en la iglesia («sagrado»), lugar en donde cualquier criminal también tenía el derecho de asilo («de delincuentes puerto»). Según el soldado, Cristinica ha escogido mal ya que el oficio de sacristán sufre de desprestigio.

[92] *Cuarto... tercio:* juego de palabras; se refiere a las partes de algo («cuarta» o «tercera» parte) y, en sus otras acepciones, a moneda («cuarto») y regimiento militar («tercio»).

[93] *Pretendiente de Gaiferos:* es decir, «aspirante al papel heroico de Gaiferos» (Bonilla, pág. 216, nota 139), personaje de los romances carolingios, que libertó valientemente a su esposa Melisendra siendo ésta prisionera de los moros. Cfr. El retablo de Maese Pedro *(Don Quijote*, II, xxv-xxvii) en donde se narra precisamente esta historia. Sobre la fortuna entremesil del tema de Gaiferos, cfr. Henri Recoules, «Romancero y entremés», *Segismundo*, núms. 21-22 (1975), especialmente páginas 22-35. Eugenio Asensio (pág. 146, nota 23) también recuerda con razón que en varios entremeses Gaiferos es tratado de modo burlesco y se le considera «como prototipo de galanes atildados y melindrosos».

Que siempre un picado[94] tiene
Licencia para hacer fieros[95].

Que adonde, etc.»

(Éntranse cantando y bailando.)

[94] *Un picado:* aquí, airado. La expresión viene del juego de naipes pero se aplica aquí a la pérdida en el juego amoroso. Cfr. *Cov.:* «picarse y estar picado en el juego: pesarle de perder y porfiar en jugar»; y Correas: «Picarse es tomar enojo y cólera de perder, y porfiar a jugar por desquitarse.»

[95] *Hacer fieros:* «Proferir baladronadas y amenazas» (Del Campo, página 337, nota 107).

ENTREMÉS
DEL

Vizcaíno fingido

(Entran SOLÓRZANO *y* QUIÑONES.)

SOLÓRZANO. Estas son las bolsas, y, a lo que parecen, son bien parecidas, y las cadenas que van dentro, ni más ni menos. No hay sino que vos acudáis[1] con mi intento: que, a pesar de la taimería[2] desta sevillana, ha de quedar esta vez burlada.

QUIÑONES. ¿Tanta honra se adquiere, o tanta habilidad se muestra en engañar a una mujer, que lo tomáis con tanto ahínco y ponéis tanta solicitud en ello?

SOLÓRZANO. Cuando las mujeres son como éstas, es gusto el burlallas; cuanto más que esta burla no ha de pasar de los tejados arriba; quiero decir que ni ha de ser con ofensa de Dios ni con daño de la burlada; que no son burlas las que redundan[3] en desprecio ajeno.

QUIÑONES. Alto; pues vos lo queréis, sea así. Digo que yo os ayudaré en todo cuanto me habéis dicho, y sabré fingir tan bien[4] como vos, que no lo puedo más encarecer. ¿Adónde vais agora?

---

1 *Acudáis:* colaboréis.
2 *Taimería:* malicia; astucia.
3 *Redundan:* resultan.
4 *Tan bien:* la edición príncipe, *también.*

SOLÓRZANO. Derecho en casa de la ninfa[5]; y vos no salgáis de casa, que yo os llamaré a su tiempo.

QUIÑONES. Allí estaré clavado, esperando.

(Éntranse los dos.)

(Salen DOÑA CRISTINA *y* DOÑA BRÍGIDA: *Cristina sin manto*[6], *y Brígida con él, toda asustada y turbada.)*

CRISTINA. ¡Jesús! ¿Qué es lo que traes, amiga doña Brígida, que parece que quieres dar el alma a su Hacedor?

BRÍGIDA. ¡Doña Cristina, amiga, hazme aire, rocíame con un poco de agua este rostro, que me muero, que me fino, que se me arranca el alma! ¡Dios sea conmigo! ¡Confesión a toda priesa![7]

CRISTINA. ¿Qué es esto? ¡Desdichada de mí! ¿No me dirás, amiga, lo que te ha sucedido? ¿Has visto alguna mala visión? ¿Hante dado alguna mala nueva de que es muerta tu madre, o de que viene tu marido, o hante robado tus joyas?

BRÍGIDA. Ni he visto visión alguna, ni se ha muerto mi madre, ni viene mi marido, que aun le faltan tres meses para acabar el negocio donde fue, ni me han robado mis joyas; pero hame sucedido otra cosa peor.

CRISTINA. Acaba, dímela, doña Brígida mía; que me tienes turbada y suspensa hasta saberla.

BRÍGIDA. ¡Ay, querida, que también te toca a ti parte deste mal suceso! Límpiame este rostro, que él y todo el cuerpo tengo bañado en sudor más frío que la nieve. ¡Desdichadas de aquellas que andan en la vida libre, que,

---

5 *Ninfa:* mujer de mala vida; prostituta. Cfr. *El rufián viudo*, nota 113.

6 *Manto:* especie de capa usada por las mujeres al salir a la calle. Generalmente llegaba a tapar el rostro. Cfr. más adelante, nota 26.

7 *Priesa:* prisa.

si quieren tener algún poquito de autoridad, granjeada[8] de aquí o de allí, se la dejarretan[9] y se la quitan al mejor tiempo!

CRISTINA. Acaba, por tu vida, amiga, y dime lo que te ha sucedido, y qué es la desgracia de quien yo también tengo de tener parte.

BRÍGIDA. ¡Y cómo si tendrás parte! Y mucha, si eres discreta, como lo eres. Has de saber, hermana, que, viniendo agora a verte, al pasar por la puerta de Guadalajara[10], oí que, en medio de infinita justicia y gente, estaba un pregonero pregonando que quitaban los coches, y que las mujeres descubriesen los rostros[11] por las calles.

CRISTINA. ¿Y esa es la mala nueva?

BRÍGIDA. Pues para nosotras, ¿puede ser peor en el mundo?

CRISTINA. Yo creo, hermana, que debe de ser alguna reformación de los coches; que no es posible que los quiten de todo punto[12]. Y será cosa muy acertada, porque, según he oído decir, andaba muy decaída la caballe-

---

[8] *Granjeada:* ganada. Cfr. *El juez de los divorcios*, pág. 103.

[9] *Dejarretan:* lo mismo que desjarretan. Es decir, se queja de que sus actividades de mujer libertina han sido «cortadas». *Desjarretar* equivale a cortar las patas delanteras de un toro, cerdo o caballo. Aquí, se comienza a aludir precisamente a la *Premática... acerca de las personas que se prohíben andar en coches...* (3 de enero de 1611) en donde se dicta que «ninguna mujer que públicamente fuere mala de su cuerpo y ganare por ello, pueda andar en coche ni carroza, ni en litera ni en silla» (citado en Bonilla, página 216, nota 141). Cfr. más adelante.

[10] *Puerta de Guadalajara:* dividía la calle Mayor de la Platería y era uno de los sitios de Madrid donde se solían echar los bandos públicos (Herrero, pág. 124).

[11] *Quitaban los coches... las mujeres descubriesen los rostros:* además de la aludida pragmática sobre la nueva reglamentación de los coches (enero de 1611), Felipe III reiteró en 1610 la prohibición de las «tapadas» que había dispuesto Felipe II en 1586: «que ninguna mujer, de cualquier estado, calidad y condición sea..., pueda ir, andar, ni ande tapado el rostro en manera alguna, sino llevándolo descubierto» (citado por Bonilla, pág. 216, nota 141).

[12] *De todo punto:* totalmente.

ría en España, porque se empanaban[13] diez o doce caballeros mozos en un coche y azotaban las calles de noche y de día, sin acordárseles que había caballos y jineta en el mundo; y, como les falte la comodidad de las galeras de la tierra, que son los coches, volverán al ejercicio de la caballería, con quien[14] sus antepasados se honraron.

BRÍGIDA. ¡Ay, Cristina de mi alma! Que también oí decir que, aunque dejan algunos, es con condición que no se presten[15], ni que en ellos ande ninguna...[16] ya me entiendes.

CRISTINA. Ese mal nos hagan[17]; porque has de saber, hermana, que está en opinión[18], entre los que siguen la guerra, cuál es mejor, la caballería o la infantería, y hase averiguado que la infantería española lleva la gala[19] a todas las naciones. Y agora podremos las alegres[20] mostrar a pie nuestra gallardía, nuestro garbo y nuestra bizarría, y más yendo descubiertos los rostros[21], quitando la ocasión de que ninguno se llame a engaño si nos sirviese, pues nos ha visto.

BRÍGIDA. ¡Ay, Cristina! ¡No me digas eso! ¡Qué linda cosa era ir sentada en la popa de un coche, llenándola de parte a parte, dando rostro a quien y como y cuando

---

[13] *Se empanaban:* es decir, se apretaban (en los coches) como la carne que se metía entre hojaldre para hacer empanadas.

[14] *Con quien:* con la que.

[15] *Que no se presten:* la misma pragmática del 3 de enero de 1611 dispone que «las personas que tuvieren coche, no le puedan prestar» (citado por Bonilla, pág. 216, nota 141).

[16] *Ninguna:* o sea, ninguna «ninfa» o mujer «alegre», como se dirá más adelante. Cfr. nota 20.

[17] *Ese mal nos hagan:* o sea, que Doña Cristina no considera que la nueva reglamentación de los coches les pueda perjudicar.

[18] *En opinión:* aquí, «en duda».

[19] *Lleva la gala:* se aventaja.

[20] *Las alegres:* las mujeres libertinas.

[21] *Mostrar a pie... yendo descubiertos los rostros:* puesto que tienen que abandonar la «caballería» por no poder subir en los coches, Cristina le invita a su amiga Brígida a que sigan la gloriosa tradición de la «infantería» española; propone que continúen solicitando «a pie» y con los rostros «descubiertos». Véase Introducción, sec. III.

quería. Y en Dios y en mi ánima[22] te digo, que cuando alguna vez me le[23] prestaban, y me vía[24] sentada en él con aquella autoridad, que me desvanecía tanto, que creía bien y verdaderamente que era mujer principal, y que más de cuatro señoras de título pudieran ser mis criadas.

CRISTINA. ¿Véis, doña Brígida, cómo tengo yo razón en decir que ha sido bien quitar los coches, siquiera por quitarnos a nosotras el pecado de la vanagloria? Y más, que no era bien que un coche igualase a las no tales con las tales[25]; pues viendo los ojos estranjeros a una persona en un coche, pomposa por galas, reluciente por joyas, echaría a perder la cortesía, haciéndosela a ella como si fuera a una principal señora. Así que, amiga, no debes acongojarte, sino acomoda tu brío y tu limpieza, y tu manto de soplillo[26] sevillano, y tus nuevos chapines, en todo caso, con las virillas de plata[27], y déjate ir por esas calles; que yo te aseguro que no falten moscas a tan buena miel, si quisieres dejar que a ti se lleguen: que engaño en más va que en besarla durmiendo[28].

---

[22] *En Dios y en mi ánima:* juramento usado por mujeres, según Correas.

[23] *Le:* en vez de «lo».

[24] *Vía:* veía.

[25] *A las no tales con las tales:* a las mujeres sin títulos con las principales. Pero «las tales» podría referirse también a «mujeres livianas» o prostitutas.

[26] *Manto de soplillo:* es decir, de tela fina y lujosa como la gasa de seda.

[27] *Chapines... virillas de plata:* se hace referencia a un tipo de calzado («chapines»), distinguido por sus múltiples tapas de corcho que formaban la suela, las cuales iban sujetadas por unas tiras («virillas») que podían ser de plata. Cfr. Herrero, pág. 127.

[28] *Que engaño en más va que en besarla durmiendo:* frase hecha de sentido no totalmente claro. Aquí, posible alusión a que hay distintos modos de engañar; que en el engaño hay que ser original; y que el saber engañar no consiste sólo en hacer lo fácil y lo obvio. Cfr. Correas: «En al va el engaño que no en besarla durmiendo.» «Mas besarla durmiendo. A lo que quieren fácil.»

BRÍGIDA. Dios te lo pague, amiga, que me has consolado con tus advertimientos[29] y consejos; y en verdad que los pienso poner en práctica, y pulirme y repulirme, y dar el rostro[30] a pie, y pisar el polvico a tan menudico[31], pues no tengo quien me corte la cabeza; que este que piensan que es mi marido, no lo es, aunque me ha dado la palabra de serlo.

CRISTINA. ¡Jesús! ¿Tan a la sorda[32] y sin llamar se entra en mi casa? Señor, ¿qué es lo que vuestra merced manda?

(Entra SOLÓRZANO.)

SOLÓRZANO. Vuestra merced perdone el atrevimiento, que la ocasión hace al ladrón: hallé la puerta abierta, y entréme, dándome ánimo al entrarme, venir a servir a vuestra merced, y no con palabras, sino con obras; y si es que puedo hablar delante desta señora, diré a lo que vengo y la intención que traigo.

CRISTINA. De la buena presencia de vuestra merced, no se puede esperar sino que han de ser buenas sus palabras y sus obras. Diga vuestra merced lo que quisiere, que la señora doña Brígida es tan mi amiga, que es otra yo misma.

SOLÓRZANO. Con ese seguro y con esa licencia, hablaré con verdad; y con verdad, señora, soy un cortesano a quien vuestra merced no conoce.

CRISTINA. Así es la verdad.

---

29 *Advertimientos:* advertencias.

30 *Dar el rostro:* «juego de palabras entre el sentido literal de la frase (enfrentarse con alguien), y el sentido figurado (afrontar las consecuencias de las acciones propias)» (Avalle-Arce, pág. 117, nota 31). Sin embargo, «dar el rostro (o la cara) a pie» podría ser también una alusión a los efectos de las pragmáticas citadas. Cfr. *supra*, notas 11, 15.

31 *Pisar el polvico a tan menudico:* es decir, piensa buscar a sus amantes recorriendo con frecuencia las calles a pie. Brígica alude aquí a un conocido baile lascivo («el polvillo») y a los versos de una canción. Cfr. *Los alcaldes de Daganzo* («Pisaré yo el polvico, / A tan menudico, / Pisaré yo el polvó, / A tan menudó»), nota 71 y *La gitanilla.*

32 *A la sorda:* silenciosamente; sin ruido.

SOLÓRZANO. Y ha muchos días que deseo servir a vuestra merced, obligado a ello de su hermosura, buenas partes y mejor término[33]; pero estrechezas, que no faltan, han sido freno a las obras hasta agora, que la suerte ha querido que de Vizcaya me enviase un grande amigo mío a un hijo suyo, vizcaíno, muy galán[34], para que yo le lleve a Salamanca y le ponga de mi mano en compañía[35] que le honre y le enseñe. Porque, para decir la verdad a vuestra merced, él es un poco burro y tiene algo de mentecapto[36]; y añádesele a esto una tacha que es lástima decirla, cuanto más tenerla, y es que se toma algún tanto, un si es no es del vino; pero no de manera que de todo en todo pierda el juicio, puesto que[37] se le turba; y cuando está asomado[38], y aun casi todo el cuerpo fuera de la ventana, es cosa maravillosa su alegría y su liberalidad: da todo cuanto tiene a quien se lo pide y a quien no se lo pide; y yo querría que, ya que el diablo se ha de llevar cuanto tiene, aprovecharme de alguna cosa, y no he hallado mejor medio que traerle a casa de vuestra merced, porque es muy amigo de damas, y aquí le desollaremos cerrado como a gato; y para principio traigo aquí a vuestra merced esta cadena en este bolsillo, que pesa ciento y veinte escudos de oro, la cual tomará vuestra merced y me dará diez escudos agora, que yo he menester para ciertas cosillas, y gastará otros veinte en una cena esta noche, que vendrá acá nuestro burro o nuestro búfalo, que le llevo yo por el naso[39], como

---

33 *Buenas partes y mejor término:* buen natural («buenas partes») y mejor compostura («término»), según Avalle-Arce (pág. 119, notas 35, 36).

34 *Galán:* aquí, mujeriego. Cfr. más adelante donde se le califica de «muy amigo de damas».

35 *En compañía:* en pupilaje.

36 *Mentecapto* (Cultismo): mentecato.

37 *Puesto que:* aunque.

38 *Asomado:* medio borracho. Cfr. Correas: «Asomarse, dícese del que ha bebido vino más de lo justo, y está a vista y cerca de ser borracho.»

39 *Naso:* nariz. Cfr. *Corom.*: «Naso por nariz es término burlesco tomado de otro romance, seguramente del italiano.»

dicen, y a dos idas y venidas[40] se quedará vuestra merced con toda la cadena, que yo no quiero más de los diez escudos de ahora. La cadena es bonísima y de muy buen oro, y vale algo de hechura[41]. Héla aquí; vuestra merced la tome.

CRISTINA. Beso a vuestra merced las manos por la que me ha hecho en acordarse de mí en tan provechosa ocasión; pero, si he de decir lo que siento, tanta liberalidad me tiene algo confusa y algún tanto sospechosa.

SOLÓRZANO. ¿Pues de qué es la sospecha, señora mía?

CRISTINA. De que podrá ser esta cadena de alquimia[42]; que se suele decir que no es oro todo lo que reluce.

SOLÓRZANO. Vuestra merced habla discretísimamente, y no en balde tiene vuestra merced fama de la más discreta dama de la corte; y hame dado mucho gusto el ver cuán sin melindres ni rodeos me ha descubierto su corazón; pero para todo hay remedio, si no es para la muerte. Vuestra merced se cubra su manto, o envíe si tiene de quién fiarse, y vaya a la Platería[43], y en el contraste[44] se pese y toque esa cadena; y cuando fuera fina, y de la bondad[45] que yo he dicho, entonces vuestra merced me dará los diez escudos, harále una regalaría[46] al borrico, y se quedará con ella.

CRISTINA. Aquí, pared y medio[47], tengo yo un platero mi conocido, que con facilidad me sacará de duda.

---

40 *A dos idas y venidas:* en poco tiempo.

41 *Hechura:* mano de obra. Pero cfr. más adelante el equívoco, nota 57.

42 *De alquimia:* de latón o de otro metal dorado *(Dicc. de Aut.);* es decir, oro falso. Cfr. *Don Quijote* (II, vi): «Ni todos los que se llaman caballeros lo son de todo en todo; que unos son de oro, otros de alquimia, y todos parecen caballeros, pero no todos pueden estar al toque de la piedra de la verdad.»

43 *La Platería:* trozo de la calle Mayor, cerca de la puerta de Guadalajara, donde tenían las tiendas los plateros.

44 *Contraste:* donde se examinan los pesos y medidas. Cfr. más adelante, nota 48.

45 *Bondad:* aquí, «calidad».

46 *Regalaría:* regalo en el sentido de cariño. Cfr. Bonilla, pág. 219.

47 *Pared y medio:* es decir, muy cerca.

SOLÓRZANO. Eso es lo que yo quiero, y lo que amo y lo que estimo, que las cosas claras Dios las bendijo.

CRISTINA. Si es que vuestra merced se atreve a fiarme esta cadena en tanto que me satisfago, de aquí a un poco podrá venir, que yo tendré los diez escudos en oro.

SOLÓRZANO. ¡Bueno es eso! ¿Fío mi honra de vuestra merced y no le había de fiar la cadena? Vuestra merced la haga tocar[48] y retocar; que yo me voy, y volveré de aquí a media hora.

CRISTINA. Y aun antes, si es que mi vecino está en casa.

(*Éntrase* SOLÓRZANO.)

BRÍGIDA. Esta, Cristina mía, no sólo es ventura, sino venturón llovido[49]. Desdichada de mí, y qué desgraciada que soy, que nunca topo quien me dé un jarro de agua sin que me cueste mi trabajo primero. Sólo me encontré el otro día en la calle a un poeta[50], que de bonísima voluntad y con mucha cortesía me dió un soneto de la historia de Píramo y Tisbe[51], y me ofreció trecientos en mi alabanza.

CRISTINA. Mejor fuera que te hubieras encontrado con un ginovés[52] que te diera trecientos reales.

BRÍGIDA. Sí, por cierto, ¡Ahí están los ginoveses de manifiesto y para venirse a la mano, como halcones al

---

[48] *Tocar:* «ensayar o comprobar la cadena de oro en la piedra de toque o fiel contraste» (Herrero, pág. 133, nota 12).

[49] *Llovido:* inesperado; llovido del cielo.

[50] *Un poeta:* es decir, un hombre pobre. Sobre este lugar común, *Estebanillo González*, I, pág. 149: «son pocos los que se escapan de una pobreza eterna o de una hambre perdurable».

[51] *Me dió un soneto... de Píramo y Tisbe:* es decir, un poema que versaba sobre la historia legendaria de los amores trágicos de aquella famosa pareja (Píramo se suicida al creer muerta a Tisbe y ésta hace lo mismo al enterarse de la muerte de su amado). Cfr. Ovidio, *Metamorfosis* (libro IV, 53-166) y el soneto de Lope de Vega «Pyramo triste, que de Tisbe mira», en *Doscientos sonetos de las Rimas*, publ. 1602 (citado por Pilar Palomo, pág. 140, nota 257) y *Don Quijote* (II, xviii).

[52] *Ginovés:* genovés. Equivalía a banquero o prestamista.

señuelo! Andan todos malencónicos y tristes con el decreto[53].

CRISTINA. Mira, Brígida, desto quiero que estés cierta: que vale más un ginovés quebrado que cuatro poetas enteros. Mas, ¡ay!, el viento corre en popa; mi platero es éste. ¿Y que quiere mi buen vecino? Que a fe que me ha quitado el manto de los hombros, que ya me le quería cubrir para buscarle.

(Entra el PLATERO.)

PLATERO. Señora doña Cristina, vuestra merced me ha de hacer una merced: de hacer todas sus fuerzas por llevar mañana a mi mujer a la comedia, que me conviene y me importa quedar mañana en la tarde[54] libre de tener quien me siga y me persiga.

CRISTINA. Eso haré yo de muy buena gana[55]; y aun si el señor vecino quiere mi casa y cuanto hay en ella, aquí la hallará sola y desembarazada; que bien sé en qué caen[56] estos negocios.

PLATERO. No, señora; entretener a mi mujer me basta. Pero ¿qué quería vuestra merced de mí, que quería ir a buscarme?

CRISTINA. No más sino que me diga el señor vecino qué pesará esta cadena, y si es fina, y de qué quilates.

PLATERO. Esta cadena he tenido yo en mis manos mu-

---

[53] *Malencónicos y tristes con el decreto:* probable alusión al estado de ánimo que causó entre los prestamistas una disposición gubernamental del 25 de octubre de 1611 que les aplazaba los pagos. Cfr. Cabrera de Córdoba, *Relaciones*, pág. 454: «Hase mandado tomar el dinero que viene de las Indias para S. M., y que no se paguen de él las consignaciones de los hombres de negocios, hasta la plata que viniere el año que viene...» (citado por Bonilla, pág. 219, nota 152).

[54] *En la tarde:* por la tarde.

[55] *De muy buena gana:* así la edición príncipe y hace sentido. La mayoría de los editores modernos ponen *de muy gana* (Herrero, página 135; Pilar Palomo, pág. 141; Asensio, pág. 156), reproduciendo una errata de Bonilla (pág. 87) que consta, sin embargo, en la lista de «Enmiendas» (pág. 255).

[56] *Caen:* aquí, acaban.

chas veces, y sé que pesa ciento y cincuenta escudos de oro de a veinte y dos quilates; y que si vuestra merced la compra y se la dan sin hechura[57], no perderá nada en ella.

CRISTINA. Alguna hechura me ha de costar, pero no mucha.

PLATERO. Mire cómo la concierta la señora vecina que yo le haré dar, cuando se quisiere deshacer della, diez ducados de hechura.

CRISTINA. Menos me ha de costar, si yo puedo; pero mire el vecino no se engañe en lo que dice de la fineza del oro y cantidad del peso.

PLATERO. ¡Bueno sería que yo me engañase en mi oficio! Digo, señora, que dos veces la he tocado eslabón por eslabón, y la he pesado; y la conozco como a mis manos.

BRÍGIDA. Con eso nos contentamos.

PLATERO. Y por más señas, sé que la ha llegado a pesar y a tocar un gentil hombre cortesano que se llama Tal de Solórzano.

CRISTINA. Basta, señor vecino; vaya con Dios, que yo haré lo que me deja mandado. Yo la llevaré y entretendré dos horas más, si fuere menester; que bien sé que no podrá dañar una hora más de entretenimiento.

PLATERO. Con vuestra merced me entierren, que sabe de todo, y adiós, señora mía.

(Éntrase el PLATERO.)

BRÍGIDA. ¿No haríamos con este cortesano Solórzano, que así se debe llamar sin duda, que trujese con el vizcaíno para mí alguna ayuda de costa, aunque fuese de algún borgoñón más borracho[58] que un zaque?[59]

---

[57] *Hechura:* equívoco basado en el doble sentido de «mano de obra» (cfr. *supra* nota 41) y «fechoriá».

[58] *Ayuda de costa... borgoñon borracho:* Brígida está dispuesta en aceptar regalos o dinero («ayuda de costa») de cualquier hombre, aunque se tratara de algún borgoñon alcohólico.

[59] *Zaque:* odre de cuero en donde se echaba vino *(Dicc. de Aut.)*. En sentido metafórico equivale a borracho.

CRISTINA. Por decírselo no quedará; pero vesle, aquí vuelve: priesa trae; diligente anda; sus diez escudos le aguijan y espolean.

(Entra SOLÓRZANO.)

SOLÓRZANO. Pues, señora doña Cristina, ¿ha hecho vuestra merced sus diligencias? ¿Está acreditada la cadena?

CRISTINA. ¿Cómo es el nombre de vuestra merced, por su vida?

SOLÓRZANO. Don Esteban de Solórzano me suelen llamar en mi casa. Pero, ¿por qué me lo pregunta vuestra merced?

CRISTINA. Por acabar de echar el sello[60] a su mucha verdad y cortesía. Entretenga vuestra merced un poco a la señora doña Brígida, en tanto que entro por los diez escudos.

(Éntrase CRISTINA.)

BRÍGIDA. Señor don Solórzano, ¿no tendrá vuestra merced por ahí algún mondadientes para mí? Que en verdad no soy para desechar, y que tengo buenas entradas y salidas en mi casa como la señora doña Cristina; que, a no temer que nos oyera alguna, le dijera yo al señor Solórzano más de cuatro tachas suyas: que sepa que tiene las tetas como dos alforjas vacías, y que no le huele muy bien el aliento, porque se afeita[61] mucho; y con todo eso la buscan, solicitan y quieren; que estoy por arañarme esta cara, más de rabia que de envidia, por-

---

[60] *Echar el sello:* confirmar. Cfr. Correas: «*Echar el sello*, confirmar y concluir de acabar alguna cosa.»

[61] *Le huele... el aliento, porque se afeita:* existía tal creencia en la época. Cfr. *Cov.:* «El afeite les come el lustre de la cara, y causa arrugas en ella, destruye los dientes, y engendra un mal olor de boca.»

que no hay quien me dé la mano, entre tantos que me dan del pie; en fin, la ventura de las feas...[62]

SOLÓRZANO. No se desespere vuestra merced, que si yo vivo, otro gallo cantará en su gallinero.

(*Vuelve a entrar* CRISTINA.)

CRISTINA. He aquí, señor don Esteban, los diez escudos, y la cena se aderezará esta noche como para un príncipe.

SOLÓRZANO. Pues nuestro burro está a la puerta de la calle, quiero ir por él. Vuestra merced me le acaricie, aunque sea como quien toma una píldora.

(*Vase* SOLÓRZANO.)

BRÍGIDA. Ya le dije, amiga, que trujese quien me regalase a mí, y dijo que sí haría, andando el tiempo.

CRISTINA. Andando el tiempo en nosotras no hay quien nos regale, amiga; los pocos años traen la mucha ganancia, y los muchos la mucha pérdida.

BRÍGIDA. También le dije cómo vas muy limpia, muy linda, y muy agraciada, y que toda eras ámbar, almizcle y algalia[63] entre algodones.

CRISTINA. Ya yo sé, amiga, que tienes muy buenas ausencias[64].

BRÍGIDA. [*Aparte.*] ¡Mirad quién tiene amartelados[65],

---

[62] *La ventura de las feas:* refrán registrado por Correas («La ventura de las feas, las bonitas la desean»), con que Brígida expresa el deseo de ser tan dichosa en el amor y en las dádivas como la «fea» Cristina, su amiga.

[63] *Ámbar, almizcle y algalia:* perfumes de procedencia animal (respectivamente de cetáceos, corzos y gatos de Algalía) muy preciados en la época y, «destinados, sobre todo, a ocultar el mal olor del cuerpo» (Pilar Palomo, pág. 144, nota 265).

[64] *Ausencias:* aquí, elogios para las personas ausentes.

[65] *Amartelados:* amantes; pretendientes.

que vale más la suela de mi botín que las arandelas[66] de su cuello! Otra vez vuelvo a decir: la ventura de las feas...

(Entran QUIÑONES *y* SOLÓRZANO.)

QUIÑONES. Vizcaíno, manos bésame[67] vuestra merced, que mándeme.

SOLÓRZANO. Dice el señor vizcaíno que besa las manos de vuestra merced y que le mande.

BRÍGIDA. ¡Ay, qué linda lengua! Yo no la entiendo a lo menos, pero paréceme muy linda.

CRISTINA. Yo beso las del mi señor vizcaíno, y más adelante[68].

QUIÑONES. Pareces buena, hermosa; también noche esta cenamos; cadena quedas, duermes nunca, basta que doyla.

SOLÓRZANO. Dice mi compañero que vuestra merced le parece buena y hermosa; que se apareje la cena; que él da la cadena, aunque no duerma acá, que basta que una vez la haya dado.

BRÍGIDA. ¿Hay tal Alejandro[69] en el mundo? Venturón, venturón y cien mil veces venturón.

SOLÓRZANO. Si hay algún poco de conserva, y algún traguito del devoto[70] para el señor vizcaíno, yo sé que nos valdrá por uno ciento.

---

[66] *Arandelas:* «paneles o abanicos que formaban el cuello de holanda, almidonado y montado sobre armadura de alambre» (Herrero, página 141).

[67] *Vizcaíno, manos bésame:* Quiñones afecta el habla de los vascos, «imitando» la peculiar sintaxis del vascuence. Sobre las características de este tipo cómico en la literatura del Siglo de Oro, cfr. Miguel Herrero García, *Ideas de los españoles del siglo XVII*, Madrid, 1966.

[68] *Y más adelante:* «y más haría por él» (Avalle-Arce, pág. 127, nota 90).

[69] *Alejandro:* es decir, magnánimo. Alusión a la proverbial y legendaria generosidad de Alejandro Magno.

[70] *Del devoto:* o sea, de vino de San Martín de Valdeiglesias. Sobre las referencias literarias a este vino, cfr. Miguel Herrero, *La vida española del siglo XVII. I. Las bebidas*, Madrid, 1966.

CRISTINA: ¡Y cómo si lo hay! Y yo entraré por ello y se lo daré mejor que al Preste Juan de las Indias[71].

(Éntrase CRISTINA.)

QUIÑONES. Dama que quedaste, tan buena como entraste.

BRÍGIDA. ¿Qué ha dicho, señor Solórzano?

SOLÓRZANO. Que la dama que se queda, que es vuestra merced, es tan buena como la que se ha entrado.

BRÍGIDA. ¡Y cómo que está en lo cierto el señor vizcaíno! A fe que en este parecer que no es nada burro.

QUIÑONES. Burro el diablo; vizcaíno ingenio queréis cuando tenerlo.

BRÍGIDA. Ya le entiendo: que dice que el diablo es el burro, y que los vizcaínos cuando quieren tener ingenio le tienen.

SOLÓRZANO. Así es, sin faltar un punto.

(Vuelve a salir CRISTINA *con un criado o criada, que traen una caja de conserva, una garrafa con vino, su cuchillo y servilleta.)*

CRISTINA. Bien puede comer el señor vizcaíno, y sin asco, que todo cuanto hay en esta casa es la quinta esencia de la limpieza.

QUIÑONES. Dulce conmigo, vino y agua llamas bueno; santo le muestras; ésta le bebo y otra también.

BRÍGIDA. ¡Ay, Dios, y con qué donaire lo dice el buen señor, aunque no le entiendo!

SOLÓRZANO. Dice que con lo dulce también bebe vino

---

71 *Mejor que al Preste Juan de las Indias:* es decir, mejor que a un príncipe o emperador. Alusión a un personaje legendario a quien, en la Edad Media, se le creía Emperador cristiano en el oriente. Más tarde se le identificó con el emperador de Etiopía *(Cov.)* y hasta con un príncipe cristiano en Abisinia.

como agua; y que este vino es de San Martín, y que beberá otra vez.

CRISTINA. Y aun otras ciento; su boca puede ser medida.

SOLÓRZANO. No le den más, que le hace mal, y ya se le va echando de ver; que le he yo dicho al señor Azcaray que no beba vino en ningún modo, y no aprovecha.

QUIÑONES. Vamos, que vino que subes y bajas, lengua es grillos y corma[72] es pies. Tarde vuelvo, señora; Dios que te guárdate.

SOLÓRZANO. ¡Miren lo que dice, y verán si tengo yo razón!

CRISTINA. ¿Qué es lo que ha dicho, señor Solórzano?

SOLÓRZANO. Que el vino es grillo de su lengua y corma de sus pies; que vendrá esta tarde, y que vuestras mercedes se queden con Dios.

BRÍGIDA. ¡Ay, pecadora de mí, y cómo que se le turban los ojos y se trastraba[73] la lengua! ¡Jesús, que ya va dando traspiés! ¡Pues monta que[74] ha bebido mucho! La mayor lástima es ésta que he visto en mi vida. ¡Miren qué mocedad y qué borrachera!

SOLÓRZANO. Ya venía él refrendado[75] de casa. Vuestra merced, señora Cristina, haga aderezar la cena, que yo le quiero llevar a dormir el vino, y seremos[76] temprano esta tarde.

(*Éntranse el vizcaíno y* SOLÓRZANO.)

CRISTINA. Todo estará como de molde; vayan vuestras mercedes en hora buena.

---

[72] *Corma:* especie de grillos. Según *Cov.*, era «pedazo de madero que antiguamente echaban al pie del esclavo fugitivo, y ahora en algunas partes la echan a los muchachos que se huyen de sus padres o amos».

[73] *Se trastraba:* se traba.

[74] *Pues monta que* (interj.): pues sí que.

[75] *Refrendado:* aquí, borracho.

[76] *Seremos:* hoy día, estaremos.

BRÍGIDA. Amiga Cristina, muéstrame esa cadena, y déjame dar con ella dos filos[77] al deseo. ¡Ay, qué linda, qué nueva, qué reluciente y qué barata! Digo, Cristina, que sin saber cómo ni cómo no, llueven los bienes sobre ti, y se te entra la ventura por las puertas, sin solicitalla. En efeto, eres venturosa sobre las venturosas; pero todo lo merece tu desenfado, tu limpieza y tu magnífico término: hechizos bastantes a rendir las más descuidadas y esentas[78] voluntades; y no como yo, que no soy para dar migas a un gato[79]. Toma tu cadena, hermana, que estoy para reventar en lágrimas, y no de envidia que a ti te tengo, sino de lástima que me tengo a mí.

(*Vuelve a entrar* SOLÓRZANO.)

SOLÓRZANO. ¡La mayor desgracia nos ha sucedido del mundo!

BRÍGIDA. ¡Jesús! ¿Desgracia? ¿Y qué es, señor Solórzano?

SOLÓRZANO. A la vuelta desta calle, yendo a la casa, encontramos con un criado del padre de nuestro vizcaíno, el cual trae cartas y nuevas de que su padre queda a punto de espirar, y le manda que al momento se parta, si quiere hallarle vivo. Trae dinero para la partida, que sin duda ha de ser luego. Yo le he tomado diez escudos para vuestra merced, y velos aquí, con los diez que vuestra merced me dió denantes, y vuélvaseme la cadena, que si el padre vive, el hijo volverá a darla, o yo no seré don Esteban de Solórzano.

CRISTINA. En verdad que a mí me pesa, y no por mi interés, sino por la desgracia del mancebo, que ya le había tomado afición.

BRÍGIDA. Buenos son diez escudos ganados tan hol-

---

[77] *Dar... filos:* afilar; estimular.

[78] *Esentas:* exentas; libres.

[79] *No soy para dar migas a un gato:* no sirvo para nada. Cfr. Correas: «No es para dar migas a un gato, quien es para muy poco.»

gando; tómalos, amiga, y vuelve la cadena al señor Solórzano.

CRISTINA. Véla aquí, y venga el dinero; que en verdad que pensaba gastar más de treinta en la cena.

SOLÓRZANO. Señora Cristina, al perro viejo nunca tus tus[80]; estas tretas, con los de las galleruzas[81], y con este perro a otro hueso[82].

CRISTINA. ¿Para qué son tantos refranes, señor Solórzano?

SOLÓRZANO. Para que entienda vuestra merced que la codicia rompe el saco. ¿Tan presto se desconfió de mi palabra, que quiso vuestra merced curarse en salud y salir al lobo al camino, como la gansa de Cantipalos?[83] Señora Cristina, lo bien ganado se pierde, y lo malo, ello y su dueño. Venga mi cadena verdadera, y tómese vuestra merced su falsa, que no ha de haber conmigo transformaciones de Ovidio[84] en tan pequeño espacio. ¡Oh hideputa[85], y qué bien que la amoldaron, y qué presto!

---

[80] *Al perro viejo nunca tus tus:* refrán con que Solórzano indica que tiene demasiada experiencia para ser engañado. Cfr., con el mismo sentido, los refranes que siguen.

[81] *Estas tretas, con los de las galleruzas:* es decir, con estos engaños a los ignorantes; a los que llevan la gorra chata («los de las galleruzas»). Cfr. Correas: «Esto a los rústicos. No a mí eso, que lo entiendo.»

[82] *Con este perro a otro hueso:* trastrueque intencional del refrán «A otro perro con ese hueso», con que se rechaza un intento de engaño. Herrero (pág. 147) lo relaciona con la expresión «*Dar perro muerto*, que en el siglo XVII, significaba engaño o estafa, como ahora *gato por liebre*». No hace falta corregir el refrán como en Bonilla (pág. 96).

[83] *Salir al lobo al camino, como la gansa de Cantipalos:* expresión proverbial. Aquí, lo mismo que «curarse en salud» o prevenir un peligro. Cfr. Pilar Palomo (pág. 150, nota 278): «Se aplica a los que buscan el peligro sin necesidad o se adelantan innecesariamente a los acontecimientos.» La explicación de Correas (pág. 188) sobre el origen de la expresión no parece verosímil.

[84] *Transformaciones de Ovidio:* cambios como los que sufren los personajes mitológicos de las *Metamorfosis* del poeta latino.

[85] *Oh hideputa:* aquí, exclamación elogiosa con que se pretende expresar admiración. Cfr. *Don Quijote* (II, XIII): «*Oh hideputa* bellaco, y cómo es católico! Véis ahí, dixo el del bosque en oyendo el *hi de puta* de Sancho, cómo habéis alabado este vino llamándole *hideputa*.»

CRISTINA. ¿Qué dice vuestra merced, señor mío, que no le entiendo?

SOLÓRZANO. Digo que no es ésta la cadena que yo dejé a vuestra merced, aunque le parece; que ésta es de alquimia, y la otra es de oro de a veinte y dos quilates.

BRÍGIDA. En mi ánima, que así lo dijo el vecino, que es platero.

CRISTINA. ¿Aun el diablo sería eso?[86]

SOLÓRZANO. El diablo o la diabla, mi cadena venga, y dejémonos de voces, y escúsense juramentos y maldiciones.

CRISTINA. El diablo me lleve, lo cual querría que no me llevase, si no es ésa la cadena que vuestra merced me dejó, y que no he tenido otra en mis manos. ¡Justicia de Dios, si tal testimonio se me levantase!

SOLÓRZANO. Que no hay para qué dar gritos, y más estando ahí el señor Corregidor[87], que guarda su derecho a cada uno.

CRISTINA. Si a las manos del Corregidor llega este negocio, yo me doy por condenada; que tiene de mí tan mal concepto, que ha de tener mi verdad por mentira, y mi virtud por vicio. Señor mío, si yo he tenido otra cadena en mis manos sino aquesta, de cáncer las vea yo comidas.

(Entra un ALGUACIL.)

ALGUACIL. ¿Qué voces son estas, qué gritos, qué lágrimas y qué maldiciones?

SOLÓRZANO. Vuestra merced, señor alguacil, ha venido aquí como de molde. A esta señora del rumbo[88] sevillano le empeñé una cadena, habrá una hora, en diez ducados, para cierto efecto; vuelvo agora a desempeñarla, y, en lugar de una que le di, que pesaba ciento y cincuenta

---

86 *¿Aun el diablo sería eso?:* «eso sería cosa del diablo» (Herrero, página 149).

87 *Corregidor:* representante del poder real en casos de justicia. Así ocurría en ciertos ayuntamientos.

88 *Señora del rumbo:* mujer de mala vida.

ducados de oro de veinte y dos quilates, me vuelve ésta de alquimia, que no vale dos ducados; y quiere poner mi justicia a la venta de la Zarza[89], a voces y a gritos, sabiendo que será testigo desta verdad esta misma señora, ante quien ha pasado todo.

BRÍGIDA. ¡Y cómo si ha pasado![90], y aun repasado; y en Dios y en mi ánima que estoy por decir que este señor tiene razón; aunque no puedo imaginar dónde se pueda haber hecho el trueco, porque la cadena no ha salido de aquesta sala.

SOLÓRZANO. La merced que el señor alguacil me ha de hacer es llevar a la señora al Corregidor, que allá nos averiguaremos.

CRISTINA. Otra vez torno a decir que, si ante el Corregidor me lleva, me doy por condenada.

BRÍGIDA. Sí, porque no estoy bien con sus huesos[91].

CRISTINA. ¡Desta vez me ahorco! ¡Desta vez me desespero![92] ¡Desta vez me chupan brujas![93]

SOLÓRZANO Ahora bien; yo quiero hacer una cosa por vuestra merced, señora Cristina, siquiera porque no la chupen brujas, o por lo menos se ahorque: esta cadena se parece mucho a la fina del vizcaíno; él es mentecapto y algo borrachuelo; yo se la quiero llevar y darle a entender que es la suya, y vuestra merced contente aquí al señor alguacil y gaste la cena desta noche, y sosiegue su espíritu, pues la pérdida no es mucha.

---

[89] *A la venta de la zarza:* lo mismo que «a voces y a gritos». Cfr. Correas: «a voces y confusión, que no se averigüe».

[90] *¡Cómo si ha pasado!:* la ed. príncipe, *¡cómo se ha pasado!*

[91] *No estoy bien con sus huesos:* Bonilla (pág. 98) corrige «no está bien con sus huesos», enmienda aceptada por Del Campo (pág. 131) y Asensio (pág. 164), pero no por Herrero (pág. 151), Ynduráin (página 529) o Avalle-Arce (pág. 135). Ahora bien, o Brígida quiere decir que no quiere que intervenga el Corregidor, puesto que tampoco se lleva bien con él y la intervención le puede perjudicar, o bien le reitera a su amiga Cristina que ésta corre el peligro de ser condenada por el odio que le lleva el Corregidor. Aunque la corrección también tenga sentido, optamos por la lectura de la edición príncipe.

[92] *Me desespero:* aquí, me suicido o me mato por desesperación.

[93] *Me chupan brujas:* referencia a una superstición de la época acerca de «las brujas que beben la sangre a los niños» *(Dicc. de Aut.)*.

CRISTINA. ¡Págueselo a vuestra merced todo el cielo! Al señor alguacil daré media docena de escudos, y en la cena gastaré uno, y quedaré por esclava perpetua del señor Solórzano.

BRÍGIDA. Y yo me haré rajas[94] bailando en la fiesta.

ALGUACIL. Vuestra merced ha hecho como liberal y buen caballero, cuyo oficio ha de ser servir a las mujeres.

SOLÓRZANO. Vengan los diez escudos que di demasiados.

CRISTINA. Helos aquí, y más los seis para el señor alguacil.

(Entran dos MÚSICOS, *y* QUIÑONES, *el vizcaíno.)*

MÚSICOS. Todo lo hemos oído, y acá estamos.

QUIÑONES. Ahora sí que puede decir a mi señora Cristina: mamóla[95] una y cien mil veces.

BRÍGIDA. ¿Han visto qué claro que habla el vizcaíno?

QUIÑONES. Nunca hablo yo turbio, si no es cuando quiero.

CRISTINA. ¡Que me maten si no me la han dado a tragar estos bellacos!

QUIÑONES. Señores músicos, el romance que les di y que saben, ¿para qué se hizo?

MÚSICOS.

> *«La mujer más avisada,*
> *O sabe poco, o no nada.*
>
> La mujer que más presume
> De cortar como navaja
> Los vocablos repulgados[96]
> Entre las godeñas[97] pláticas;

---

[94] *Me haré rajas:* es decir, me «despedazaré» bailando desenfrenadamente. Sobre la acepción literal de esta expresión, cfr. *El rufián viudo*, nota 65, donde se habla de una posible pendencia a cuchillos entre los rufianes Juan Claros y Chiquiznaque.

[95] *Mamóla:* «Tragóla, cayó en el engaño» (Herrero, pág. 152).

[96] *Repulgados:* afectados.

[97] *Godeñas:* nobles; señoriles. Es vocablo de germanía y deriva de *godo*.

La que sabe de memoria,
A Lo Fraso[98] y a *Diana*[99],
Y al *Caballero del Febo*[100],
Con *Olivante de Laura*[101];
La que seis veces al mes
Al gran *Don Quijote* pasa[102],
Aunque más sepa de aquesto,
O sabe poco, o no nada.
La que se fía en su ingenio,
Lleno de fingidas trazas,
Fundadas en interés
Y en voluntades tiranas;
La que no sabe guardarse,
Cual dicen, del agua mansa,
Y se arroja a las corrientes
Que ligeramente pasan;
La que piensa que ella sola
Es el colmo de la nata
En esto del trato alegre,
O sabe poco, o no nada.»

CRISTINA. Ahora bien, yo quedo burlada, y, con todo esto convido a vuestras mercedes para esta noche.

QUIÑONES. Aceptamos el convite, y todo saldrá en la colada[103].

---

[98] *A lo Fraso:* es decir, la novela pastoril del escritor sardo Antonio de Lo Fraso, *Los diez libros de fortuna de amor* (Barcelona, 1573). Sobre esta obra y las que siguen —menos el *Caballero del Febo*—, cfr. *Don Quijote* (I, vi) donde el cura califica a la novela de Lo Fraso de «gracioso y disparatado libro». Cfr. *El viaje del parnaso* (cap. III).

[99] *A Diana:* la novela pastoril escrita por Jorge de Montemayor e impresa en Valencia hacia 1558-59.

[100] *Caballero del Febo:* el libro de caballería escrito por Diego Ortúñez de Calahorra (Zaragoza, 1562).

[101] *Olivante de Laura:* la novela caballeresca escrita por Antonio de Torquemada (Barcelona 1564).

[102] *Al gran Quijote pasa:* o sea, que repasa («pasa») la primera parte o *La historia del ingenioso hidalgo Don Quijote de la Mancha* (1605).

[103] *Todo saldrá en la colada:* frase proverbial con que se indica que las malas acciones se pagarán de una vez (cfr. *Dicc. de Aut.).*

ENTREMÉS
DEL

Retablo[1] de las maravillas

(Salen CHANFALLA[2] *y la* CHIRINOS[3].)

CHANFALLA. No se te pasen de la memoria, Chirinos, mis advertimientos, principalmente los que te he dado

---

[1] *Retablo:* aquí espectáculo teatral de títeres o marionetas. En su acepción original se refería a un conjunto de imágenes o tablas (a veces incluso a una talla esculpida o pintada) que representaban escenas de la Historia Sagrada. Parece que por analogía se extendió el nombre de «retablo» a la «caja de títeres» que se usaba para representar «alguna historia sagrada» *(Cov.)*. Sobre los orígenes de este teatro, véase J. E. Varey, *Historia de los títeres en España*, Madrid, 1957.

[2] *Chanfalla:* no existe como apelativo en español. Según Mauricio Molho («El Retablo de las maravillas», en *Cervantes: Raíces folklóricas*, Madrid, 1976, esp. págs. 171-172) se trata de «una construcción fundada en la interpenetración asociativa de varias palabras, todas ellas comportando la representación de algo basto». Así, por ejemplo, *chanfana* equivale a espada en burlesco; *chanfaina* es un conjunto de rufianes o rufianescos desórdenes; *chanfallón* es tosquedad sensible, y, *chanfallhão-chafalhão* o «pessoa que diz graçolas» significa también «alegre, jovial». Todo esto es Chanfalla, «el cual es también *chanflón* a su modo, es decir, 'falso'» (pág. 172).

[3] *Chirinos:* la edición príncipe, *Cherinos.* Se relaciona con el apelativo chirinola o cherinola, o sea, «cuento enredado, caso de devaneo o suceso que hace andar al retortero, y causa inquietud y desasosiego» *(Dicc. de Aut.)*; en germanía significa «junta de ladrones y rufianes» (J. Hidalgo, «Vocabulario de germanía», en *Poesías germanescas*, ed. James Hill, Bloomington, 1945).

para este nuevo embuste, que ha de salir tan a luz como el pasado del llovista[4].

CHIRINOS. Chanfalla ilustre, lo que en mí fuere tenlo como de molde; que tanta memoria tengo como entendimiento, a quien se junta una voluntad[5] de acertar a satisfacerte, que excede a las demás potencias; pero dime: ¿de qué te sirve este Rabelín que hemos tomado? Nosotros dos solos, ¿no pudiéramos salir con esta empresa?

CHANFALLA. Habíamosle menester como el pan de la boca, para tocar en los espacios que tardaren en salir las figuras del Retablo de las Maravillas.

CHIRINOS. Maravilla será si no nos apedrean por solo el Rabelín, porque tan desventurada criaturilla no la he visto en todos los días de mi vida.

---

[4] *El pasado del llovista:* embuste de origen folklórico («Conciértense, y lloverá») registrado por Luis Galindo, *Sentencias filosóficas y verdades morales que otros llaman proverbios o adagios castellanos*, ms. 9.772-9.781 BNM, V, fol. 183 v.º El embuste trata de la llegada a una aldea de un pobre estudiante, el cual «fingía que era mágico y sabía hacer llover y serenar el cielo». Los labradores y alcaldes le asignaron «un gran salario» para que practicase su arte pero no llegaron a ponerse de acuerdo si la lluvia era necesaria o dañosa a sus heredades. El embustero, «tomando asilla de la discordia de los labradores, y pareciéndole imposible que conformasen, y pasando adelante en su malicia dijo: Conciértense, pues, y lloverá». La posible relación entre la *burla* recogida por Luis Galindo y la que desarrolla Cervantes en el *Retablo de las maravillas* fue indicada hace unos años por Maxime Chevalier, «'El embuste del llovista' (Cervantes, 'El Retablo de las maravillas')», *Bulletin Hispanique*, 78 (1976), 97-98.

[5] *Memoria... entendimiento... voluntad:* las tres potencias del alma. Cfr. *La guarda cuidadosa*, nota 91.

(*Entra* EL RABELÍN[6].)

RABELÍN. ¿Hase de hacer algo en este pueblo, señor Autor?[7] Que ya me muero porque vuestra merced vea que no me tomó a carga cerrada[8].

CHIRINOS. Cuatro cuerpos de los vuestros no harán un tercio, cuanto más una carga[9]. Si no sois más gran músico que grande, medrados estamos.

RABELÍN. Ello dirá; que en verdad que me han escrito para entrar en una compañía de partes[10], por chico que soy.

---

6 *Rabelín:* referencia jocosa al niño cómplice cuyo oficio es —según Chanfalla— «tocar en los espacios que tardaren en salir las figuras del Retablo de las Maravillas». *Rabel* es instrumento pastoril construido a modo de laúd pero era también una manera de referirse al trasero cuando se hablaba con los muchachos *(Dicc. de Aut.)*. Puesto que en las representaciones teatrales se usaban guitarras o vihuelas en vez de rabeles (cf. E. Cotarelo, *Colección de entremeses..., ob. cit.*, I, pág. ii), Rabelín vendría a ser «equivalencia jocosa de *Culín*, apodo chistoso... de un niño intruso, que viene a inmiscuirse... entre el hombre y la mujer» (Molho, págs. 174-176).

7 *Autor:* hoy día, empresario.

8 *A carga cerrada:* lo que se compra o toma sin saber si es bueno o malo *(Cov.)* o «sin cuenta o razón» (Correas). Esta expresión sugiere una serie de juegos de palabras. *Carga* es la unidad de medida para vender madera y otras cosas, pero también quiere decir «ataque».

9 *Cuatro cuerpos... no harán un tercio, cuanto más una carga:* burlándose de la diminuta estatura del muchacho y tomando como punto de partida la previa intervención de Rabelín («que no me tomó a carga cerrada»), Chirinos le dice de modo jocoso que es tan pequeño de cuerpo que ni bastarían cuatro cuerpos como el suyo para alcanzar la tercera parte («un tercio») de una carga. *Tercio* y *carga* pertenecen también al léxico militar: se refieren respectivamente a «regimiento» y «ataque» de infantería.

10 *Compañía de partes:* es decir, compañía teatral en donde los actores («partes») que la componían se repartían proporcionalmente las ganancias que quedaban después de haberse deducido: 1) los gastos de cada representación y, 2) la ración diaria que le correspondía a cada uno para su mantenimiento. En las compañías que no eran «de partes» el autor o empresario daba a cada representante ración y sueldos fijos y no compartía con ellos las demás ganancias (Bonilla, págs. 223-226). Cfr. la documentación aportada por C. Pérez Pastor, *Nuevos datos acerca del histrionismo español en los siglos XVI y XVII* (Madrid, 1901).

CHANFALLA. Si os han de dar la parte a medida del cuerpo, casi será invisible. —Chirinos, poco a poco estamos ya en el pueblo, y éstos que aquí vienen deben de ser, como lo son sin duda, el Gobernador y los Alcaldes. Salgámosles al encuentro, y date un filo a la lengua en la piedra de la adulación; pero no despuntes de aguda[11].

(Salen el GOBERNADOR *y* BENITO REPOLLO, *alcalde*, JUAN CASTRADO, *regidor, y* PEDRO CAPACHO, *escribano.)*

Beso a vuestras mercedes las manos. ¿Quién de vuestras mercedes es el Gobernador deste pueblo?

GOBERNADOR. Yo soy el Gobernador. ¿Qué es lo que queréis, buen hombre?

CHANFALLA. A tener yo dos onzas de entendimiento, hubiera echado de ver que esa peripatética[12] y anchurosa presencia no podía ser de otro que del dignísimo Gobernador deste honrado pueblo, que, con venirlo a ser de las Algarrobillas, los deseche[13] vuestra merced.

CHIRINOS. En vida de la señora y de los señoritos, si es que el señor Gobernador los tiene.

---

[11] *No despuntes de aguda:* no te pases de listo.

[12] *Peripatética:* «Adjetivo derivado del nombre de los filósofos, discípulos de Aristóteles, que enseñaban paseándose. Puede, en el contexto, ser equivocación chistosa de aristotélica, en el sentido de *grave*, *sapiente*. Pero la intención chistosa se refuerza si se tiene en cuenta que *peripatético* llaman 'en estilo familiar... al ridículo y extravagante en sus dictámenes o máximas' *(Dicc. Aut.)*» (Pilar Palomo, pág. 161, nota 305). La alusión burlesca sigue con el adjetivo «anchurosa».

[13] *Con venirlo a ser de las Algarrobillas, los deseche:* alusión no del todo clara que se presta a diferentes lecturas. Una posible lectura es ésta: incluso si llegara usted a ser nombrado Gobernador de las Algarrobillas no lo acepte; otra, propuesta por Herrero (pág. 160) es la siguiente: «Ojalá vuestra merced deje el gobierno de este pueblo para ocupar el de Algarrobillas.» Las Algarrobillas era un lugar en la actual provincia de Cáceres, famoso en la época por sus jamones (cfr. M. Herrero García, «Comentario a algunos textos de los siglos XVI y XVII», *R. F. E.*, XII [1925], págs. 30-34), carne prohibida a los judíos.

CAPACHO. No es casado el señor Gobernador.

CHIRINOS. Para cuando lo sea, que no se perderá nada.

GOBERNADOR. Y bien, ¿qué es lo que queréis, hombre honrado?

CHIRINOS. Honrados días viva vuestra merced, que así nos honra. En fin, la encina da bellotas; el pero, peras; la parra, uvas, y el honrado, honra[14], sin poder hacer otra cosa.

BENITO. Sentencia ciceronianca[15], sin quitar ni poner un punto.

CAPACHO. *Ciceroniana* quiso decir el señor alcalde Benito Repollo.

BENITO. Siempre quiero decir lo que es mejor, sino que las más veces no acierto. En fin, buen hombre, ¿qué queréis?

CHANFALLA. Yo, señores míos, soy Montiel[16], el que trae el Retablo de las Maravillas. Hanme enviado a llamar de la corte los señores cofrades de los hospitales, porque no hay autor de comedias en ella, y perecen los hospitales[17], y con mi ida se remediará todo.

---

14 *La encina de bellotas...; y el honrado, honra:* referencia burlesca al distorsionado tema de la «honra» en la España de 1600. Aunque rústicos y no pertenecientes al estamento noble, los labradores se creían «honrados» por ser cristianos viejos, es decir, de sangre o genealogía no conversa. Ver «Introducción», sec. IV.

15 *Ciceronianca: ciceroniana.* Este tipo de distorsión lingüística por parte de ciertos rústicos o rufianes es un recurso cómico muy usado por Cervantes. Cfr. especialmente Sancho Panza en *Don Quijote;* Martín Crespo en la comedia *Pedro de Urdemalas;* y los tipos rufianescos de los entremeses (cfr. esp. *El rufián viudo)* y de las novelas ejemplares (cfr. *Rinconete y Cortadillo)*.

16 *Soy Montiel:* Chanfalla se presenta ante su público —el de los aldeanos del Retablo— como si fuera descendiente de brujos y hechiceros. Cfr. *El coloquio de los perros* donde el mismo Berganza es emparentado con Montiela, hechicera de Montilla. Cfr. Molho, páginas 131-132.

17 *No hay autor de comedias... y perecen los hospitales.* Parece que «en el año de 1610 padecieron los corrales de Madrid grande esterilidad de autores, o de maestros de hacer comedias, pues murieron cuatro de ellos...» (Casiano Pellicer, *Tratado histórico sobre el origen y el progreso de la comedia y del histrionismo en España*, 2 vols., Madrid, 1804, I, pág. 89). Las cofradías piadosas, que mantenían a varios

GOBERNADOR. ¿Y qué quiere decir *Retablo de las Maravillas?*

CHANFALLA. Por las maravillosas cosas que en él se enseñan y muestran, viene a ser llamado Retablo de las Maravillas; el cual fabricó y compuso el sabio Tontonelo[18] debajo de tales paralelos, rumbos, astros y estrellas, con tales puntos, caracteres y observaciones, que ninguno puede ver las cosas que en él se muestran, que tenga alguna raza de confeso[19], o no sea habido y procreado de sus padres de legítimo matrimonio; y el que fuere contagiado destas dos tan usadas enfermedades, despídase de ver las cosas, jamás vistas ni oídas, de mi retablo.

BENITO. Ahora echo de ver que cada día se ven en el mundo cosas nuevas. ¡Y qué! ¿Se llamaba Tontonelo el sabio que el Retablo compuso?

CHIRINOS. Tontonelo se llamaba, nacido en la ciudad de Tontonela; hombre de quien hay fama que le llegaba la barba a la cintura.

BENITO. Por la mayor parte, los hombres de grandes barbas son sabihondos.

GOBERNADOR. Señor regidor Juan Castrado[20], yo determino, debajo de su buen parecer[21], que esta noche se despose la señora Teresa Castrada, su hija, de quien yo soy padrino, y, en regocijo de la fiesta, quiero que el señor Montiel muestre en vuestra casa su Retablo.

---

establecimientos hospitalarios con parte de los ingresos de los corrales, intentaron presentar títeres en los teatros. Cfr. Varey, *ob. cit.*, pág. 206.

[18] *El sabio Tontonelo:* alusión paródica al tipo de mago encantador, manipulador de objetos «mágicos», tan importante en los libros de caballerías. Molho, pág. 119, observa sutilmente que «se ha fabricado... una falsa derivación inanalizable, en que *-nelo* suena a italiano, mientras *tonto* denota la injuriosa verdad, a saber, que la palabra no es más que un engañabobos forjado para provocar risa».

[19] *Raza de confeso:* o sea, sangre de judío convertido (o que haya confesado su culpa) al catolicismo.

[20] *Juan Castrado:* hijo de Antón Castrado y de Juana Macha y padre de Juana Castrada. La ilegitimidad tanto del padre como de la hija queda, irónicamente, establecida. Para una interpretación psicoanalítica, cfr. Molho, pág. 178.

[21] *Debajo de su buen parecer:* con su permiso.

JUAN. Eso tengo yo por servir al señor Gobernador, con cuyo parecer me convengo, entablo y arrimo[22], aunque haya otra cosa en contrario.

CHIRINOS. La cosa que hay en contrario es que, si no se nos paga primero nuestro trabajo, así verán las figuras como por el cerro de Úbeda[23]. ¿Y vuestras mercedes, señores Justicias, tienen conciencia y alma en esos cuerpos? ¡Bueno sería que entrase esta noche todo el pueblo en casa del señor Juan Castrado, o como es su gracia[24], y viese lo contenido en el tal Retablo, y mañana, cuando quisiésemos mostralle al pueblo, no hubiese ánima que le viese! No, señores; no, señores; *ante omnia* nos han de pagar lo que fuere justo.

BENITO. Señora Autora, aquí no os ha de pagar ninguna Antona ni ningún Antoño[25]; el señor regidor Juan Castrado os pagará más que honradamente, y si no, el Concejo. ¡Bien conocéis el lugar, por cierto! Aquí, hermana, no aguardamos a que ninguna Antona pague por nosotros.

CAPACHO. ¡Pecador de mí, señor Benito Repollo, y qué lejos da del blanco! No dice la señora Autora que pague ninguna Antona, sino que le paguen adelantado y ante todas cosas, que eso quiere decir *ante omnia*.

BENITO. Mirad, escribano Pedro Capacho[26], haced vos que me hablen a derechas, que yo entenderé a pie

---

[22] *Entablo y arrimo:* equivale a «me convengo».

[23] *Así verán las figuras como por el cerro de Úbeda:* es decir, no las verán. Se usa para reforzar la negación (Del Campo, pág. 353, nota 17). Cfr. *Don Quijote* (II, xxxiii): «que le he dado a entender que está encantada, no siendo más verdad que por los cerros de Úbeda».

[24] *Gracia:* nombre.

[25] *Ante omnia... Antona... Antoño:* Chirinos pide dinero por adelantado *(ante omnia* [lat.], ante todo) y el rústico Repollo lo malentiende, identificándolo con unos apelativos («Antona», «Antoño»).

[26] *Escribano Pedro Capacho:* sobre la imagen de disminución que suscita el sufijo *-acho*, cfr. Molho, pág. 180: «El radical *cap-* es el del verbo *cap-ar*, que adosado a otro 'aumentativo' produce *cap-ón*, lo que de hecho es nuestro *cap-acho*.»

llano[27]. Vos, que sois leído y escribido[28], podéis entender esas algarabías de allende, que yo no.

JUAN. Ahora bien, ¿contentarse ha[29] el señor Autor con que yo le dé adelantados media docena de ducados? Y más, que se tendrá cuidado que no entre gente del pueblo esta noche en mi casa.

CHANFALLA. Soy contento, porque yo me fío de la diligencia de vuestra merced y de su buen término.

JUAN. Pues véngase conmigo. Recibirá el dinero, y verá mi casa y la comodidad que hay en ella para mostrar ese Retablo.

CHANFALLA. Vamos, y no se les pase de las mientes las calidades que han de tener los que se atrevieren a mirar el maravilloso Retablo.

BENITO. A mi cargo queda eso, y séle decir que, por mi parte, puedo ir seguro a juicio, pues tengo el padre alcalde[30]; cuatro dedos de enjundia de cristiano viejo rancioso[31] tengo sobre los cuatro costados de mi linaje: ¡miren si veré el tal Retablo!

CAPACHO. Todos le pensamos ver, señor Benito Repollo.

JUAN. No nacimos acá en las malvas[32], señor Pedro Capacho.

---

[27] *A pie llano:* fácilmente; «sin estropiezo» *(Cov.)*.

[28] *Escribido* (Vulgarismo): escrito. La expresión popular, «leído y escribido» se usaba para significar sabio (Avalle-Arce, pág. 145, número 37).

[29] *Contentarse ha:* se contentará. Cfr. *Los alcaldes de Daganzo*, nota 23. También hay casos en que el pronombre se interpone entre los dos elementos que componen el condicional. Cfr. *El viejo celoso*, nota 53.

[30] *Seguro a juicio... tengo el padre alcalde:* refrán con que se indica que va a poder afrontar con tranquilidad la prueba del retablo («juicio») puesto que dispondrá de la poderosa protección de su linaje. La expresión vale por «tengo quien me guarde» (Del Campo, pág. 354, nota 23).

[31] *Rancioso:* de antiguo linaje.

[32] *No nacimos acá en las malvas:* no nacimos pobres y de bajo linaje. Cfr. Correas: «Nacer en las malvas dícese por tener bajo y pobre nacimiento, y dícese más de ordinario con negación: Yo no nací en las malvas.» Cfr. *Don Quijote* (II, iv): «Eso allá se ha de entender —res-

GOBERNADOR. Todo será menester, según voy viendo, señores Alcalde, Regidor y Escribano.

JUAN. Vamos, Autor, y manos a la obra, que Juan Castrado me llamo, hijo de Antón Castrado y de Juana Macha; y no digo más, en abono y seguro que podré ponerme cara a cara y a pie quedo delante del referido retablo.

CHIRINOS. ¡Dios lo haga!

(Éntranse JUAN CASTRADO *y* CHANFALLA.)

GOBERNADOR. Señora Autora, ¿qué poetas se usan ahora en la corte, de fama y rumbo, especialmente de los llamados cómicos? Porque yo tengo mis puntas y collar[33] de poeta, y pícome de la farándula y carátula[34]. Veinte y dos comedias tengo, todas nuevas, que se veen las unas a las otras[35]; y estoy aguardando coyuntura para ir a la corte y enriquecer con ellas media docena de autores.

CHIRINOS. A lo que vuestra merced, señor gobernador, me pregunta de los poetas, no le sabré responder; porque hay tantos que quitan el sol, y todos piensan que son

---

pondió Sancho— con los que nacieron en las malvas, y no con los que tienen sobre el alma cuatro dedos de enjundia de cristianos viejos como yo los tengo.»

33 *Tengo mis puntas y collar:* equivale a «tengo algo de». Según *Cov.* la expresión equivale a «tener presunción». Cfr. *La cueva de Salamanca*, nota 78.

34 *Pícome de la farándula y carátula:* equivale a «soy aficionado del mundo del teatro» o bien «me precio de ser de los farsantes». Cfr. *Corom.*, *Picarse:* «preciarse», recogiendo la acepción de *La gitanilla.* Farándula es una pequeña compañía de cómicos («víspera de compañía» según Agustín de Rojas en su *Viaje entretenido);* carátula quiere decir comedia o máscara, «por alusión a la mascarilla con que se cubrían el rostro los representantes en el teatro clásico» (Herrero, página 166). Cfr. también *Don Quijote* (II, xi): «Desde mochacho fui aficionado a la carátula, y en mi mocedad se me iban los ojos tras la farándula.»

35 *Que se veen las unas a las otras:* escritas al mismo tiempo y sin interrupción (cfr. Herrero, pág. 166). Según Ascnsio (pág. 174, nota 8) «bien contadas, unas tras otra».

famosos. Los poetas cómicos son los ordinarios[36] y que siempre se usan, y así no hay para qué nombrallos. Pero dígame vuestra merced, por su vida: ¿cómo es su buena gracia? ¿Cómo se llama?

GOBERNADOR. A mí, señora Autora, me llaman el Licenciado Gomecillos[37].

CHIRINOS. ¡Válame Dios! ¡Y que vuesa merced es el señor Licenciado Gomecillos, el que compuso aquellas coplas tan famosas de *Lucifer estaba malo*[38] y *Tómale mal de fuera!*

GOBERNADOR. Malas lenguas hubo que me quisieron ahijar esas coplas, y así fueron mías como del Gran Turco[39]. Las que yo compuse, y no lo quiero negar, fueron aquellas que trataron del diluvio de Sevilla[40]; que, puesto que los poetas son ladrones unos de otros, nunca me precié de hurtar nada a nadie: con mis versos me ayude Dios, y hurte el que quisiere.

(*Vuelve* CHANFALLA.)

CHANFALLA. Señores, vuestras mercedes vengan, que todo está a punto, y no falta más que comenzar.

---

[36] *Los poetas cómicos son los ordinarios:* «Alusión quejumbrosa al acaparamiento del teatro por Lope, Tirso, etc.» (Herrero, pág. 167).

[37] *El Licenciado Gomecillos:* como son los apelativos Juan Castrado y Pedro Capacho (cfr. *supra*, notas 21, 26) se proyecta en el de Gomecillos una imagen de disminución (cfr. Molho, pág. 180).

[38] *El que compuso aquellas coplas... de Lucifer estaba malo...:* posible alusión a un tal Francisco Gómez de Quevedo (Herrero, pág. 167).

[39] *Así fueron mías como del Gran Turco:* no fueron mías en absoluto. Esta manera de recalcar una negación se utiliza también más abajo. El Gran Turco era el sultán de Constantinopla.

[40] *Diluvio de Sevilla:* la avenida del Guadalquivir (19 de diciembre de 1603) fue objeto de dos *Relaciones* en verso, por Tomás de Mesa y Blas de las Casas, y de otro poema anónimo: *Romance del río de Sevilla* (Herrero, pág. 168). Resulta sin embargo arriesgado el utilizar estas referencias al «diluvio» para fechar el Retablo ya que Sevilla sufrió toda una serie de inundaciones (cfr. Bonilla, pág. xxiv) que, además, se convirtieron en tópico literario. Sobre las fechas de los *Entremeses*, ver «Introducción».

CHIRINOS. ¿Está ya el dinero *in corbona?*[41]

CHANFALLA. Y aun entre las telas del corazón.

CHIRINOS. Pues doite por aviso, Chanfalla, que el Gobernador es poeta.

CHANFALLA. ¿Poeta? ¡Cuerpo del mundo![42] Pues dale por engañado, porque todos los de humor semejante son hechos a la mazacona[43]: gente descuidada, crédula y no nada maliciosa.

BENITO. Vamos, Autor, que me saltan los pies por ver esas maravillas.

(Éntranse todos.)

(Salen JUANA CASTRADA *y* TERESA REPOLLA[44], *labradoras: la una como desposada*[45], *que es la* CASTRADA.)

CASTRADA. Aquí te puedes sentar, Teresa Repolla amiga, que tendremos el Retablo enfrente; y pues sabes las condiciones que han de tener los miradores del Retablo, no te descuides, que sería una gran desgracia.

TERESA. Ya sabes, Juana Castrada, que soy tu prima, y no digo más. ¡Tan cierto tuviera yo el cielo como tengo cierto ver todo aquello que el Retablo mostrare! ¡Por el siglo de mi madre[46], que me sacase los mismos ojos de mi cara si alguna desgracia me aconteciese! ¡Bonita soy yo para eso!

CASTRADA. Sosiégate, prima, que toda la gente viene.

---

[41] *In corbona:* en la bolsa de las ofrendas. Versículo del Evangelio de *San Mateo* (XXVII, 6): «Non licet eos mittere in corbonam, quia pretium sanguinis est.» Cfr. Lope de Rueda, *Comedia Eufemia*, ed. J. Moreno Villa (Clásicos Castellanos, núm. 59), pág. 90 y *La pícara Justina*, ed. Puyol, pág. 169.

[42] *¡Cuerpo del mundo!:* cfr. *Los alcaldes de Daganzo*, nota 15.

[43] *A la mazacona:* al azar; a la buena de Dios.

[44] *Castrada... Repolla:* feminización de los apellidos de sus respectivos padres. Era común entre las clases bajas (Avalle-Arce, pág. 144, nota 29).

[45] *Como desposada:* en traje de novia.

[46] *Por el siglo de mi madre:* «Por vida de mi madre que ojalá dure un siglo» (Herrero, pág. 169).

(Entran el GOBERNADOR, BENITO REPOLLO, JUAN CASTRADO, PEDRO CAPACHO, EL AUTOR *y* LA AUTORA, *y* EL MÚSICO, *y otra gente del pueblo, y* UN SOBRINO *de Benito, que ha de ser aquel gentil hombre*[47] *que baila.)*

CHANFALLA. Siéntense todos; el Retablo ha de estar detrás deste repostero[48], y la Autora también, y aquí el músico.

BENITO. ¿Músico es éste? Métanle también detrás del repostero, que, a trueco de no velle, daré por bien empleado el no oílle.

CHANFALLA. No tiene vuestra merced razón, señor alcalde Repollo, de descontentarse del músico, que en verdad que es muy buen cristiano, y hidalgo de solar conocido[49].

GOBERNADOR. ¡Calidades son bien necesarias para ser buen músico!

BENITO. De solar, bien podrá ser; mas de sonar, *abrenuncio*[50].

RABELÍN. ¡Eso se merece el bellaco que se viene a sonar delante de...!

BENITO. ¡Pues por Dios, que hemos visto aquí sonar a otros músicos tan...!

---

47 *Gentil hombre:* equívoco y alusión burlesca —hecha en la misma acotación— con que Cervantes designa al rústico sobrino de Benito Repollo. *Gentil* se usa irónicamente tanto en el sentido de «no judío» y «linajudo» (cfr. *Corom.)* como en sus acepciones de «gallardo», «brioso» o «bien dispuesto y proporcionado de miembros» *(Dicc. de Aut.)*. Lo que ocurre, claro, es que el gentil aldeano acaba «bailando» con la «bellaca jodía» Herodias o, mejor dicho, con la figura bíblica que los embusteros «sacan» al Retablo de las maravillas. Véase «Introducción», sec. IV.

48 *Repostero:* especie de tapiz o paño lujoso. Aquí, sin embargo, se trata de una simple manta (véase la última acotación de la obra), lo que implica un engaño más de los aldeanos.

49 *De solar conocido:* de linaje documentado. *Solar:* casa donde se originó el linaje.

50 *Abrenuncio: yo renuncio.* Benito Repollo rehúsa creer que Rabelín sepa tocar («sonar»). Cfr. *Dicc. Histor.:* «se usa como expresión litúrgica de la Iglesia, y luego como fórmula general para renunciar o rechazar algo, especialmente en sentido jocoso».

GOBERNADOR. Quédese esta razón en el *de* del señor Rabel y en el *tan* del Alcalde, que será proceder[51] en infinito, y el señor Montiel comience su obra.

BENITO. ¡Poca balumba[52] trae este autor para tan gran Retablo!

JUAN. Todo debe de ser de maravillas.

CHANFALLA. ¡Atención, señores, que comienzo! —¡Oh tú, quien quiera que fuiste[53], que fabricaste este Retablo con tan maravilloso artificio, que alcanzó renombre *de las Maravillas:* por la virtud que en él se encierra, te conjuro, apremio y mando que luego incontinenti[54] muestres a estos señores algunas de las tus maravillosas maravillas, para que se regocijen y tomen placer sin escándalo alguno! Ea, que ya veo que has otorgado mi petición, pues por aquella parte asoma la figura del valentísimo Sansón, abrazado con las colunas del templo para derriballe por el suelo y tomar venganza de sus enemigos. ¡Tente, valeroso caballero; tente, por la gracia de Dios Padre! ¡No hagas tal desaguisado[55], porque no cojas debajo y hagas tortilla tanta y tan noble gente como aquí se ha juntado!

BENITO. ¡Téngase, cuerpo de tal conmigo! ¡Bueno sería que, en lugar de habernos venido a holgar, quedásemos aquí hechos plasta! ¡Téngase, señor Sansón, pesia a[56] mis males, que se lo ruegan buenos![57].

CAPACHO. ¿Veisle vos, Castrado?

JUAN. ¿Pues no le había de ver? ¿Tengo yo los ojos en el colodrillo?[58]

---

[51] *Que será proceder.* Léase: «que si no será proceder».

[52] *Poca balumba:* equivale a «poco bulto». Cfr. *Dicc. Histor.* «*Balumba:* bulto grande que hacen muchas cosas juntas».

[53] *¡Oh tú, quien quiera que fuiste...!:* fórmula típica de comenzar los conjuros. Sobre la manera en que Chanfalla se autopresenta ante su públicos, cfr. *supra*, nota 16.

[54] *Incontinenti:* de inmediato; al punto. La edición príncipe, *incontinente*.

[55] *Desaguisado:* agravio.

[56] *Pesia a:* pese a.

[57] *Se lo ruegan buenos:* léase: «se lo ruegan hombres buenos».

[58] *Colodrillo:* cogote; parte posterior de la cabeza. Cfr. *La cueva de Salamanca*, nota 28; y, *Don Quijote* (II, x).

GOBERNADOR. [*Aparte.*] ¡Milagroso caso es éste! Así veo yo a Sansón ahora, como el Gran Turco. Pues en verdad que me tengo por legítimo y cristiano viejo[58bis].

CHIRINOS. ¡Guárdate, hombre, que sale el mesmo toro que mató al ganapán en Salamanca![59] ¡Échate, hombre; échate, hombre; Dios te libre, Dios te libre!

CHANFALLA. ¡Échense todos, échense todos! ¡Húcho ho![60], ¡húcho ho!, ¡húcho ho!

(Échanse todos, y alborótanse.)

BENITO. ¡El diablo lleva en el cuerpo el torillo! Sus partes tiene de hosco y de bragado[61]. Si no me tiendo, me lleva de vuelo.

JUAN. Señor Autor, haga, si puede, que no salgan figuras que nos alboroten; y no lo digo por mí, sino por estas mochachas, que no les ha quedado gota de sangre en el cuerpo, de la ferocidad del toro.

CASTRADA. ¡Y cómo, padre! No pienso volver en mí en tres días; ya me vi en sus cuernos[62], que los tiene agudos como una lesna[63].

[58bis] *¡Milagroso... cristiano viejo!:* la mayoría de los editores modernos atribuyen estas palabras a Capacho.

[59] *El mesmo toro que mató al ganapán de Salamanca:* alusión histórica al «torino salmantino de ocho años que mató al ganapán de Monleón» (Molho, pág. 206).

[60] *¡Húcho ho!:* exclamación usada en la época para incitar o espantar a los toros. Bonilla (págs. 232-234) registra esta interjección en varios textos literarios. Cfr. R. Fouché-Delbosc, «Hucho ho», *Revue Hispanique*, XXV (1911), 5-12.

[61] *Partes... de hosco y de bragado:* es decir, moreno («hosco») y de color distinto en la entrepierna («bragado»), cualidades que se asociaban con los toros bravos. Cfr. F. de Quevedo, *Poesía original*, ed. Blecua, núm. 767. Según Molho, pág. 206, *partes* se refiere tanto a las cualidades del toro como a sus «partes genitales». Esta significación fálica concordaría con la que revisten más adelante los ratones «por su carácter de animales roedores, perforadores y penetrantes» (página 207).

[62] *Me vi en sus cuernos:* es decir, resulté cogida por el toro. Pero Juan Castrado interpreta «vi» literalmente: «no fueras tu mi hija y no lo vieras».

[63] *Lesna:* lezna; instrumento agudo usado por los zapateros para agujerear y coser.

JUAN. No fueras tú mi hija, y no lo vieras.

GOBERNADOR. [*Aparte.*] Basta; que todos ven lo que yo no veo; pero al fin habré de decir que lo veo, por la negra honrilla[64].

CHIRINOS. Esa manada de ratones que allá va, deciende por línea recta de aquellos que se criaron en el arca de Noé[65]; dellos[66] son blancos, dellos albarazados[67], dellos jaspeados y dellos azules; y, finalmente, todo son ratones.

CASTRADA. ¡Jesús! ¡Ay de mí! ¡Ténganme, que me arrojaré por aquella ventana! ¿Ratones? ¡Desdichada! Amiga, apriétate las faldas, y mira no te muerdan; ¡Y monta que son pocos![68] ¡Por el siglo de mi abuela, que pasan de milenta![69]

REPOLLA. Yo sí soy la desdichada, porque se me entran sin reparo ninguno. Un ratón morenico me tiene asida de una rodilla. ¡Socorro venga del cielo, pues en la tierra me falta!

BENITO. Aun bien que tengo gregüescos[70]: que no hay ratón que se me entre, por pequeño que sea.

CHANFALLA. Esta agua, que con tanta priesa se deja descolgar de las nubes, es de la fuente que da origen y principio al río Jordán[71]. Toda mujer a quien tocare

---

64 *Por la negra honrilla:* el Gobernador alude, irónicamente, al peso que ejerce la locura colectiva por la así llamada «honra» en su conciencia individual. Sobre el tema de la «negra honra» en la literatura de la época, cfr. Alberto Blecua, ed. *Lazarillo de Tormes*, Clásicos Castalia, núm. 58, pág. 137, nota 212.

65 *Manada de ratones... arca de Noé:* alusión sumamente burlesca a la genealogía, verdadera obsesión de la España de 1600.

66 *Dellos:* equivale a «algunos de ellos».

67 *Albarazados:* aquí, con manchas de color negro y rojo *(Dicc. Histor.)*.

68 *¡Y monta que son pocos!:* cfr. *El juez de los divorcios*, nota 48.

69 *Milenta:* mil. Vulgarismo formado por analogía con las decenas (cuarenta, cincuenta, etc.).

70 *Gregüescos:* calzones anchos que llegan hasta las rodillas.

71 *Agua... de la fuente que da origen... al río Jordán:* alusión irónica al río bíblico cuyas aguas tenían fama de rejuvenecer a quien se lavase en ellas. Cfr. lo que dice un falso Juan de Espera en Dios, en su proceso inquisitorial, sobre la manera en que se mantenía joven: «cada siete años voy a bañarme a la fuente Jordán y al bañarme en ella vuelco a

en el rostro, se le volverá como de plata bruñida, y a los hombres se les volverán las barbas como de oro.

CASTRADA. ¿Oyes, amiga? Descubre el rostro, pues ves lo que te importa. ¡Oh, qué licor tan sabroso! Cúbrase, padre; no se moje.

JUAN. Todos nos cubrimos, hija.

BENITO. Por las espaldas me ha calado el agua hasta la canal maestra.

CAPACHO. Yo estoy más seco que un esparto.

GOBERNADOR. [*Aparte*.] ¿Qué diablos puede ser esto, que aún no me ha tocado una gota donde todos se ahogan? ¿Mas si viniera yo a ser bastardo entre tantos legítimos?

BENITO. Quítenme de allí aquel músico; si no, voto a Dios que me vaya sin ver más figura. ¡Válgate el diablo por músico aduendado, y qué hace de menudear[72] sin cítola[73] y sin son!

RABELÍN. Señor alcalde, no tome conmigo la hincha, que yo toco como Dios ha sido servido de enseñarme.

BENITO. ¿Dios te había de enseñar, sabandija? ¡Métete tras la manta; si no, por Dios que te arroje este banco!

RABELÍN. El diablo creo que me ha traído a este pueblo.

CAPACHO. ¡Fresca es el agua del santo río Jordán! Y aunque me cubrí lo que pude, todavía me alcanzó un poco en los bigotes, y apostaré que los tengo rubios como un oro.

---

la edad que tenía cuando Cristo fue crucificado» (citado por Marcel Bataillon, «Peregrinaciones españolas del judío errante», en *Varia lección de clásicos españoles*, Madrid, Gredos, págs. 118-119). Nótese a continuación como Chanfalla trastorna la leyenda para jugar con, y mofarse de, las obsesiones de su público. El agua, que cae en forma de lluvia, tiene, según él, el efecto de embellecer la cara: «Toda mujer a quien tocare en el rostro, se le volverá como de plata bruñida, y a los hombres se le volverán las barbas como de oro.» De ahí que las mujeres la deseen y los hombres, por no perder su hombría, se cubran. Pero en fin el agua del «santo río Jordán» le alcanza a Capacho «en los bigotes» y a Benito Repollo en el ano («la canal maestra»). Para una interpretación freudiana de todo este pasaje, cfr. Molho, páginas 208-209.

[72] *Menudear:* aquí, «tocar» a menudo o repetidamente.

[73] *Sin cítola:* sin cítara; es decir, sin instrumento musical.

BENITO. Y aun peor cincuenta veces.

CHIRINOS. Allá van hasta dos docenas de leones rapantes y de osos colmeneros[74]. Todo viviente se guarde, que, aunque fantásticos, no dejarán de dar alguna pesadumbre, y aun de hacer las fuerzas de Hércules, con espadas desenvainadas.

JUAN. Ea, señor Autor, ¡cuerpo de nosla![75] ¿Y agora nos quiere llenar la casa de osos y de leones?

BENITO. ¡Mirad qué ruiseñores y calandrias nos envía Tontonelo, sino leones y dragones! Señor Autor, [o][76] salgan figuras más apacibles, o aquí nos contentamos con las vistas, y Dios le guíe, y no pare más en el pueblo un momento.

CASTRADA. Señor Benito Repollo, deje salir ese oso y leones, siquiera por nosotras, y recebiremos mucho contento.

JUAN. Pues, hija, ¿de antes te espantabas de los ratones, y agora pides osos y leones?

CASTRADA. Todo lo nuevo aplace[77], señor padre.

CHIRINOS. Esa doncella que agora se muestra tan ga-

---

[74] *Leones rapantes... osos colmeneros:* Chirinos da rienda suelta a su imaginación, sacando al *Retablo de las maravillas* nada menos que unas figuras «fantásticas» de la heráldica. Sin embargo, aunque pertenezcan al código del blasón implican también una representación de tipo sexual. Cfr. Molho, pág. 210, «como el toro o los ratones, el león, solar por su posición en el Zodiaco, es símbolo paterno y viril... En cuanto al oso... colmenero..., su representación propia... es la de un animal... forzador y catador de guardadas colmenas». Cfr. Quevedo: «Piénsase la doncellita / que me engaña, porque otorgo, / sabiendo yo que es colmena / catada de muchos osos» *(Poesía original*, ed. Blecua, núm. 728. Citado por Molho). Se ha sugerido además que Cervantes no sólo se burla de los prejuicios de limpieza de los villanos sino que satiriza también a los nobles que hacen alarde de sus blasones (cfr. Michel Moner, «Las maravillosas figuras del 'Retablo de las maravillas'». De próxima aparición en *Actas del I congreso internacional sobre Cervantes*, Madrid, 3 a 9 de julio de 1978). Sobre estos temas, véase «Introducción», sec. IV.

[75] *¡Cuerpo de nosla!:* juramento eufemístico por «Cuerpo de Cristo» o «Cuerpo de Dios». Cfr. *supra*, nota 42.

[76] *O*. La edición príncipe, *y*.

[77] *Aplace:* place; gusta.

lana y tan compuesta es la llamada Herodías, cuyo baile alcanzó en premio la cabeza del Precursor de la vida[78]. Si hay quien la ayude a bailar, verán maravillas.

BENITO. ¡Esta sí, cuerpo del mundo![79], que es figura hermosa, apacible y reluciente. ¡Hideputa, y cómo que se vuelve la mochac[h]a! —Sobrino Repollo, tú que sabes de achaque de castañetas, ayúdala, y será la fiesta de cuatro capas[80].

SOBRINO. Que me place, tío Benito Repollo.

(Tocan la zarabanda.)

CAPACHO. ¡Toma mi abuelo[81], si es antiguo el baile de la zarabanda y de la chacona![82]

BENITO. Ea, sobrino, ténselas tiesas a esa bellaca jodía[83]. Pero, si ésta es jodía, ¿cómo vee estas maravillas?

---

78 *Herodías, cuyo baile alcanzó... la cabeza del Precursor de la vida.* Chirinos saca al *Retablo* a Herodías, a pesar de que fue su hija Salomé quien bailó ante su tío y padrastro, Herodes Antipas, y pidió en premio la cabeza de San Juan Bautista. Para las fuentes bíblicas de este episodio, véanse *San Mateo*, XIV, 3-11; y, *San Marcos*, VI, 17-28. Para un enfoque freudiano basado en el tema de la decapitación, véase Molho, págs. 211-212, quien lo encaja además dentro de un minucioso análisis estructural de la obra, «de modo que la jornada conclusiva es simétrica de la jornada apertural. Abrir la representación con Sansón y cerrarla con Herodías es como entrar con Dalila para concluir con la decapitación del Bautista. De hecho, el tema de la castración se presenta en una construcción inversiva rigurosamente especular» (pág. 212).

79 *¡Cuerpo del mundo!:* cfr. *supra*, nota 42.

80 *Fiesta de cuatro capas:* fiesta muy solemne y de gran esplendor. La expresión «de cuatro capas» tiene su origen en las solemnidades litúrgicas, en las cuales el número de clérigos («prebendados») con capas pluviales que ayudaban a celebrar la misa, determinaba la solemnidad de la fiesta. Cfr. *Cov*, *fiesta de seis capas:* «la de mucha solemnidad, porque en los tales días suele haber seis, y en algunas partes ocho prebendados, con cetros de plata y capas de brocado, que asisten al oficio y canturia».

81 *¡Toma mi abuelo!:* exclamación usada para expresar sorpresa.

82 *La zarabanda y... la chacona:* bailes populares considerados inmorales en la época. Cfr. Cotarelo, *Colección de entremeses...*, I, BAE, vol. XVII, págs. ccxxiii-cclxxiii. Véase *El rufián viudo*, nota 115.

83 *Jodía:* judía; también podría sugerir «jodi[d]a», lo que sería, pro-

CHANFALLA. Todas las reglas tienen excepción, señor Alcalde.

(Suena una trompeta o corneta dentro del teatro, y entra UN FURRIER[84] *de compañías.)*

FURRIER. ¿Quién es aquí el señor Gobernador?
GOBERNADOR. Yo soy. ¿Qué manda vuestra merced?
FURRIER. Que luego, al punto, mande hacer alojamiento para treinta hombres de armas[85] que llegarán aquí dentro de media hora, y aun antes, que ya suena la trompeta; y adiós.

[*Vase.*]

BENITO. Yo apostaré que los envía el sabio Tontonelo.
CHANFALLA. No hay tal; que ésta es una compañía de caballos que estaba alojada dos leguas de aquí.
BENITO. Ahora yo conozco bien a Tontonelo, y sé que vos y él sois unos grandísimos bellacos, no perdonando al músico; y mirá que os mando que mandéis a Tontonelo no tenga atrevimiento de enviar estos hom-

---

bablemente, una alusión maliciosa al adulterio de Herodías con Herodes Antipas, hermano de su ex-esposo Filipo.

84 *Furrier.* Furriel; es decir, el que se encargaba de la administración de una compañía de soldados. Tenía a su cargo la distribución de comida (pan y cebada) y la provisión de los alojamientos.

85 *Mande hacer alojamiento para treinta hombres de armas:* el furriel quiere que el Gobernador se encargue de alojar a treinta soldados de caballería («hombres de armas», cfr. *Dicc. de Aut.).* Siguiendo las costumbres de la época, los soldados se alojarían en las casas particulares de los aldeanos que no fuesen hidalgos. De ahí que Juan Castrado sugiera que el furriel sea sobornado con el baile erótico de la doncella Herodías, «porque vea este señor lo que nunca ha visto; quizá con esto le cohecharemos para que se vaya presto del lugar». La frontera entre la realidad «fantástica» del *Retablo* que trae Montiel y la realidad «diaria» se ha borrado totalmente, aunque existan las dudas del Gobernador, que los soldados «no deben ser de burlas».

bres de armas, que le haré dar docientos azotes en las espaldas, que se vean unos a otros[86].

CHANFALLA. ¡Digo, señor alcalde, que no los envía Tontonelo!

BENITO. Digo que los envía Tontonelo, como ha enviado las otras sabandijas que yo he visto.

CAPACHO. Todos las habemos visto, señor Benito Repollo.

BENITO. No digo yo que no, señor Pedro Capacho. —¡No toques más, músico de entre sueños, que te romperé la cabeza!

(Vuelve el FURRIER.)

FURRIER. Ea, ¿está ya hecho el alojamiento? Que ya están los caballos en el pueblo.

BENITO. ¿Qué, todavía ha salido con la suya Tontonelo? ¡Pues yo os voto a tal[87], Autor de humos y de embelecos, que me lo habéis de pagar!

CHANFALLA. Séanme testigos que me amenaza el Alcalde.

CHIRINOS. Séanme testigos que dice el Alcalde que, lo que manda S. M., lo manda el sabio Tontonelo.

BENITO. ¡Atontoneleada te vean mis ojos, plega a Dios Todopoderoso!

GOBERNADOR. Yo para mí tengo que verdaderamente estos hombres de armas no deben de ser de burlas.

FURRIER. ¿De burlas habían de ser, señor Gobernador? ¿Está en su seso?

JUAN. Bien pudieran ser atontoneleados; como esas cosas habemos visto aquí. Por vida del Autor, que haga salir otra vez a la doncella Herodías, porque vea este señor lo que nunca ha visto; quizá con esto le cohecharemos[88] para que se vaya presto del lugar.

---

86 *Que se vean unos a otros:* sin interrupción. Cfr. *supra,* nota 35.

87 *¡Voto a tal!:* juramento eufemístico por «voto a Dios». Cfr. *Los alcaldes de Daganzo,* nota 16.

88 *Cohecharemos:* sobornaremos.

CHANFALLA. Eso en buen hora, y véisla aquí a do[89] vuelve, y hace de señas a su bailador[90] a que de nuevo la ayude.

SOBRINO. Por mí no quedará[91], por cierto.

BENITO. ¡Eso sí, sobrino, cánsala, cánsala; vueltas y más vueltas; ¡vive Dios, que es un azogue la muchacha! ¡Al hoyo, al hoyo! ¡A ello, a ello![92]

FURRIER. ¿Está loca esta gente? ¿Qué diablos de doncella es ésta, y qué baile, y qué Tontonelo?

CAPACHO. ¿Luego no vee la doncella herodiana el señor Furrier?

FURRIER. ¿Qué diablos de doncella tengo de ver?

CAPACHO. Basta: de *ex il[l]is* es[93].

GOBERNADOR. De *ex il[l]is* es, de *ex il[l]is* es.

JUAN. Dellos es, dellos el señor Furrier; dellos es.

FURRIER. ¡Soy de la mala puta que los parió; y, por Dios vivo, que, si echo mano a la espada, que los haga salir por las ventanas, que no por la puerta!

CAPACHO. Basta: de *ex il[l]is* es.

BENITO. Basta: dellos es, pues no vee nada.

FURRIER. ¡Canalla barretina![94]: si otra vez me dicen que soy dellos, no les dejaré hueso sano!

BENITO. Nunca los confesos ni bastardos fueron valientes; y por eso no podemos dejar de decir: dellos es, dellos es.

FURRIER. ¡Cuerpo de Dios[95] con los villanos! ¡Esperad!

---

89 *Do:* donde.

90 *Bailador:* bailarín.

91 *Por mí no quedará:* es decir, por lo que a mí toca no quedará sin ayuda; no tengo objeción en continuar a bailar.

92 *¡Al hoyo... a ello!:* exclamaciones usadas para exhortar.

93 *Ex il[l]is es:* de ellos eres. Palabras aplicadas a San Pedro por la sirvienta de Caifás, cuando el discípulo negaba a Cristo. Cfr. *San Mateo* (XXVI, 73); *San Lucas* (XXI, 58); *San Marcos* (XIV, 69-70). Tanto Capacho aquí, como después el Gobernador, Juan Castrado y Benito Repollo, le acusan al furriel de judío. Irónicamente los aldeanos hablan como los judíos que acusaron a San Pedro.

94 *Canalla barretina:* es decir, canalla villanesca y judía. La *barretina* era una especie de gorra que en esta época iba asociada especialmente con los campesinos y los hebreos.

95 *¡Cuerpo de Dios!* Cfr. *supra*, nota 42.

(Mete mano a la espada, y acuchíllase con todos; y el ALCALDE *aporrea al* RABELLEJO[96]; *y la* CHIRINOS *descuelga la manta y dice.)*

CHIRINOS. El diablo ha sido la trompeta y la venida de los hombres de armas; parece que los llamaron con campanilla.

CHANFALLA. El suceso ha sido extraordinario; la virtud del Retablo se queda en su punto[97], y mañana lo podemos mostrar el pueblo; y nosotros mismos podemos cantar el triunfo desta batalla, diciendo: ¡Vivan Chirinos y Chanfalla!

---

[96] *Rabellejo:* diminutivo despectivo de rabel. Cfr. *supra*, nota 6.
[97] *Queda en su punto:* no ha cambiado.

ENTREMÉS
DE

La Cueva de Salamanca[1]

(Salen PANCRACIO, LEONARDA *y* CRISTINA.)

PANCRACIO. Enjugad, señora, esas lágrimas, y poned pausa a vuestros suspiros, considerando que cuatro días de ausencia no son siglos. Yo volveré, a lo más largo, a

---

[1] *La Cueva de Salamanca:* según creencia popular era el lugar de hechicerías donde «se leía en secreto nigromancia» (Correas) o donde el diablo enseñaba magia. Se relacionaría, según Asensio, con los «demonios lugareños» de las fiestas del Corpus Christi (véase «Entremeses», en *Suma cervantina*, ed. J. B. Avalle-Arce y E. C. Riley, Londres, 1973, pág. 192). Cfr. M. García Blanco, «El tema de la Cueva de Salamanca y el entremés cervantino de este mismo título», *Anales cervantinos*, I (1951), 73-109. Este erudito estudia el fondo tradicional del tema y muestra cómo a partir del siglo XIV se hace popular en medios universitarios. Según él, la leyenda tuvo su base geográfica en la cuesta de Carvajal donde se había construido la iglesia de San Cebrián. Bajo esa cuesta el demonio enseñaba su ciencia o malas artes a los estudiantes que querían aprenderlas. Es allí donde el marqués de Villena engañó al demonio. Cfr. Ruiz de Alarcón, *La cueva de Salamanca* (jornada 1.ª): «dicen que engañó / el gran marqués de Villena / al demonio / con su sombra». Tanto en este entremés como en *El retablo de las maravillas*, las creencias populares en actividades mágicas son objetos de risa. La actitud de Cervantes frente a esas creencias coincide con la de otros hombres de teatro: Rojas Zorrilla, Ruiz de Alarcón, Calderón. Cfr. Julio Caro Baroja, *Teatro popular y magia* (Madrid, Revista de Occidente, 1974), esp. págs. 58-63; 171. Este estudio contiene observaciones muy valiosas sobre la manera en que ciertas ideas racionalistas entran en la España del siglo XVII «por vía estética».

los cinco, si Dios no me quita la vida; aunque será mejor, por no turbar la vuestra, romper mi palabra y dejar esta jornada, que sin mi presencia se podrá casar mi hermana.

LEONARDA. No quiero yo, mi Pancracio y mi señor, que por respeto mío vos parezcáis descortés. Id en hora buena, y cumplid con vuestras obligaciones, pues las que os llevan son precisas, que yo me apretaré con mi llaga, y pasaré mi soledad lo menos mal que pudiere. Sólo os encargo la vuelta, y que no paséis del término que habéis puesto. —¡Tenme, Cristina, que se me aprieta el corazón!

(*Desmáyase* LEONARDA.)

CRISTINA. ¡Oh, que bien hayan las bodas y las fiestas! En verdad, señor, que, si yo fuera vuestra merced, que nunca[2] allá fuera.

PANCRACIO. Entra, hija, por un vidro de agua[3] para echársela en el rostro. Mas espera; diréle unas palabras que sé al oído, que tienen virtud[4] para hacer volver de los desmayos.

(*Dícele las palabras; vuelve* LEONARDA *diciendo.*)

LEONARDA. Basta; ello ha de ser forzoso; no hay sino tener paciencia, bien mío; cuanto más os de[t]uviéredes, más dilatáis mi contento. Vuestro compadre L[e]oniso os debe de aguardar ya en el coche. Andad con Dios: que él os vuelva tan presto y tan bueno como yo deseo.

PANCRACIO. Mi ángel, si gustas que me quede, no me moveré de aquí más que una estatua.

---

2 *Que vuestra... que nunca:* sobran los dos *que.*

3 *Vidro de agua:* vaso («vidro») de agua.

4 *Diréle unas palabras... que tienen virtud:* alusión a un ensalmo con que se introduce, al nivel de la acción, el tema de la magia.

LEONARDA. No, no, descanso mío; que mi gusto está en el vuestro; y, por agora, más que os váis[5] que no os quedéis, pues es vuestra honra la mía.

CRISTINA. ¡Oh espejo del matrimonio! A fe que si todas las casadas quisiesen tanto a sus maridos como mi señora Leonarda quiere al suyo, que otro gallo les cantase.

LEONARDA. Entra, Cristinica, y saca mi manto, que quiero acompañar a tu señor hasta dejarle en el coche.

PANCRACIO. No, por mi amor; abrazadme, y quedaos, por vida mía. —Cristinica, ten cuenta de regalar[6] a tu señora, que yo te mando[7] un calzado cuando vuelva, como tú le quisieres.

CRISTINA. Vaya, señor, y no lleve pena de mi señora, porque la pienso persuadir de manera a que nos holguemos, que no imagine en la falta que vuestra merced le ha de hacer.

LEONARDA. ¿Holgar yo? ¡Qué bien estás en la cuenta, niña! Porque, ausente de mi gusto, no se hicieron los placeres ni las glorias para mí; penas y dolores, sí[8].

PANCRACIO. Ya no lo puedo sufrir. Quedad en paz, lumbre destos ojos, los cuales no verán cosa que les dé placer hasta volveros a ver.

(*Éntrase* PANCRACIO.)

LEONARDA. ¡Allá darás, rayo, en casa de Ana Díaz![9] ¡Vayas, y no vuelvas! La ida del humo[10]. ¡Por Dios, que

---

5 *Váis:* vayáis.

6 *Regalar:* aquí, deleitar (cfr. *Dicc. de Aut.).*

7 *Ten cuenta... que yo te mando:* ten cuidado («ten cuenta»)... que yo te prometo («te mando», cfr. *Dicc. de Aut.).*

8 *No se hicieron los placeres, / ni las glorias para mí; / penas y dolores, sí:* versos procedentes de una letrilla popular del siglo XVI.

9 *Allá darás, rayo, en casa de Ana Díaz:* equivale a «vaya y no vuelvas», según aclara el mismo autor. Esta frase proverbial tiene variantes (... en casa de Ana Gómez; ... en casa de Tamayo) y se dice cuando se marcha (o se echa a) alguien que estorba. Cfr. Correas: «Llegaos a mí, que no os faltará mala ventura.» Comp. *Don Quijote* (II, x).

10 *La ida del humo:* equivale a decir: vete y no vuelvas, como la ida del humo (cfr. Correas).

esta vez no os han de valer vuestras valentías ni vuestros recatos!

CRISTINA. Mil veces temí que con tus estremos habías de estorbar su partida y nuestros contentos.

LEONARDA. ¿Si vendrán esta noche los que esperamos?

CRISTINA. ¿Pues no? Ya los tengo avisados, y ellos están tan en ello, que esta tarde enviaron con la lavandera, nuestra secretaria[11], como que eran paños, una canasta de colar, llena de mil regalos y de cosas de comer, que no parece sino uno de los serones que da el rey el Jueves Santo a sus pobres[12]; sino que la canasta es de Pascua[13], porque hay en ella empanadas, fiambreras[14], manjar blanco[15], y dos capones que aun no están acabados de pelar, y todo género de fruta de la que hay ahora; y, sobre todo, una bota de hasta una arroba de vino de lo de una oreja[16], que huele que traciende[17].

LEONARDA. Es muy cumplido, y lo fue siempre, mi Reponce, sacristán de las telas de mis entrañas.

CRISTINA. ¿Pues qué le falta a mi maese Nicolás, barbero de mis hígados y navaja de mis pesadumbres, que así me las rapa y quita cuando le veo, como si nunca las hubiera tenido?

---

[11] *Con... nuestra secretaria:* equivale a: con... la guardadora de nuestro secreto (cfr. *Dicc. de Aut.).*

[12] *Parece... uno de los serones que da el rey el Jueves Santo a sus pobres:* es decir, se parece a las canastas («serones») llenas de regalos que recogían trece pobres en la antecámara del rey de España, el día de Jueves Santo, después de que el rey les había lavado los pies. Sobre esta ceremonia, cfr. M. Rodríguez Villa, *Etiqueta de la casa de Austria*, Madrid, 1911 (citado por Bonilla, págs. 235-236, nota 207).

[13] *Es de Pascua:* equivale a decir que no es de cuaresma puesto que lleva varios géneros de carne.

[14] *Fiambreras:* cajas o caserolas que servían para llevar el repuesto de cosas fiambres (cfr. *Dicc. de Aut.* y *Cov.).*

[15] *Manjar blanco:* guisado de pechugas de gallina cocidas con leche y azúcar, según *Cov.;* con azúcar, harina de arroz y leche, según *Dicc. de Aut.*

[16] *Vino de lo de una oreja:* aquí, vino excelente. Cfr. Correas: «Vino de una oreja, por vino bueno. Vino de dos orejas, por malo. Porque probándose el vino, si es bueno, se menea un lado, y si es malo, ambos.»

[17] *Que huele que traciende:* que exhala buen olor, es decir, «tan vivo, y subido, que immute eficazmente el sentido del olfato» *(Dicc. de Aut.).*

LEONARDA. ¿Pusiste la canasta en cobro?[18]

CRISTINA. En la cocina la tengo, cubierta con un cernadero[19], por el disimulo.

(Llama a la puerta el ESTUDIANTE CARRAOLANO, *y, en llamando, sin esperar que le respondan, entra.)*

LEONARDA. Cristina, mira quién llama.

ESTUDIANTE. Señoras, soy yo, un pobre estudiante.

CRISTINA. Bien se os parece que sois pobre y estudiante, pues lo uno muestra vuestro vestido[20], y el ser pobre vuestro atrevimiento. ¡Cosa estraña es ésta, que no hay pobre que espere a que le saquen la limosna a la puerta, sino que se entran en las casas hasta el último rincón, sin mirar si despiertan a quien duerme, o si no!

ESTUDIANTE. Otra más blanda respuesta esperaba yo de la buena gracia de vuestra merced; cuanto más que yo no quería ni buscaba otra limosna, sino alguna caballeriza o pajar donde defenderme esta noche de las inclemencias del cielo, que, según se me trasluce, parece que con grandísimo rigor a la tierra amenazan.

LEONARDA. ¿Y de dónde bueno sois[21], amigo?

ESTUDIANTE. Salmantino soy, señora mía; quiero decir que soy de Salamanca. Iba a Roma con un tío mío, el cual murió en el camino, en el corazón de Francia. Vine[22] solo; determiné volverme a mi tierra: robáronme los lacayos o compañeros de Roque Guinarde[23] en Cataluña, porque él estaba ausente; que, a estar allí, no

---

18 *En cobro:* en salvo o, según *Cov.*, «alzarla donde no la hallen».

19 *Cernadero:* lienzo grueso que se utilizaba en la colada.

20 *Vuestro vestido:* los estudiantes llevaban normalmente sotana corta hasta las rodillas y un manteo sin cuello (Herrero, pág. 193).

21 *¿... de dónde bueno sois...?:* equivale a: ¿de dónde venís?

22 *Vine:* así la edición príncipe. Asensio (pág. 188) enmienda *Vi[m]e.*

23 *Roque Guinarde:* célebre bandolero catalán del partido de los niarros (Nyerros), famoso también por su generosidad. Se alude a él en el *Quijote*, II, lxi. Bonilla (págs. 237-238, nota 110), registra unos datos bibliográficos sobre su vida y hazañas.

consintiera que se me hiciera agravio, porque es muy cortés y comedido, y además limosnero. Hame tomado a estas santas puertas la noche, que por tales las juzgo, y busco mi remedio.

LEONARDA. ¡En verdad, Cristina, que me ha movido a lástima el estudiante!

CRISTINA. Ya me tiene a mí rasgadas las entrañas. Tengámosle en casa esta noche, pues de las sobras del castillo se podrá mantener el real[24]; quiero decir, que en las reliquias de la canasta habrá en quien adore su hambre[25]; y más, que me ayudará a pelar la volatería[26] que viene en la cesta.

LEONARDA. ¿Pues cómo, Cristina, quieres que metamos en nuestra casa testigos de nuestras liviandades?

CRISTINA. Así tiene él talle de hablar por el colodrillo[27], como por la boca. —Venga acá, amigo: ¿sabe pelar?

ESTUDIANTE. ¿Cómo si sé pelar? No entiendo eso de saber pelar, si no es que quiere vuesa merced motejarme[28] de pelón[29]; que no hay para qué, pues yo me confieso por el mayor pelón del mundo.

CRISTINA. No lo digo yo por eso, en mi ánima, sino por saber si sabía pelar dos o tres pares de capones.

ESTUDIANTE. Lo que sabré responder es que yo, señoras, por la gracia de Dios, soy graduado de bachiller por Salamanca, y no digo...

---

[24] *De las sobras del castillo... mantener el real:* expresión proverbial con que Cristina dice que sobrará comida para alimentar no sólo al estudiante sino incluso a todo el ejército del rey («el real»).

[25] *En las reliquias... habrá en quien adore su hambre:* es decir, podrá satisfacer su hambre con lo que queda («las reliquias») en la canasta. Nótese que el sustantivo «reliquias» y el verbo «adorar» pertenecen también al léxico religioso.

[26] *Volatería:* aquí, el conjunto de aves.

[27] *Así tiene él talle de hablar por el colodrillo...:* es decir, no tiene pinta de ser hablador. *Colodrillo* = cogote. Cfr. *El retablo de las maravillas*, nota 58.

[28] *Motejarme:* censurarme (cfr. *Dicc. de Aut.*).

[29] *Pelar... pelón:* juego de palabras en el sentido de «cuitar las plumas» («pelar») y carecer de pelo o, por extensión, de dinero («pelón»).

LEONARDA. Desa manera, ¿quién duda sino que sabrá pelar no sólo capones, sino gansos y avutardas? Y, en esto del guardar secreto, ¿cómo le va? Y, a dicha[30], ¿[es] tentado de decir todo lo que vee, imagina o siente?

ESTUDIANTE. Así pueden matar delante de mí más hombres que carneros en el Rastro[31], que yo despliegue mis labios para decir palabra alguna.

CRISTINA. Pues atúrese[32] esa boca, y cósase esa lengua con una agujeta de dos cabos[33], y amuélese[34] esos dientes, y éntrese con nosotras, y verá misterios y cenará maravillas, y podrá medir en un pajar los pies[35] que quisiere para su cama.

ESTUDIANTE. Con siete tendré demasiado: que no soy nada codicioso ni regalado.

(Entran el SACRISTÁN REPONCE *y el* BARBERO.*)*

SACRISTÁN. ¡Oh, que en hora buena estén los automedones[36] y guías de los carros de nuestros gustos, las luces de nuestras tinieblas, y las dos recíprocas voluntades que sirven de basas y colunas a la amorosa fábrica de nuestros deseos!

LEONARDA. ¡Esto sólo me enfada dél! Reponce mío: habla, por tu vida, a lo moderno[37] y de modo que te entienda, y no te encarames donde no te alcance.

---

30 *A dicha:* acaso.

31 *El Rastro:* el matadero de Madrid. Cfr. *La guarda cuidadosa*, nota 73.

32 *Atúrese:* tapónese; tápese.

33 *Agujeta de dos cabos:* cinta o correa que tiene dos herretes de metal, una en cada punta («cabos»), y que sirve para atar *(Dicc. de Aut.)*.

34 *Amuélese:* afílese.

35 *Los pies:* aquí, el espacio. Cfr. *Don Quijote* (II, xxviii): «Pues ¡tomadme el dormir! Contad, hermano escudero, siete pies de tierra, y si quisiéredes más, tomad otros tantos...»

36 *Los automedones:* los cocheros. En la *Iliada* de Homero, Automedonte fue el cochero de Aquiles. El cultismo *automedones* se usa aquí de modo burlesco.

37 *Habla... a lo moderno:* es decir, sin afectación latinizante.

BARBERO. Eso tengo yo bueno, que hablo más llano que una suela de zapato; pan por vino y vino por pan[38], o como suele decirse.

SACRISTÁN. Sí, que diferencia ha de haber de un sacristán gramático a un barbero romancista[39].

CRISTINA. Para lo que yo he menester a mi barbero, tanto latín sabe, y aun más, que supo Antonio de Nebrija[40]. Y no se dispute agora de ciencia ni de modos de hablar; que cada uno habla, si no como debe, a lo menos como sabe; y entrémonos, y manos a la labor, que hay mucho que hacer.

ESTUDIANTE. Y mucho que pelar.

SACRISTÁN. ¿Quién es este buen hombre?

LEONARDA. Un pobre estudiante salamanqueso[41] que pide albergo[42] para esta noche.

SACRISTÁN. Yo le daré un par de reales para cena y para lecho, y váyase con Dios.

ESTUDIANTE. Señor sacristán Reponce, recibo y agradezco la merced y la limosna; pero yo soy mudo, y pelón además, como lo ha menester esta señora doncella que me tiene convidado; y voto a... de no irme esta noche desta casa, si todo el mundo me lo manda. Confíese vuestra merced mucho de enhoramala de un hombre de mis prendas que se contenta de dormir en un pajar; y si lo han por[43] sus capones, péleselos el Turco y cómanselos ellos, y nunca del cuero les salgan[44].

---

38 *Pan por vino y vino por pan:* el conocido refrán («Al pan, pan, y al vino, vino») que significa hablar llanamente *(Cov.)* resulta estropeado y tiene así una función cómica.

39 *De un sacristán gramático a un barbero romancista:* o sea, de un sacristán que sabe latín («gramático») a un barbero que no lo sabe; que conoce sólo la lengua romance («romancista») o el español. Sobre el término *romancista*, cfr. *Don Quijote* (II, xvi).

40 *Antonio de Nebrija* (1444-1522): gran latinista y famoso por su *Gramática* de la lengua española. Avalle-Arce, pág. 171, nota 68, recuerda que «La divertida y libre explicación de Cristina es la base de un breve cuento en el *Quijote*, I, cap. xxv».

41 *Salamanqueso:* salmantino.

42 *Albergo* (Ital.): albergue.

43 *Si lo han por:* si temen por.

44 *Nunca del cuero les salgan:* es decir, que se hinchen.

BARBERO. Éste más parece rufián que pobre; talle tïene de alzarse con toda la casa.

CRISTINA. No medre yo, si no me contenta el brío. Entrémonos todos, y demos orden en lo que se ha de hacer; que el pobre pelará y callará como en misa.

ESTUDIANTE. Y aun como en vísperas.

SACRISTÁN. Puesto me ha miedo el pobre estudiante; yo apostaré que sabe más latín que yo.

LEONARDA. De ahí le deben de nacer los bríos que tiene; pero no te pese, amigo, de hacer caridad, que vale para todas las cosas[45].

(Éntranse todos, y salen LEONISO, *compadre de Pancracio, y* PANCRACIO.)

COMPADRE. Luego lo vi yo que nos había de faltar la rueda. No hay cochero que no sea temático[46]; si él rodeara un poco y salvara aquel barranco, ya estuviéramos dos leguas de aquí.

PANCRACIO. A mí no se me da nada; que antes gusto de volverme y pasar esta noche con mi esposa Leonarda, que en la venta; porque la dejé esta tarde casi para espirar, del sentimiento de mi partida.

COMPADRE. ¡Gran mujer! De buena[47] os ha dado el cielo, señor compadre. Dadle gracias por ello.

PANCRACIO. Yo se las doy como puedo, y no como debo; no hay Lucrecia que se [le] llegue, ni Porcia[48] que se le iguale: la honestidad y el recogimiento han hecho en ella su morada.

---

45 *Caridad, que vale para todas las cosas:* es lo que dice San Pablo acerca de la piedad. Cfr. *Epístola* I a Timoteo (IV, 8).

46 *Temático:* porfiado *(Dicc. de Aut.)*.

47 *De buena:* léase: de buena gana.

48 *Lucrecia... Porcia:* alusión burlesca a unas heroínas romanas; prototipos de castidad y de fidelidad. Lucrecia, mujer de Colatino, se suicidó al ser violada por Sexto, hijo del rey Tarquino. La segunda, esposa de Marco Bruto, se suicidó tras la muerte de aquél.

COMPADRE. Si la mía no fuera celosa, no tenía yo más que desear. Por esta calle está más cerca mi casa: tomad, compadre, por éstas, y estaréis presto en la vuestra; y veámonos mañana, que [no] me faltará coche para la jornada. Adiós.

PANCRACIO. Adiós.

(Éntranse los dos.)

(Vuelven a salir el SACRISTÁN *[y] el* BARBERO, *con sus guitarras;* LEONARDA, CRISTINA *y el* ESTUDIANTE. *Sale el Sacristán con la sotana alzada y ceñida al cuerpo, danzando al son de su misma guitarra; y, a cada cabriola, vaya diciendo estas palabras.)*

SACRISTÁN. ¡Linda noche, lindo rato, linda cena y lindo amor!

CRISTINA. Señor sacristán Reponce, no es éste tiempo de danzar; dése orden en cenar, y en las demás cosas, y quédense las danzas para mejor coyuntura.

SACRISTÁN. ¡Linda noche, lindo rato, linda cena y lindo amor!

LEONARDA. Déjale, Cristina; que en estremo gusto de ver su agilidad.

(Llama PANCRACIO *a la puerta, y dice.)*

PANCRACIO. Gente dormida, ¿no oís? ¡Cómo! ¿Y tan temprano tenéis atrancada la puerta? Los recatos[49] de mi Leonarda deben de andar por aquí.

LEONARDA. ¡Ay, desdichada! A la voz, y a los golpes, mi marido Pancracio es éste; algo le debe de haber sucedido, pues él se vuelve. Señores, a recogerse a la carbonera: digo al desván, donde está el carbón. —Corre,

---

[49] *Recatos:* precauciones; cautelas.

Cristina, y llévalos; que yo entretendré a Pancracio de modo que tengas lugar para todo.

ESTUDIANTE. ¡Fea noche, amargo rato, mala cena y peor amor!

CRISTINA. ¡Gentil relente, por cierto! ¡Ea, vengan todos!

PANCRACIO. ¿Qué diablo es esto? ¿Cómo no me abrís, lirones?[50]

ESTUDIANTE. Es el toque[51], que yo no quiero correr la suerte destos señores. Escóndanse ellos donde quisieren, y llévenme a mí al pajar, que si allí me hallan, antes pareceré pobre que adúltero.

CRISTINA. Caminen, que se hunde la casa a golpes.

SACRISTÁN. El alma llevo en los dientes.

BARBERO. Y yo en los carcañares[52].

(Éntranse todos y asómase LEONARDA *a la ventana.)*

LEONARDA. ¿Quién está ahí? ¿Quién llama?

PANCRACIO. Tu marido soy, Leonarda mía; ábreme, que ha media hora que estoy rompiendo a golpes estas puertas.

LEONARDA. En la voz, bien me parece a mí que oigo a mi cepo[53] Pancracio; pero la voz de un gallo se parece a la de otro gallo, y no me aseguro.

PANCRACIO. ¡Oh recato inaudito de mujer prudente! Que yo soy, vida mía, tu marido Pancracio. Ábreme con toda seguridad.

LEONARDA. Venga acá, yo lo veré agora. ¿Qué hice yo cuando él se partió esta tarde?

---

50 *Lirones:* dormilones.

51 *Es el toque:* es el caso; el hecho está en.

52 *Carcañares:* calcañares; talones.

53 *Cepo:* así la edición príncipe y hace sentido. Leonarda se siente sujetada y aprisionada por el yugo de su marido Pancracio. No convence la lectura de Herrero (pág. 202, nota 7) según el cual es errata por *seor*.

PANCRACIO. Suspiraste, lloraste y al cabo te desmayaste.

LEONARDA. Verdad; pero, con todo esto, dígame: ¿qué señales tengo yo en uno de mis hombros?

PANCRACIO. En el izquierdo tienes un lunar del grandor de medio real, con tres cabellos como tres mil hebras de oro.

LEONARDA. Verdad; pero, ¿cómo se llama la doncella de casa?

PANCRACIO. ¡Ea, boba, no seas enfadosa: Cristinica se llama! ¿Qué más quieres?

[LEONARDA.] ¡Cristinica, Cristinica, tu señor es; ábrele, niña!

CRISTINA. Ya voy señora; que él sea muy bien venido. —¿Qué es esto, señor de mi alma? ¿Qué acelerada vuelta es ésta?

LEONARDA. ¡Ay, bien mío! Decídnoslo presto, que el temor de algún mal suceso me tiene ya sin pulsos.

PANCRACIO. No ha sido otra cosa sino que en un barranco se quebró la rueda del coche, y mi compadre y yo determinamos volvernos, y no pasar la noche en el campo; y mañana buscaremos en qué ir, pues hay tiempo. Pero ¿qué voces hay?

(Dentro, y como de muy lejos, diga el ESTUDIANTE.)

ESTUDIANTE. ¡Ábranme aquí, señores, que me ahogo!

PANCRACIO. ¿Es en casa o en la calle?

CRISTINA. Que me maten si no es el pobre estudiante que encerré en el pajar para que durmiese esta noche.

PANCRACIO. ¿Estudiante encerrado en mi casa, y en ausencia? ¡Malo! En verdad, señora, que si no me tuviera asegurado vuestra mucha bondad, que me causara algún recelo este encerramiento[54]. Pero ve, Cristina, y ábrele; que se le debe de haber caído toda la paja acuestas.

---

[54] *Encerramiento:* encierro.

CRISTINA. Ya voy. [*Vase.*]

LEONARDA. Señor, que es un pobre salamanqueso que pidió que le acogiésemos esta noche, por amor de Dios, aunque fuese en el pajar; y ya sabes mi condición, que no puedo negar nada de lo que se me pide, y encerrámosle; pero veisle aquí, y mirad cuál sale.

(Sale el ESTUDIANTE *y* CRISTINA; *él lleno de paja las barbas, cabeza y vestido.)*

ESTUDIANTE. Si yo no tuviera tanto miedo y fuera menos escrupuloso, yo hubiera excusado el peligro de ahogarme en el pajar, y hubiera cenado mejor, y tenido más blanda y menos peligrosa cama.

PANCRACIO. ¿Y quién os había de dar, amigo, mejor cena y mejor cama?

ESTUDIANTE. ¿Quién? Mi habilidad, sino que el temor de la justicia me tiene atadas las manos.

PANCRACIO. ¡Peligrosa habilidad debe de ser la vuestra, pues os teméis de la justicia!

ESTUDIANTE. La ciencia que aprendí en la Cueva de Salamanca, de donde yo soy natural, si se dejara usar sin miedo de la Santa Inquisición[55], yo sé que cenara y recenara a costa de mis herederos; y aun quizá no estoy muy fuera de usalla, siquiera por esta vez, donde la necesidad me fuerza y me disculpa; pero no sé yo si estas señoras serán tan secretas como yo lo he sido.

PANCRACIO. No se cure[56] dellas, amigo, sino haga lo que quisiere, que yo les haré que callen; y ya deseo en todo estremo ver alguna destas cosas que dice que se aprenden en la Cueva de Salamanca.

ESTUDIANTE. ¿No se contentará vuestra merced con que le saque de aquí dos demonios en figuras humanas,

---

[55] *Santa Inquisición:* efectivamente, los casos de magia, brujería, encantamientos, etc., quedaban bajo su jurisdicción.

[56] *No se cure:* no piense en... (cfr. *Corom.*, pág. 987); no se preocupe.

que traigan acuestas una canasta llena de cosas fiambres y comederas?

LEONARDA. ¿Demonios en mi casa y en mi presencia? ¡Jesús! Librada sea yo de lo que librarme no sé.

CRISTINA. ¡El mismo diablo tiene el estudiante en el cuerpo! ¡Plega a Dios que vaya a buen viento esta parva![57] ¡Temblándome está el corazón en el pecho!

PANCRACIO. Ahora bien: si ha de ser sin peligro y sin espantos, yo me holgaré de ver esos señores demonios y a la canasta de las fiambreras; y torno a advertir que las figuras no sean espantosas.

ESTUDIANTE. Digo que saldrán en figura del sacristán de la parroquia y en la de un barbero su amigo.

CRISTINA. ¿Mas que lo dice por el sacristán Reponce y por maese Roque, el barbero de casa? ¡Desdichados dellos, que se han de ver convertidos en diablos! Y dígame, hermano, ¿y éstos han de ser diablos bautizados?

ESTUDIANTE. ¡Gentil[58] novedad! ¿Adónde diablos hay diablos bautizados, o para qué se han de bautizar los diablos? Aunque podrá ser que éstos lo fuesen, porque no hay regla sin excepción; y apártense, y verán maravillas.

LEONARDA. [*Aparte.*] ¡Ay, sin ventura! ¡Aquí se descose![59] ¡Aquí salen nuestras maldades a plaza! ¡Aquí soy muerta!

CRISTINA. [*Aparte.*] ¡Ánimo, señora, que buen corazón quebranta mala ventura!

ESTUDIANTE.

Vosotros, mezquinos, que en la carbonera[60]

---

[57] *¡... Que vaya a buen viento esta parva!:* que salga bien este negocio (cfr. *Dicc. de Aut.*). *Parva:* la mies tendida en la era para trillarla. Cfr. *El viejo celoso*, nota 65.

[58] *Gentil...!:* juego de palabras basado en la doble acepción de notable y de pagano (cfr. Avalle-Arce, pág. 180, nota 97). Cfr. *El retablo de las maravillas*, nota 47.

[59] *Se descose:* se descubre. Cfr. *Don Quijote* (II, iii): «... pero Don Quijote, temeroso que Sancho se descosiese y desbuchase algún montón de maliciosas necesades...»

[60] *Vosotros, mezquinos, que en la carbonera:* primer verso de la octava de arte mayor con que Cervantes parece imitar de modo jocoso el conjuro de Juan de Mena en el *Laberinto* (cfr. Coplas, 247-251).

Hallastes amparo a vuestra desgracia,
Salid, y en los hombros, con priesa y con gracia,
Sacad la canasta de la fiambrera.
No me incitéis a que de otra manera
Más dura os conjure. Salid; ¿qué esperáis?
Mirad que si a dicha el salir rehusáis,
Tendrá mal suceso mi nueva quimera.

Hora bien: yo sé cómo me tengo de haber con estos demonicos humanos: quiero entrar allá dentro, y a solas hacer un conjuro tan fuerte, que los haga salir más que de paso[61]; aunque la calidad destos demonios, más está en sabellos aconsejar que en conjurallos.

(Éntrase el ESTUDIANTE.)

PANCRACIO. Yo digo que si éste sale con lo que ha dicho, que será la cosa más nueva y más rara que se haya visto en el mundo.

LEONARDA. Sí saldrá, ¿quién lo duda? ¿Pues habíanos de engañar?

CRISTINA. Ruido anda allá dentro; yo apostaré que los saca. Pero vee aquí do vuelve con los demonios y el apatusco[62] de la canasta.

(Salen el ESTUDIANTE, *el* SACRISTÁN *y el* BARBERO.)

LEONARDA. ¡Jesús! ¡Qué parecidos son los de la carga[63] al sacristán Reponce y al barbero de la plazuela!

CRISTINA. Mirá, señora, que donde hay demonios no se ha de decir Jesús.

---

61 *Más que de paso:* de prisa.

62 *El apatusco:* aquí, el conjunto de objetos («apatusco») que adornan o aliñan la canasta.

63 *Los de la carga:* es decir, los que sacan la canasta.

SACRISTÁN. Digan lo que quisieren; que nosotros somos como los perros del herrero, que dormimos al son de las martilladas[64]; ninguna cosa nos espanta ni turba.

LEONARDA. Lléguense a que yo coma de lo que viene de la canasta; no tomen menos[65].

ESTUDIANTE. Yo haré la salva y comenzaré por el vino[66]. *(Bebe.)* ¡Bueno es! ¿es de Esquivias[67], señor sacridiablo?[68]

SACRISTÁN. De Esquivias es, juro a...

ESTUDIANTE. Téngase, por vida suya, y no pase adelante. ¡Amiguito soy yo de diablos juradores! Demonico, demonico, aquí no venimos a hacer pecados mortales, sino a pasar una hora de pasatiempo, y cenar, y irnos con Cristo.

CRISTINA. ¿Y éstos, han de cenar con nosotros?

PANCRACIO. Sí, que los diablos no comen.

BARBERO. Sí comen algunos, pero no todos, y nosotros somos de los que comen.

CRISTINA. ¡Ay, señores! Quédense acá los pobres diablos, pues han traído la cena; que sería poca cortesía dejarlos ir muertos de hambre, y parecen diablos muy honrados y muy hombres de bien.

LEONARDA. Como no nos espanten, y si mi marido gusta, quédense en buen hora.

PANCRACIO. Queden, que quiero ver lo que nunca he visto.

---

64 *Como los perros del herrero... las martilladas:* es decir, despreocupados. Cfr. Correas: «El perro del herrero duerme a las martilladas y despierta a las dentelladas.»

65 *No tomen menos:* no lo tomen a menos (Herrero, pág. 209); no rechazen mi petición.

66 *Haré la salva... por el vino:* es decir, comenzaré a beber el vino antes que los demás («haré la salva»). Cfr. *Cov.* «*... los reyes y príncipes...* previnieron que el maestresala poniendo el servicio delante del señor le gustase primero, sacando del plato alguna cosa de aquella parte de donde el príncipe había de comer, haciendo lo mesmo con la bebida... Esta ceremonia se llamó hacer la salva, porque da a entender que está salvo de toda traición y engaño.»

67 *De Esquivias:* los vinos de este pueblo de la provincia de Toledo se tenían por exquisitos. Cfr. *Los alcaldes de Daganzo*, nota 27.

68 *Sacridiablo:* híbrido de sacristán + diablo.

BARBERO. Nuestro Señor pague a vuestras mercedes la buena obra, señores míos.

CRISTINA. ¡Ay, qué bien criados, qué corteses! Nunca medre yo, si todos los diablos son como éstos, si no han de ser mis amigos de aquí adelante.

SACRISTÁN. Oigan, pues, para que se enamoren de veras.

(Toca el SACRISTÁN, *y canta; y ayúdale el* BARBERO *con el último verso no más.)*

SACRISTÁN. «Oigan los que poco saben
Lo que con mi lengua franca
Digo del bien que en sí tiene
BARBERO. *La Cueva de Salamanca.*
SACRISTÁN. Oigan lo que dejó escrito
Della el Bachiller Tudanca
En el cuero de una yegua
Que dicen que fue potranca[69],
En la parte de la piel
Que confina con el anca,
Poniendo sobre las nubes
BARBERO. *La Cueva de Salamanca.*
SACRISTÁN. En ella estudian los ricos
Y los que no tienen blanca[70],
Y sale entera y rolliza
La memoria que está manca[71].
Siéntanse los que allí enseñan
De alquitrán en una banca,
Porque estas bombas[72] encierra
BARBERO. *La Cueva de Salamanca.*

---

[69] *Yegua... potranca:* joven.
[70] *Blanca:* dinero; moneda de poco valor.
[71] *Manca:* defectuosa *(Dicc. de Aut.)*; débil *(Cov.)*.
[72] *De alquitrán... / bombas:* eran las piñatas («bombas») quc sc usaban entonces en la guerra.

SACRISTÁN. En ella se hacen discretos
Los moros de la Palanca[73];
Y el estudiante más burdo
Ciencias de su pecho arranca.
A los que estudian en ella,
Ninguna cosa les manca;
Viva, pues, siglos eternos
BARBERO. *La Cueva de Salamanca.*
SACRISTÁN. Y nuestro conjurador,
Si es a dicha de Loranca[74],
Tenga en ella cien mil vides
De uva tinta y de uva blanca.
Y al diablo que le acusare,
Que le den con una tranca,
Y para el tal jamás sirva
BARBERO. *La Cueva de Salamanca.*»

CRISTINA. Basta; ¿que también los diablos son poetas?
BARBERO. Y aun todos los poetas son diablos.
PANCRACIO. Dígame, señor mío, pues los diablos lo saben todo, ¿dónde se inventaron todos estos bailes de las *Zarabandas*, *Zambapalo* y *Dello me pesa*, con el famoso del nuevo *Escarramán?*[75]
BARBERO. ¿Adónde? En el infierno; allí tuvieron su origen y principio.
PANCRACIO. Yo así lo creo.
LEONARDA. Pues, en verdad, que tengo yo mis puntas y collar escarramanesco; sino que por mi honestidad, y por guardar el decoro a quien soy, no me atrevo a bailarle.
SACRISTÁN. Con cuatro mudanzas que yo le enseñase a

---

[73] *De la Palanca:* de África occidental.
[74] *De Loranca:* de un pueblo de tal nombre, en la provincia de Cuenca o en la de Guadalajara. No hay, sin embargo, «intencionalidad significante» y, como con los casos de Palanca y Tudanca, se utiliza simplemente por necesidad de consonancia con Salamanca (Pilar Palomo, página 198, nota 372).
[75] *Zarabandas, Zambapalo... nuevo Escarramán:* bailes populares lascivos de principios del siglo XVII. Cfr. *El rufián viudo*, nota 115.

vuestra merced cada día, en una semana saldría única en el baile; que sé que le falta bien poco.

ESTUDIANTE. Todo se andará; por agora entrémonos a cenar, que es lo que importa.

PANCRACIO. Entremos; que quiero averiguar si los diablos comen o no, con otras cien mil cosas que dellos cuentan; y, por Dios, que no han de salir de mi casa hasta que me dejen enseñado en la ciencia y ciencias que se enseñan en la Cueva de Salamanca.

ENTREMÉS
DEL

Viejo celoso[1]

(Salen DOÑA LORENZA, *y* CRISTINA, *su criada, y* ORTIGOSA, *su vecina.)*

LORENZA. Milagro ha sido éste, señora Ortigosa, el no haber dado la vuelta a la llave mi duelo, mi yugo y mi desesperación[2]. Éste es el primero día, después que me casé con él, que hablo con persona de fuera de casa. ¡Que fuera le vea yo desta vida a él y a quien con él me casó!

ORTIGOSA. Ande, mi señora doña Lorenza, no se queje tanto, que con una caldera vieja se compra otra nueva.

LORENZA. Y aun con esos y otros semejantes villancicos o refranes me engañaron a mí. ¡Que malditos sean sus dineros, fuera de las cruces[3], malditas sus joyas, malditas sus galas, y maldito todo cuanto me da y promete! ¿De qué me sirve a mí todo aquesto, si en mitad de la riqueza estoy pobre, y en medio de la abundancia, con hambre?

---

[1] *Viejo Celoso:* sobre la relación entre este entremés y la novela ejemplar *El celoso extremeño*, véase «Introducción».

[2] *Mi duelo, mi yugo y mi desesperación:* se refiere a su marido Carrizales a quien no se mencionará hasta más adelante.

[3] *Fuera de las cruces:* es decir, con la excepción de las cruces que llevaban las monedas. Cfr., sin embargo, Asensio, pág. 203, nota 1, «Lorenza recuerda una seguidilla: Malhaya la torre, / fuera de la cruz, / que me quita la vista / de mi andaluz».

CRISTINA. En verdad, señora tía, que tienes razón; que más quisiera yo andar con un trapo atrás y otro adelante, y tener un marido mozo, que verme casada y enlodada con ese viejo podrido que tomaste por esposo.

LORENZA. ¿Yo le tomé, sobrina? A la fe, diómele quien pudo, y yo, como muchacha, fui más presta al obedecer que al contradecir; pero, si yo tuviera tanta experiencia destas cosas, antes me tarazara [4] la lengua con los dientes que pronunciar aquel sí, que se pronuncia con dos letras y da que llorar dos mil años; pero yo imagino que no fue otra cosa sino que había de ser ésta [5], y que las que han de suceder forzosamente, no hay prevención ni diligencia humana que las prevenga.

CRISTINA. ¡Jesús, y del mal viejo! [6] Toda la noche: «Daca [7] el orinal, toma el orinal, levántate, Cristinica, y caliéntame unos paños, que me muero de la ijada; dame aquellos juncos [8], que me fatiga la piedra [9].» Con más ungüentos y medicinas en el aposento que si fuera una botica; y yo, que apenas sé vestirme, tengo de servirle de enfermera. ¡Pux, pux, pux, viejo clueco [10], tan potroso [11] como celoso, y el más celoso del mundo!

LORENZA. Dice la verdad mi sobrina.

CRISTINA. ¡Pluguiera a Dios que nunca yo la dijera en esto!

ORTIGOSA. Ahora bien, señora doña Lorenza; vuestra merced haga lo que le tengo aconsejado, y verá cómo se

---

[4] *Tarazara:* cortara en tiras. Cfr. *Persiles* (lib. 1, cap. 19): «Tarázate la lengua, sierpe maldita, no pronuncies con deshonestas palabras» (citado por *Dicc. de Aut.).*

[5] *De ser ésta:* de ser así.

[6] *... del mal viejo!:* con el mal viejo (Herrero, pág. 218).

[7] *Daca:* da acá.

[8] *Juncos:* se creía que la simiente provocaba la orina. Cfr. A. de Laguna, *Pedacio Dioscórides...*, Amberes, 1555, pág. 406 (citado por *Cov.* y Asensio, pág. 204, nota 2).

[9] *Piedra:* es decir, la que se engendra en los riñones.

[10] *Clueco:* aquí, ronco y, también, débil como una gallina que se echa sobre los huevos para empollarlos. También posible alusión a la impotencia sexual del viejo (cfr. Pilar Palomo, pág. 204, nota 377).

[11] *Potroso:* hernioso. Tanto este desdeño como el anterior son registrados por Correas.

halla muy bien con mi consejo. El mozo es como un ginjo verde[12]; quiere bien, sabe callar y agradecer lo que por él se hace; y pues los celos y el recato del viejo no nos dan lugar a demandas ni a respuestas, resolución y buen ánimo: que, por la orden que hemos dado[13], yo le pondré al galán en su aposento de vuestra merced y le sacaré, si bien tuviese el viejo más ojos que Argos y viese más que un zahorí[14], que dicen que vee siete estados[15] debajo de la tierra.

LORENZA. Como soy primeriza, estoy temerosa, y no querría, a trueco del gusto, poner a riesgo la honra.

CRISTINA. Eso me parece, señora tía, a lo del cantar de Gómez Arias[16]:

> «Señor Gómez Arias,
> Doleos de mí;
> Soy niña y muchacha,
> Nunca en tal me vi.»

LORENZA. Algún espíritu malo debe de hablar en ti, sobrina, según las cosas que dices.

CRISTINA. Yo no sé quién habla; pero yo sé que haría todo aquello que la señora Ortigosa ha dicho, sin faltar punto.

LORENZA. ¿Y la honra, sobrina?

---

[12] *Como un ginjo verde.* Cfr. *El rufián viudo,* nota 25.

[13] *Por la orden que hemos dado:* es decir, por lo que hemos concertado.

[14] *Si bien... más ojos que Argos... zahorí:* aunque tuviese más de cien ojos como aquel pastor («Argos») a quien engañó y cegó Mercurio *(Dicc. de Aut.)* y aunque fuera una persona que pudiera ver lo que está oculto y bajo tierra («zahorí»). Cfr. Correas: «... El vulgo dice que el zahorí ve siete estados debajo de la tierra.»

[15] *Siete estados:* o sea, siete veces la estatura regular de un hombre *(Dicc. de Aut.).*

[16] *Cantar de Gómez Arias:* referencia burlesca a las coplas del conocido cantar donde se reproducen las quejas de la doncella burlada y abandonada por Gómez Arias (cfr. *Poesía medieval española*, número CDXXIII, ed. M. Alvar, Barcelona, Planeta, 1969). Cfr. *Estebanillo González*, II, pág. 379, nota 999.

CRISTINA. ¿Y el holgarnos, tía?

LORENZA. ¿Y si se sabe?

CRISTINA. ¿Y si no se sabe?

LORENZA. ¿Y quién me asegurará a mí que no se sepa?

ORTIGOSA. ¿Quién? La buena diligencia, la sagacidad, la industria; y, sobre todo, el buen ánimo y mis trazas.

CRISTINA. Mire, señora Ortigosa, tráyanosle[17] galán, limpio, desenvuelto, un poco atrevido, y, sobre todo, mozo.

ORTIGOSA. Todas esas partes[18] tiene el que he propuesto, y otras dos más, que es rico y liberal.

LORENZA. Que no quiero riquezas, señora Ortigosa; que me sobran las joyas, y me ponen en confusión las diferencias de colores de mis muchos vestidos; hasta eso no tengo que desear, que Dios le dé salud a Cañizares; más vestida me tiene que un palmito[19], y con más joyas que la vedriera[20] de un platero rico. No me clavara él las ventanas, cerrara las puertas, visitara a todas horas la casa, desterrara della los gatos y los perros, solamente porque tienen nombre de varón; que, a trueco de que no hiciera esto y otras cosas no vistas en materia de recato, yo le perdonara sus dádivas y mercedes.

ORTIGOSA. ¿Que tan celoso es?

LORENZA. ¡Digo! Que le vendían el otro día una tapicería a bonísimo precio, y por ser de figuras no la quiso, y compró otra de verduras[21] por mayor precio, aunque no era tan buena. Siete puertas hay antes que se llegue a mi aposento, fuera de la puerta de la calle, y todas se cierran con llave; y las llaves no me ha sido posible averiguar dónde las esconde de noche.

---

17 *Tráyanosle* (Arcaísmo): tráiganosle.

18 *Partes:* cualidades.

19 *Más vestida... que un palmito:* es decir, muy bien vestida. Sobre el origen de esta expresión, cfr. *El rufián viudo*, nota 47.

20 *Vedriera:* vidriera: vitrina o escaparate.

21 *Tapicería... de figuras... otra de verduras:* pasaje en que Lorenza describe los celos extremados de su esposo Cañizares: éste prefirió pagar más por un tapiz («tapicería») de plantas y flores —«follaje y plantaje», según *Dicc. de Aut.*— que comprar otro con representaciones de figuras humanas («figuras») a mejor precio.

CRISTINA. Tía, la llave de loba[22] creo que se la pone entre las faldas de la camisa.

LORENZA. No lo creas, sobrina; que yo duermo con él, y jamás le he visto ni sentido que tenga llave alguna.

CRISTINA. Y más, que toda la noche anda como trasgo[23] por toda la casa; y si acaso dan alguna música en la calle, les tira de pedradas porque se vayan. Es un malo[24], es un brujo, es un viejo, que no tengo más que decir.

LORENZA. Señora Ortigosa, váyase, no venga el gruñidor y la halle conmigo, que sería echarlo a perder todo; y lo que ha de hacer, hágalo luego; que estoy tan aburrida[25], que no me falta sino echarme una soga al cuello, por salir de tan mala vida.

ORTIGOSA. Quizá con ésta que ahora se comenzará, se le quitará toda esa mala gana[26] y le vendrá otra más saludable y que más la contente.

CRISTINA. Así suceda, aunque me costase a mí dedo de la mano: que quiero mucho a mi señora tía, y me muero de verla tan pensativa y angustiada en poder deste viejo, y reviejo, y más que viejo; y no me puedo hartar de decille viejo.

LORENZA. Pues en verdad que te quiere bien, Cristina.

CRISTINA. ¿Deja por eso de ser viejo? Cuanto más, que yo he oído decir que siempre los viejos son amigos de niñas.

ORTIGOSA. Así es la verdad, Cristina, y adiós, que, en acabando de comer, doy la vuelta. Vuestra merced

---

22 *Llave de loba:* ganzúa o llave maestra. Cfr., sin embargo, más adelante, donde Lorenza alude maliciosamente a la falta de sexualidad del viejo: «yo duermo con él, y jamás le he visto ni sentido que tenga *llave alguna*» (cursiva mía). Es decir, Cañizares no tiene pene. Cfr. Robert V. Piluso, *Amor, matrimonio y honra en Cervantes*, Nueva York, Las Américas, pág. 100, nota 130.

23 *Trasgo:* fantasma; duende.

24 *Malo:* léase: espíritu malo. Equivale a «trasgo», según *Cov.*

25 *Aburrida:* aquí, angustiada. Cfr. *Cov.*, «el descontento de sí mismo, despechado y medio desesperado».

26 *Mala gana:* mala inclinación, es decir, desesperación y angustia. Véase nota anterior.

esté muy en lo que dejamos concertado, y verá cómo salimos y entramos bien en ello.

CRISTINA. Señora Ortigosa, hágame merced de traerme a mí un frailecico[27] pequeñito con quien yo me huelgue.

ORTIGOSA. Yo se lo traeré a la niña pintado.

CRISTINA. ¡Que no le quiero pintado, sino vivo, vivo, chiquito, como unas perlas!

LORENZA. ¿Y si lo vee tío?[28]

CRISTINA. Diréle yo que es un duende, y tendrá dél miedo, y holgaréme yo.

ORTIGOSA. Digo que yo le trairé, y adiós.

(*Vase* ORTIGOSA.)

CRISTINA. Mire, tía: si Ortigosa trae al galán y a mi frailecico, y si señor los viere, no tenemos más que hacer sino cogerle entre todos y ahogarle, y echarle en el pozo o enterrarle en la caballeriza.

LORENZA. Tal eres tú, que creo lo harías mejor que lo dices.

CRISTINA. Pues no sea el viejo celoso, y déjenos vivir en paz, pues no le hacemos mal alguno, y vivimos como unas santas.

(*Éntranse.*)

(*Entran* CAÑIZARES, *viejo, y* UN COMPADRE *suyo.*)

CAÑIZARES. Señor compadre, señor compadre: el setentón que se casa con quince, o carece de entendimiento, o tiene gana de visitar el otro mundo lo más presto que

---

[27] *Frailecico:* «Es, ambiguamente, el niño pequeño a quien por devoción visten de fraile, y el duende, al cual en Portugal llamaban *fradinho de mão furada* y en Italia *fraticello*» (Asensio, pág. 208, nota 8).

[28] *Tío:* nótese la manera, muy común en la época, de usar títulos sin artículo. Véanse otros ejemplos más adelante en el texto.

le sea posible. Apenas me casé con doña Lorencica, pensando tener en ella compañía y regalo, y persona que se hallase en mi cabecera y me cerrase los ojos al tiempo de mi muerte, cuando me embistieron una turba multa de trabajos y desasosiegos; tenía casa, y busqué casar; estaba posado, y desposéme.

COMPADRE. Compadre, error fue, pero no muy grande; porque, según el dicho del Apóstol, mejor es casarse que abrasarse[29].

CAÑIZARES. ¡Qué no había que abrasar en mí, señor compadre, que con la menor llamarada quedara hecho ceniza! Compañía quise, compañía busqué, compañía hallé; pero Dios lo remedie, por quien él es.

COMPADRE. ¿Tiene celos, señor compadre?

CAÑIZARES. Del sol que mira a Lorencita, del aire que le toca, de las faldas que la vapulan[30].

COMPADRE. ¿Dale ocasión?

CAÑIZARES. Ni por pienso[31], ni tiene por qué, ni cómo, ni cuándo, ni adónde: las ventanas, amén de estar con llave, las guarnecen rejas y celosías; las puertas, jamás se abren: vecina no atraviesa mis umbrales, ni los[32] atravesará mientras Dios me diere vida. Mirad, compadre: no les vienen los malos aires a las mujeres de ir a los jubileos ni a las procesiones, ni a todos los actos de regocijos públicos; donde ellas se mancan[33], donde ellas se estropean, y adonde ellas se dañan, es en casa de las vecinas y de las amigas. Más maldades encubre una mala amiga que la capa de la noche; más conciertos se

---

29 *El dicho del Apóstol, mejor es casarse que abrasarse:* el dicho de San Pedro, *I Corintios* (VII, 9): «Melius est enim nubere, quem uri». Cfr. *Persiles y Sigismunda* (cap. 17, lib. II), ed. J. B. Avalle-Arce, Clásicos Castalia, núm. 12, pág. 249.

30 *Vapulan:* azotan o, mejor dicho, tocan [las piernas].

31 *Ni por pienso:* de ningún modo. Cfr. más adelante.

32 *Los.* La edición príncipe *le.*

33 *Se mancan:* se estropean; se dañan, según aclara el mismo autor (cfr. *La Cueva de Salamanca*, nota 85). El ir amontonando elementos verbales en núcleos de tres es un rasgo estilístico de los entremeses.

hacen en su casa y más se concluyen que en una semblea[34].

COMPADRE. Yo así lo creo; pero, si la señora doña Lorenza no sale de casa, ni nadie entra en la suya, ¿de qué vive descontento mi compadre?

CAÑIZARES. De que no pasará mucho tiempo en que no caya Lorencica en[35] lo que le falta; que será un mal caso, y tan malo, que en sólo pensallo le temo, y de temerle me desespero, y de desesperarme vivo con disgusto.

COMPADRE. Y con razón se puede tener ese temor, porque las mujeres querrían gozar enteros los frutos del matrimonio.

CAÑIZARES. La mía los goza doblados[36].

COMPADRE. Ahí está el daño, señor compadre.

CAÑIZARES. No, no, ni por pienso; porque es más simple Lorencica que una paloma, y hasta agora no entiende nada desas filaterías[37]; y adiós, señor compadre, que me quiero entrar en casa.

COMPADRE. Yo quiero entrar allá, y ver a mi señora doña Lorenza.

CAÑIZARES. Habéis de saber, compadre, que los antiguos latinos usaban de un refrán, que decía: *Amicus usque ad aras*, que quiere decir: «El amigo, hasta el altar»; infiriendo que el amigo ha de hacer por su amigo todo aquello que no fuere contra Dios; y yo digo que mi amigo, *usque ad portam*, hasta la puerta; que ninguno ha de pasar mis quicios; y adiós, señor compadre, y perdóneme.

---

[34] *Semblea:* varios editores modernos corrigen la lectura de la edición príncipe y registran *asamblea.*

[35] *Caya... en* (Arcaísmo): caiga... en. Equívoco por su doble acepción de «darse cuenta de...» y, «caer en el pecado del adulterio».

[36] *Gozar enteros... goza doblados:* juego de palabras mediante el cual se alude al órgano sexual disminuido («doblado») e impotente del setentón Cañizares.

[37] *Filaterías:* aquí, complejidades; enredos engañosos. Cfr., sin embargo, *Corom.:* «*Filatería:* 'palabrería', 'tropel de palabras que un embaucador ensarta para engañar.» Uno de los ejemplos que aduce es precisamente este del *Viejo celoso*, citando a Schevill y Bonilla (véase «Noticia Bibliográfica»).

(Éntrase CAÑIZARES.)

COMPADRE. En mi vida he visto hombre más recatado, ni más celoso, ni más impertinente; pero éste es de aquellos que traen la soga arrastrando[38] y de los que siempre vienen a morir del mal que temen.

(Éntrase el COMPADRE.)

(Salen DOÑA LORENZA *y* CRISTINA.)

CRISTINA. Tía, mucho tarda tío, y más tarda Ortigosa.

LORENZA. Mas que[39] nunca él acá viniese, ni ella tampoco, porque él me enfada, y ella me tiene confusa.

CRISTINA. Todo es probar, señora tía; y, cuando no saliere bien, darle del codo[40].

LORENZA. ¡Ay, sobrina! Que estas cosas, o yo sé poco, o sé que todo el daño está en probarlas.

CRISTINA. A fe, señora tía, que tiene poco ánimo, y que si yo fuera de su edad, que no me espantaran hombres armados.

LORENZA. Otra vez torno a decir, y diré cien mil veces, que Satanás habla en tu boca. Mas ¡ay! ¿cómo se ha entrado señor?

CRISTINA. Debe de haber abierto con la llave maestra.

LORENZA. ¡Encomiendo yo al diablo sus maestrías y sus llaves!

(Entra CAÑIZARES.)

CAÑIZARES. ¿Con quién hablábades[41], doña Lorenza?

LORENZA. Con Cristinica hablaba.

---

38 *Que traen la soga arrastrando:* es decir, que llevan consigo el instrumento («soga» = celos) de su propia destrucción («ahorcado» = = burlado; deshonrado).

39 *Mas que:* Ojalá que (cfr. *Corom.).*

40 *Darle del codo:* apartarlo; rechazarlo.

41 *Hablabades* (Arcaísmo): hablábais. La terminación *-des* del imperfecto era la común en la época.

CAÑIZARES. Miradlo bien, doña Lorenza.

LORENZA. Digo que hablaba con Cristina. ¿Con quién había de hablar? ¿Tengo yo, por ventura, con quién?

CAÑIZARES. No querría que tuviésedes[42] algún soliloquio con vos misma, que redundase en mi perjuicio.

LORENZA. Ni entiendo esos circunloquios que decís, ni aun los quiero entender; y tengamos la fiesta en paz.

CAÑIZARES. Ni aun las vísperas[43] no querría yo tener en guerra con vos. ¿Pero quién llama a aquella puerta con tanta priesa? Mira, Cristinica, quién es, y, si es pobre, dale limosna y despídele.

CRISTINA. ¿Quién está ahí?

ORTIGOSA. La vecina Ortigosa es, señora Cristina.

CAÑIZARES. ¿Ortigosa y vecina?[44] ¡Dios sea conmigo! Pregúntale, Cristina, lo que quiere, y dáselo, con condición que no atraviese esos umbrales.

CRISTINA. ¿Y qué quiere, señora vecina?

CAÑIZARES. El nombre de vecina me turba y sobresalta. Llámala por su propio nombre, Cristina.

CRISTINA. Responda: ¿y qué quiere, señora Ortigosa?

ORTIGOSA. Al señor Cañizares quiero suplicar un poco, en que me va la honra, la vida y el alma.

CAÑIZARES. Decidle, sobrina, a esa señora, que a mí me va todo eso y más en que no entre acá dentro.

LORENZA. ¡Jesús, y qué condición tan extravagante! ¿Aquí no estoy delante de vos? ¿Hanme de comer de ojo? ¿Hanme de llevar por los aires?

CAÑIZARES. ¡Entre con cien mil Bercebuyes[45], pues vos lo queréis!

---

42 *Tuviésedes* (Arcaísmo): tuvieseis.

43 *Vísperas:* juego de palabras con «fiesta».

44 *Vecina:* recuérdese que en la discusión que tuvo anteriormente Cañizares con su compadre, las vecinas y las malas amigas fueron consideradas como las verdaderas enemigas de su honra. Cfr. lo que dice Cañizares más adelante: «El nombre de vecina me turba y sobresalta»; «Nombre fatal para mí es el de vecina!»; «Escaldado quedo aun de las buenas palabras desta vecina, por haber salido por boca de vecina».

45 *Bercebuyes:* diablos. Es plural de Bercebú, forma antigua de Belcebú.

CRISTINA. Entre, señora vecina.
CAÑIZARES. ¡Nombre fatal para mí es el de vecina!

(Entra ORTIGOSA, *y tray*[46] *un guadamecí*[47], *y en las pieles de las cuatro esquinas han de venir pintados Rodamonte, Mandricardo, Rugero y Gradaso*[48]*; y Rodamonte venga pintado como arrebozado.)*

ORTIGOSA. Señor mío de mi alma, movida y incitada de la buena fama de vuestra merced, de su gran caridad y de sus muchas limosnas, me he atrevido de venir a suplicar a vuestra merced me haga tanta merced, caridad y limosna y buena obra de comprarme este guadamecí, porque tengo un hijo preso por unas heridas que dió a un tundidor, y ha mandado la Justicia que declare el cirujano, y no tengo con qué pagalle, y corre peligro no le echen otros embargos, que podrían ser muchos, a causa que es muy travieso mi hijo; y querría echarle hoy o mañana, si fuese posible, de la cárcel. La obra[49] es buena, el guadamecí nuevo, y, con todo eso, le daré por lo que vuestra merced quisiere darme por él; que en más está la monta[50], y como esas cosas he perdido yo en esta vida. Tenga vuestra merced desa punta, señora mía, y descojámosle[51], porque no vea el señor Cañizares que hay engaño en mis palabras; alce más, señora mía, y

---

46 *Tray* (Vulgarismo): trae.
47 *Guadamecí:* cuero adornado con dibujos de pintura o relieve. Servía de tapicería o repostero.
48 *Rodamonte, Mandricardo, Rugero y Gradaso.* Personajes del *Orlando Furioso* de Ludovico Ariosto (1474-1533). Tanto este poema como el *Orlando Innamorato* de Boiardo fueron popularísimos en España. Sobre Cervantes y Ariosto, cfr. Maxime Chevalier, *L'Arioste en Espagne, 1530-1650*, Burdeos, 1966, esp. págs. 438-491.
49 *La obra:* es decir, la mano de obra; la labor.
50 *Que en más está la monta:* equivale probablemente a «que más vale...». La acepción financiera de *montar* o de su derivado aparece en el *Quijote (Corom.)*. Cfr. F. Rodríguez Marín, *Don Quijote*, III, página 81, nota 11, en donde «monta» se define como «importancia».
51 *Descojámosle:* es decir, desdoblémosle; despleguémosle.

mire cómo es bueno de caída[52] y las pinturas de los cuadros parece que están vivas.

(Al alzar y mostrar el guadamecí, entra por detrás dél UN GALÁN, *y, como* CAÑIZARES *ve los retratos, dice.)*

CAÑIZARES. ¡Oh, qué lindo Rodamonte! ¿Y qué quiere el señor rebozadito en mi casa? Aun si supiese que tan amigo soy yo destas cosas y destos rebocitos, espantarse ía[53].

CRISTINA. Señor tío, yo no sé nada de rebozados; y si él ha entrado en casa, la señora Ortigosa tiene la culpa; que a mí, el diablo me lleve si dije ni hice nada para que él entrase. No, en mi conciencia; aun el diablo sería si mi señor tío me echase a mí la culpa de su entrada.

CAÑIZARES. Ya yo lo veo, sobrina, que la señora Ortigosa tiene la culpa; pero no hay de qué maravillarme, porque ella no sabe mi condición, ni cuán enemigo soy de aquestas pinturas.

LORENZA. Por las pinturas lo dice, Cristinica, y no por otra cosa.

CRISTINA. Pues por esas digo yo. ¡Ay, Dios sea conmigo![54] Vuelto se me ha el ánima al cuerpo, que ya andaba por los aires.

LORENZA. ¡Quemado vea yo ese pico de once varas! En fin, quien con muchachos se acuesta, etc.[55]

---

[52] *De caída:* de largo.

[53] *Espantarse ía:* se espantaría. Es forma arcaica del condicional. Sobre casos parecidos del futuro, cfr. *Los alcaldes de Daganzo*, nota 23 y *El retablo de las maravillas*, nota 29.

[54] *Ay, Dios sea conmigo:* Herrero (pág. 234) observa que «Desde este punto es un aparte entre tía y sobrina, hasta que habla Cañizares».

[55] *Quemado... quien con muchachos se acuesta, etc.:* Lorenza se enoja con Cristinica por tener ésta la boca demasiado grande («pico de once varas»), es decir, por hablar mucho. También se enoja consigo misma por no haber tomado precauciones, al haber compartido el plan con una chica joven y sin axperiencia. Recuérdese el refrán, «quien con muchachos se acuesta, mojado se levanta».

CRISTINA. ¡Ay, desgraciada, y en qué peligro pudiera haber puesto toda esta baraja![56]

CAÑIZARES. Señora Ortigosa, yo no soy amigo de figuras rebozadas ni por rebozar. Tome este doblón[57], con el cual podrá remediar su necesidad, y váyase de mi casa lo más presto que pudiere; y ha de ser luego, y llévese su guadamecí.

ORTIGOSA. Viva vuestra merced más años que Matute el de Jerusalén[58], en vida de mi señora doña..., no sé cómo se llama, a quien suplico me mande, que la serviré de noche y de día, con la vida y con el alma, que la debe de tener ella como la de una tortolica simple.

CAÑIZARES. Señora Ortigosa, abrevie y váyase, y no se esté agora juzgando almas ajenas.

ORTIGOSA. Si vuestra merced hubiere menester algún pegadillo[59] para la madre[60], téngolos milagrosos; y si para mal de muelas, sé unas palabras que quitan el dolor como con la mano[61].

CAÑIZARES. Abrevie, señora Ortigosa, que doña Lorenza, ni tiene madre, ni dolor de muelas; que todas las tiene sanas y enteras, que en su vida se ha sacado muela alguna.

ORTIGOSA. Ella se las sacará, placiendo al cielo, porque le dará muchos años de vida; y la vejez es la total destruición de la dentadura[62].

CAÑIZARES. ¡Aquí de Dios![63] ¿Que no será posible que me deje esta vecina? ¡Ortigosa, o diablo, o vecina, o lo que eres[64], vete con Dios y déjame en mi casa!

---

56 *Baraja:* lío; confusión y mezcla *(Cov.)*.

57 *Doblón:* moneda de dos escudos.

58 *Matute el de Jerusalén:* deformación cómica de Matusalén, patriarca bíblico que vivió 969 años, según el *Génesis* (V, 27).

59 *Pegadillo:* parche.

60 *Madre:* aquí, matriz. Nótese más adelante el equívoco, «que doña Lorenza ni tiene madre...».

61 *Como con la mano:* es decir, con mucha facilidad.

62 *Dentadura:* dientes.

63 *Aquí de Dios:* es decir, para salir de este apuro se necesita la intervención de Dios.

64 *O lo que eres:* o lo que seas.

ORTIGOSA. Justa es la demanda, y vuestra merced no se enoje, que ya me voy.

(*Vase* ORTIGOSA.)

CAÑIZARES. ¡Oh, vecinas, vecinas! Escaldado quedo aun de las buenas palabras desta vecina, por haber salido por boca de vecina.

LORENZA. Digo que tenéis condición de bárbaro y de salvaje; ¿Y qué ha dicho esta vecina para que quedéis con la ojeriza contra ella? Todas vuestras buenas obras las hacéis en pecado mortal. ¡Dístesle dos docenas de reales, acompañados con otras dos docenas de injurias, ¡boca de lobo, lengua de escorpión y silo de malicias!

CAÑIZARES. No, no; a mal viento va esta parva[65]. No me parece bien que volváis tanto por[66] vuestra vecina.

CRISTINA. Señora tía, éntrese allá dentro y desenójese, y deje a tío, que parece que está enojado.

LORENZA. Así lo haré, sobrina, y aun quizá no me verá la cara en estas dos horas; y a fe que yo se la dé a beber[67], por más que la rehuse.

(*Éntrase* DOÑA LORENZA.)

CRISTINA. Tío, ¿no ve cómo ha cerrado de golpe? Y creo que va a buscar una tranca para asegurar la puerta.

(DOÑA LORENZA, *por dentro.*)

LORENZA. ¿Cristinica? ¿Cristinica?

CRISTINA. ¿Qué quiere, tía?

---

[65] *A mal viento va esta parva:* es decir, este asunto va a acabar mal. Sobre el origen de esta expresión, cfr. *La cueva de Salamanca*, nota 59.

[66] *Volváis... por:* aquí defendáis a.

[67] *Que... se la dé a beber:* es decir, piensa vengarse de su celoso e impotente marido por los disgustos que le ha hecho sufrir (cfr. Correas). La expresión «dársela a beber...» alude a los subterfugios que se suelen usar con los niños para hacerles tragar las purgas.

LORENZA. ¡Si supieses qué galán me ha deparado la buena suerte! Mozo, bien dispuesto, pelinegro y que le huele la boca a mil azahares.

CRISTINA. ¡Jesús, y qué locuras y qué niñerías! ¿Está loca, tía?

LORENZA. No estoy sino en todo mi juicio; y en verdad que, si le vieses, que se te alegrase el alma.

CRISTINA. ¡Jesús, y qué locuras y qué niñerías! Ríñala, tío, porque no se atreva, ni aun burlando, a decir deshonestidades.

CAÑIZARES. ¿Bobeas[68], Lorenza? ¡Pues a fe que no estoy yo de gracia[69] para sufrir esas burlas!

LORENZA. Que no son sino veras; y tan veras, que en este género no pueden ser mayores.

CRISTINA. ¡Jesús, y qué locuras y qué niñerías! Y dígame, tía, ¿está ahí también mi frailecito?

LORENZA. No, sobrina; pero otra vez vendrá, si quiere Ortigosa la vecina.

CAÑIZARES. Lorenza, di lo que quisieres, pero no tomes en tu boca el nombre de vecina, que me tiemblan las carnes en oírle.

LORENZA. También me tiemblan a mí por amor de la vecina[70].

CRISTINA. ¡Jesús, y qué locuras y qué niñerías!

LORENZA. ¡Ahora echo de ver quién eres, viejo maldito, que hasta aquí he vivido engañada contigo!

CRISTINA. ¡Ríñala, tío; ríñala, tío; que se desvergüenza mucho!

LORENZA. Lavar quiero a un galán las pocas barbas que tiene con una bacía llena de agua de ángeles[71], porque su cara es como la de un ángel pintado.

---

[68] *Bobeas...?:* La edición príncipe *bobear*.

[69] *De gracia:* de humor.

[70] *También me tiemblan a mí por amor de la vecina:* engañando con la verdad, Lorenza sugiere que debido a («por amor de») la intervención de la vecina Ortigosa se le han despertado los sentidos; las carnes le tiemblan por el encuentro con el mozo pelinegro. De ahí su reclamación hacia el viejo celoso e impotente: «... que hasta aquí he vivido engañada contigo.» Véase «Introducción», sec. II.

[71] *Agua de ángeles:* agua excelente y de suavísimo olor. Se llamaba

CRISTINA. ¡Jesús, y qué locuras y qué niñerías! ¡Despedácela, tío!

CAÑIZARES. No la despedazaré yo a ella, sino a la puerta que la encubre.

LORENZA. No hay para qué; véla aquí abierta. Entre, y verá como es verdad cuanto le he dicho.

CAÑIZARES. Aunque sé que te burlas, sí entraré para desenojarte.

(Al entrar CAÑIZARES, *dánle con una bacía de agua en los ojos; él vase a limpiar; acuden sobre él* CRISTINA *y* DOÑA LORENZA, *y en este ínterin sale el galán y vase.)*

CAÑIZARES. ¡Por Dios, que por poco me cegaras, Lorenza! ¡Al diablo se dan las burlas que se arremeten a los ojos!

LORENZA. ¡Mirad con quién me casó mi suerte, sino con el hombre más malicioso del mundo! ¡Mirad cómo dió crédito a mis mentiras, por su..., fundadas en materia de celos, que menoscabada y asendereada sea mi ventura! ¡Pagad vosotros, cabellos, las deudas deste viejo! ¡Llorad vosotros, ojos, las culpas deste maldito! ¡Mirad en lo que tiene mi honra y mi crédito, pues de las sospechas hace certezas, de las mentiras verdades, de las burlas veras y de los entretenimientos maldiciones! ¡Ay, que se me arranca el alma!

CRISTINA. Tía, no dé tantas voces, que se juntará la vecindad.

ALGUACIL. (De dentro.) ¡Abran esas puertas! Abran luego; si no, echarélas en el suelo.

---

así, según *Cov.*, «por ser de extremado olor, distilada de muchas flores diferentes y drogas aromáticas». Se preparaba, probablemente, con la *angélica*, planta de hojas «olorosas»; de simiente «aguda al gusto como la myrrha»; y cuya raíz es «fragante» y «llena de zumo» *(Dicc. de Aut.)*. Se acentúa mediante estas imágenes la sensualidad de todo el pasaje.

LORENZA. Abre, Cristinica, y sepa todo el mundo mi inocencia y la maldad deste viejo.
CAÑIZARES. ¡Vive Dios, que creí que te burlabas, Lorenza! Calla.

(Entran el ALGUACIL *y los* MÚSICOS, *y el* BAILARÍN *y* ORTIGOSA.)

ALGUACIL. ¿Qué es esto? ¿Qué pendencia es ésta? ¿Quién daba aquí voces?
CAÑIZARES. Señor, no es nada; pendencias son entre marido y mujer, que luego se pasan.
MÚSICOS. ¡Por Dios, que estábamos mis compañeros y yo, que somos músicos, aquí pared y medio, en un desposorio, y a las voces hemos acudido, con no pequeño sobresalto, pensando que era otra cosa!
ORTIGOSA. Y yo también, en mi ánima pecadora.
CAÑIZARES. Pues en verdad, señora Ortigosa, que si no fuera por ella[72], que no hubiera sucedido nada de lo sucedido.
ORTIGOSA. Mis pecados lo habrán hecho; que soy tan desdichada, que, sin saber por dónde ni por dónde no, se me echan a mí las culpas que otros cometen.
CAÑIZARES. Señores, vuestras mercedes todos se vuelvan norabuena, que yo les agradezco su buen deseo; que ya yo y mi esposa quedamos en paz.
LORENZA. Sí quedaré, como le pida primero perdón a la vecina, si alguna cosa mala pensó contra ella.
CAÑIZARES. Si a todas las vecinas de quien yo pienso mal hubiese de pedir perdón, sería nunca acabar; pero, con todo eso, yo se le pido a la señora Ortigosa.
ORTIGOSA. Y yo le otorgo para aquí y para delante de Pero García[73].

---

[72] *Por ella:* por Ortigosa (Del Campo, pág. 373, nota 70).
[73] *Pero García:* alusión burlesca a un personaje folklórico «que al parecer soltaba verdades de a puño» (Asensio, pág. 218, nota 15).

MÚSICOS. Pues, en verdad, que no habemos de haber venido en balde: toquen mis compañeros, y baile el bailarín, y regocíjense las paces con esta canción.

CAÑIZARES. Señores, no quiero música; yo la doy por recebida.

MÚSICOS. Pues aunque no la quiera.

(Cantan.)

«El agua de por San Juan
Quita vino y no da pan.
Las riñas de por San Juan
Todo el año paz nos dan.
Llover el trigo en las eras,
Las viñas estando en cierne,
No hay labrador que gobierne
Bien sus cubas y paneras;
Mas las riñas más de veras,
Si suceden por San Juan,
Todo el año paz nos dan.»

(Bailan.)

«Por la canícula ardiente
Está la cólera a punto;
Pero, pasando aquel punto,
Menos activa se siente.
Y así, el que dice no miente
Que las riñas por San Juan
Todo el año paz nos dan.»

(Bailan.)

«Las riñas de los casados
Como aquesta siempre sean,
Para que después se vean,
Sin pensar, regocijados.

Sol que sale tras nublados,
Es contento tras afán:
Las riñas de por San Juan,
Todo el año paz nos dan.»

CAÑIZARES. Porque vean vuesas mercedes las revueltas y vueltas en que me ha puesto una vecina, y si tengo razón de estar mal con las vecinas.

LORENZA. Aunque mi esposo está mal con las vecinas, yo beso a vuesas mercedes las manos, señoras vecinas.

CRISTINA. Y yo también; mas si mi vecina me hubiera traído mi frailecico, yo la tuviera por mejor vecina; y adiós, señoras vecinas.

Colección Letras Hispánicas

ÚLTIMOS TÍTULOS PUBLICADOS

27 *La Comendadora, El clavo y otros cuentos,* PEDRO ANTONIO DE ALARCÓN.
Edición de Laura de los Ríos (5.ª ed.).
28 *Pequeñeces,* LUIS COLOMA.
Edición de Rubén Benítez (5.ª ed.).
29 *Genio y figura,* JUAN VALERA.
Edición de Cyrus De-Coster (4.ª ed.).
30 *Antología del grupo poético de 1927.*
Edición de Vicente Gaos actualizada por Carlos Sahagún (12.ª ed.).
31 *Rimas,* GUSTAVO ADOLFO BÉCQUER.
Edición de José Luis Cano (13.ª ed.).
32 *Obras incompletas,* GLORIA FUERTES.
Edición de la autora (9.ª ed.).
33 *Don Álvaro o la fuerza del sino,* DUQUE DE RIVAS.
Edición de Alberto Sánchez (13.ª ed.).
34 *De tal palo tal astilla,* JOSÉ MARÍA DE PEREDA.
Edición de Joaquín Casalduero (4.ª ed.).
35 *Poema de mio Cid.*
Edición de Colin Smith (14.ª ed.).
36 *Summa poética,* NICOLÁS GUILLÉN.
Edición de Luis Íñigo Madrigal (6.ª ed.).
37 *Traidor, inconfeso y mártir,* JOSÉ ZORRILLA.
Edición de Ricardo Senabre (7.ª ed.).
38 *Poesía,* JORGE MANRIQUE.
Edición de Jesús-Manuel Alda Tesán (11.ª ed.).
39 *La dama duende,* PEDRO CALDERÓN DE LA BARCA.
Edición de Ángel Valbuena Briones (7.ª ed.).
40 *Cleopatra Pérez,* JOSÉ ORTEGA MUNILLA.
Edición de Juan Ignacio Ferreras (2.ª ed.).
41 *Pipa,* LEOPOLDO ALAS «CLARÍN».
Edición de Antonio Ramos-Gascón (8.ª ed.).
42 *Poesía castellana completa,* GARCILASO DE LA VEGA.
Edición de Consuelo Burell (12.ª ed.).
43 *La casa de Bernarda Alba,* FEDERICO GARCÍA LORCA.
Edición de Allen Josephs y Juan Caballero (14.ª ed.).

44 *Lazarillo de Tormes.*
Edición de Francisco Rico (2.ª ed.).
45 *La tejedora de sueños. Llegada de los dioses,* ANTONIO BUERO VALLEJO.
Edición de Luis Iglesias-Feijoo (7.ª ed.).
46 *Yerma,* FEDERICO GARCÍA LORCA.
Edición de Ildefonso-Manuel Gil (11.ª ed.).
47 *Belarmino y Apolonio,* RAMÓN PÉREZ DE AYALA.
Edición de Andrés Amorós (6.ª ed.).
48 *El vergonzoso en palacio,* TIRSO DE MOLINA.
Edición de Everett Hesse (6.ª ed.).
49 *La verdad sospechosa,* JUAN RUIZ DE ALARCÓN.
Edición de Alva V. Ebersole (6.ª ed.).
50 *La dama boba,* LOPE DE VEGA.
Edición de Diego Marín (10.ª ed.).
51 *Dulce y sabrosa,* JACINTO OCTAVIO PICÓN.
Edición de Gonzalo Sobejano (2.ª ed.).
52 *El romancero viejo.*
Edición de Mercedes Díaz Roig (11.ª ed.).
53 *El Conde Lucanor,* DON JUAN MANUEL.
Edición de Alfonso I. Sotelo (11.ª ed.).
54 *El caballero encantado,* BENITO PÉREZ GALDÓS.
Edición de Julio Rodríguez-Puértolas (4.ª ed.).
55 *El túnel,* ERNESTO SÁBATO.
Edición de Ángel Leiva (13.ª ed.).
56 *Antología lírica,* SALVADOR ESPRIU.
Edición bilingüe de José Batlló (4.ª ed.).
57 *La vida es sueño,* PEDRO CALDERÓN DE LA BARCA.
Edición de Ciriaco Morón (14.ª ed.).
58 *El burlador de Sevilla y convidado de piedra,* TIRSO DE MOLINA.
Edición de Joaquín Casalduero (11.ª ed.).
59 *De los nombres de Cristo,* FRAY LUIS DE LEÓN.
Edición de Cristóbal Cuevas (5.ª ed.).
60 *Lírica española de tipo popular.*
Edición de Margit Frenk de Alatorre (6.ª ed.).
61 *Espectáculos y diversiones públicas. Informe sobre la ley Agraria,* GASPAR MELCHOR DE JOVELLANOS.
Edición de José Lage (5.ª ed.).
62 *Cuentos,* IGNACIO ALDECOA.
Edición de Josefina Rodríguez de Aldecoa (12.ª ed.).
63 *Pic-nic, El triciclo, El laberinto,* FERNANDO ARRABAL.
Edición de Ángel Berenguer (9.ª ed.).
64 *El lindo don Diego,* AGUSTÍN MORETO.
Edición de Frank P. Casa y Berislav Primorac (5.ª ed.).
65 *Las salvajes en Puente San Gil. Las arrecogías del Beaterio de Santa María Egipciaca,* JOSÉ MARTÍN RECUERDA.
Edición de Francisco Ruiz Ramón (5.ª ed.).
66 *Poema del Cante Jondo. Romancero gitano,* FEDERICO GARCÍA LORCA.
Edición de Allen Josephs y Juan Caballero (10.ª ed.).
67 *El alcalde de Zalamea,* PEDRO CALDERÓN DE LA BARCA.
Edición de A. J. Valbuena-Briones (8.ª ed.).

95 *San Manuel Bueno, mártir,* MIGUEL DE UNAMUNO.
Edición de Mario J. Valdés (10.ª ed.).
96 *Peribáñez y el Comendador de Ocaña,* LOPE DE VEGA.
Edición de Juan María Marín (8.ª ed.).
97 *Tres sombreros de copa,* MIGUEL MIHURA.
Edición de Jorge Rodríguez Padrón (12.ª ed.).
98 *Libro de la Vida,* SANTA TERESA DE JESÚS.
Edición de Dámaso Chicharro (6.ª ed.).
99 *Martín Fierro,* JOSÉ HERNÁNDEZ.
Edición de Luis Sáinz de Medrano (5.ª ed.).
100-101 *Don Quijote de la Mancha,* MIGUEL DE CERVANTES.
Edición de John Jay Allen (9.ª ed.).
102 *Soledades,* LUIS DE GÓNGORA.
Edición de John Beverley (5.ª ed.).
103 *Páginas escogidas,* RUBÉN DARÍO.
Edición de Ricardo Gullón (4.ª ed.).
104 *Bodas que fueron famosas del Pingajo y la Fandanga. Flor de Otoño,* JOSÉ MARÍA RODRÍGUEZ MÉNDEZ.
Edición de José Martín Recuerda (3.ª ed.).
105-106 *Novelas ejemplares,* MIGUEL DE CERVANTES.
Edición de Harry Sieber (10.ª ed.).
107 *Joven poesía española.*
Edición de Concepción G. Moral y Rosa María Pereda (5.ª ed.).
108 *Greguerías,* RAMÓN GÓMEZ DE LA SERNA.
Edición de Rodolfo Cardona (5.ª ed.).
109 *Un drama nuevo,* MANUEL TAMAYO Y BAUS.
Edición de Alberto Sánchez (2.ª ed.).
110 *Laberinto de Fortuna,* JUAN DE MENA.
Edición de John G. Cummins (3.ª ed.).
111 *Maldan-behera. Harri eta herri,* GABRIEL ARESTI.
Edición bilingüe de Javier Atienza (2.ª ed.).
112 *Paradiso,* JOSÉ LEZAMA LIMA.
Edición de Eloísa Lezama Lima (2.ª ed.).
113 *El esclavo del demonio,* ANTONIO MIRA DE AMESCUA.
Edición de James A. Castañeda (2.ª ed.).
114 *Don Juan Tenorio,* JOSÉ ZORRILLA.
Edición de Aniano Peña (9.ª ed.).
115 *El abencerraje.*
Edición de Francisco López Estrada (5.ª ed.).
116 *Viaje de Turquía.*
Edición de Fernando García Salinero (3.ª ed.).
117 *Los complementarios,* ANTONIO MACHADO.
Edición de Manuel Alvar (3.ª ed.).
118 *Selección de mis versos,* CARLOS BOUSOÑO.
Edición del autor (2.ª ed.).
119 *Malditas sean Coronada y sus hijas. Delirio del amor hostil,* FRANCISCO NIEVA.
Edición de Antonio González (2.ª ed.).
120 *Los de abajo,* MARIANO AZUELA.
Edición de Marta Portal (4.ª ed.).

121 *Poemas,* ÁNGEL GONZÁLEZ.
Edición del autor (3.ª ed.).
122 *El Criticón,* BALTASAR GRACIÁN.
Edición de Santos Alonso (2.ª ed.).
123 *Narraciones,* JORGE LUIS BORGES.
Edición de Marcos Ricardo Barnatán (5.ª ed.).
124 *El Buscón,* FRANCISCO DE QUEVEDO.
Edición de Domingo Ynduráin (8.ª ed.).
125 *Teatro crítico universal (Selección),* BENITO J. FEIJOO.
Edición de Ángel-Raimundo Fernández González (3.ª ed.).
126 *Los Amantes de Teruel,* JUAN EUGENIO HARTZENBUSCH.
Edición de Carmen Iranzo (3.ª ed.).
127 *Vida,* DIEGO DE TORRES VILLARROEL.
Edición de Dámaso Chicharro (2.ª ed.).
128 *Paraíso cerrado para muchos, jardines abiertos para pocos. Los fragmentos de Adonis,* PEDRO SOTO DE ROJAS.
Edición de Aurora Egido.
129 *Volvoreta,* WENCESLAO FERNÁNDEZ FLÓREZ.
Edición de José-Carlos Mainer (2.ª ed.).
130 *Memorias inmemoriales,* GABRIEL CELAYA.
Edición de Gustavo Domínguez (2.ª ed.).
131 *Historia de Gloria,* GLORIA FUERTES.
Edición de Pablo González Rodas (4.ª ed.).
132 *Del rey abajo, ninguno,* FRANCISCO ROJAS ZORRILLA.
Edición de Brigitte Wittmann (2.ª ed.).
133 *Altazor. Temblor de cielo,* VICENTE HUIDOBRO.
Edición de René de Costa (4.ª ed.).
134 *Poesía varia,* FRANCISCO DE QUEVEDO.
Edición de James O. Crosby (4.ª ed.).
135 *Aventura poética,* PEDRO SALINAS.
Edición de David L. Stixrude (3.ª ed.).
136 *Sobre los ángeles,* RAFAEL ALBERTI.
Edición de C. B. Morris (2.ª ed.).
137 *Fuente Ovejuna,* LOPE DE VEGA.
Edición de Juan María Marín (8.ª ed.).
138 *El cohete y la estrella. La cabeza a pájaros,* JOSÉ BERGAMÍN.
Edición de José Esteban (2.ª ed.).
139 *Pasos,* LOPE DE RUEDA.
Edición de Fernando González Ollé y Vicente Tusón (4.ª ed.).
140 *Un viaje de invierno,* JUAN BENET.
Edición de Diego Martínez Torrón.
141 *Artículos,* MARIANO JOSÉ DE LARRA.
Edición de Enrique Rubio (7.ª ed.).
142 *Obra poética,* JUAN-EDUARDO CIRLOT.
Edición de Clara Janés.
143 *El engañao. Caballos desbocaos,* JOSÉ MARTÍN RECUERDA.
Edición de Martha T. Halsey y Ángel Cobo.
144 *Antología,* LUIS CERNUDA.
Edición de José María Capote (4.ª ed.).
145 *La región más transparente,* CARLOS FUENTES.
Edición de Georgina García Gutiérrez (2.ª ed.).

146 *Sonetos y madrigales completos,* GUTIERRE DE CETINA.
Edición de Begoña López Bueno.
147 *El caballero de Olmedo,* LOPE DE VEGA.
Edición de Francisco Rico (7.ª ed.).
148 *Martín Rivas,* ALBERTO BLEST GANA.
Edición de Guillermo Araya (2.ª ed.).
149 *Las lágrimas de Angélica,* LUIS BARAHONA DE SOTO.
Edición de José Lara Garrido.
150 *Noviembre y un poco de yerba. Petra Regalada,* ANTONIO GALA.
Edición de Phyllis Zatlin Boring (3.ª ed.).
151 *Poema de Fernán González.*
Edición de Juan J. Victorio (2.ª ed.).
152 *La zanja,* ALFONSO GROSSO.
Edición de José Antonio Fortes (2.ª ed.).
153 *Diálogo de la lengua,* JUAN DE VALDÉS.
Edición de Cristina Barbolani (3.ª ed.).
154 *Niebla,* MIGUEL DE UNAMUNO.
Edición de Mario J. Valdés (6.ª ed.).
155 *El Crótalon,* CRISTÓBAL DE VILLALÓN.
Edición de Asunción Rallo.
156 *Memorias de Altagracia,* SALVADOR GARMENDIA.
Edición de Óscar Rodríguez Ortiz.
157 *Juan José,* JOAQUÍN DICENTA.
Edición de Jaime Mas Ferrer.
158 *Brevísima relación de la destrucción de las Indias,* BARTOLOMÉ DE LAS CASAS.
Edición de André Saint-Lu (4.ª ed.).
159 *Poesías completas,* MANUEL ALTOLAGUIRRE.
Edición de Margarita Smerdou Altolaguirre y Milagros Arizmendi (2.ª ed.).
160 *Romances,* LUIS DE GÓNGORA.
Edición de Antonio Carreño (3.ª ed.).
161 *La invención de Morel. El gran Serafín,* ADOLFO BIOY CASARES.
Edición de Trinidad Barrera (2.ª ed.).
162 *Entremeses,* MIGUEL DE CERVANTES.
Edición de Nicholas Spadaccini (5.ª ed.).
163 *Ganarás la luz,* LEÓN FELIPE.
Edición de José Paulino.
164 *Varias poesías,* HERNANDO DE ACUÑA.
Edición de Luis F. Díaz Larios.
165 *Ismaelillo. Versos sencillos,* JOSÉ MARTÍ.
Edición de Ivan A. Schulman (3.ª ed.).
166 *La serrana de la Vera,* LUIS VÉLEZ DE GUEVARA.
Edición de Enrique Rodríguez Cepeda.
167 *Si te dicen que caí,* JUAN MARSÉ.
Edición de William M. Sherzer (2.ª ed.).
168 *Odas elementales,* PABLO NERUDA.
Edición de Jaime de Concha (2.ª ed.).
169 *Los cachorros,* MARIO VARGAS LLOSA.
Edición de Guadalupe Fernández Ariza (6.ª ed.).

170 *Misericordia,* BENITO PÉREZ GALDÓS.
Edición de Luciano García Lorenzo y Carmen Menéndez Onrubia (2.ª ed.).
171 *Fábula de Polifemo y Galatea,* LUIS DE GÓNGORA.
Edición de Alexander A. Parker (3.ª ed.).
172 *Doña Perfecta,* BENITO PÉREZ GALDÓS.
Edición de Rodolfo Cardona (2.ª ed.).
173 *Selección natural,* J. M. CABALLERO BONALD.
Edición del autor.
174 *Marianela,* BENITO PÉREZ GALDÓS.
Edición de Joaquín Casalduero (2.ª ed.).
175 *Desde mis poemas,* CLAUDIO RODRÍGUEZ.
Edición del autor (2.ª ed.).
176 *Los trabajos del infatigable creador Pío Cid,* ÁNGEL GANIVET.
Edición de Laura Rivkin.
177 *A. M. D. G.,* RAMÓN PÉREZ DE AYALA.
Edición de Andrés Amorós (3.ª ed.).
178 *Poesía,* SAN JUAN DE LA CRUZ.
Edición de Domingo Ynduráin (3.ª ed.).
179 *Desengaños amorosos,* MARÍA DE ZAYAS.
Edición de Alicia Yllera.
180 *Soledades, Galerías. Otros poemas,* ANTONIO MACHADO.
Edición de Geoffrey Ribbans (5.ª ed.).
181 *Yo, el Supremo,* AUGUSTO ROA BASTOS.
Edición de Milagros Ezquerro (2.ª ed.).
182-183 *La Regenta,* LEOPOLDO ALAS («CLARÍN»).
Edición de Juan Oleza (3.ª ed.).
184 *Poesía,* FRAY LUIS DE LEÓN.
Edición de Juan Alcina Rovira (2.ª ed.).
185-186 *Fortunata y Jacinta,* BENITO PÉREZ GALDÓS.
Edición de Francisco Caudet (2.ª ed.).
187 *Poesía selecta,* LOPE DE VEGA.
Edición de Antonio Carreño.
188 *Trafalgar,* BENITO PÉREZ GALDÓS.
Edición de Julio Rodríguez-Puértolas (2.ª ed.).
189 *Pedro Páramo,* JUAN RULFO.
Edición de José Carlos González Boixo (5.ª ed.).
190 *Rosalía,* BENITO PÉREZ GALDÓS.
Edición de Alan Smith (2.ª ed.).
191 *Libro del Caballero Zifar.*
Edición de Cristina González.
192 *La de Bringas,* BENITO PÉREZ GALDÓS.
Edición de Alda Blanco y Carlos Blanco Aguinaga (2.ª ed.).
193 *El astillero,* JUAN CARLOS ONETTI.
Edición de Juan Manuel García Ramos.
194 *Prosa histórica,* ALFONSO X EL SABIO.
Edición de Benito Brancaforte.
195 *El cerco de Numancia,* MIGUEL DE CERVANTES.
Edición de Robert Marrast.
196 *Poesía,* FRANCISCO DE RIOJA.
Edición de Begoña López Bueno.

197 *El hombre acecha. Cancionero y romancero de ausencias,* MIGUEL HERNÁNDEZ.
Edición de Leopoldo de Luis y Jorge Urrutia (3.ª ed.).
198 *El cementerio de automóviles. El Arquitecto y el Emperador de Asiria,* FERNANDO ARRABAL.
Edición de Diana Taylor.
199 *La mortaja,* MIGUEL DELIBES.
Edición de Gonzalo Sobejano (3.ª ed.).
200 *Rayuela,* JULIO CORTÁZAR.
Edición de Andrés Amorós (3.ª ed.).
201 *Selección propia,* FRANCISCO BRINES.
Edición del autor.
202 *La dama del alba,* ALEJANDRO CASONA.
Edición de José R. Rodríguez Richard (5.ª ed.).
203 *Poesías completas,* LUIS CARRILLO Y SOTOMAYOR.
Edición de Angelina Costa Palacios.
204 *El diablo cojuelo,* LUIS VÉLEZ DE GUEVARA.
Edición de Enrique Rodríguez Cepeda.
205 *Fuentes de la constancia,* JUAN GIL-ALBERT.
Edición de José Carlos Rovira.
206 *Meditaciones del Quijote,* JOSÉ ORTEGA Y GASSET.
Edición de Julián Marías.
207 *Poesía completa,* FRANCISCO DE LA TORRE.
Edición de María Luisa Cerrón Puga.
208 *La camisa/El cuarto poder,* LAURO OLMO.
Edición de Ángel Berenguer.
209 *Las nubes. Desolación de la quimera,* LUIS CERNUDA.
Edición de Luis Antonio de Villena.
210 *La venganza de Don Mendo,* PEDRO MUÑOZ SECA.
Edición de Salvador García Castañeda (5.ª ed.).
211 *Los pasos perdidos,* ALEJO CARPENTIER.
Edición de Roberto González Echevarría. (2.ª ed.).
212 *La lozana andaluza,* FRANCISCO DELICADO.
Edición de Claude Allaigre.
213 *Menosprecio de corte y alabanza de aldea/Arte de marear,* FRAY ANTONIO DE GUEVARA.
Edición de Asunción Rallo.
214 *La ruta de Don Quijote,* JOSÉ MARTÍNEZ RUIZ («AZORÍN»).
Edición de José María Martínez Cachero.
215 *Cien años de soledad,* GABRIEL GARCÍA MÁRQUEZ.
Edición de Jacques Joset (3.ª ed.).
216 *Entrada en materia,* JOSÉ ÁNGEL VALENTE.
Edición de Jacques Ancet.
217 *El mágico prodigioso,* PEDRO CALDERÓN DE LA BARCA.
Edición de Bruce W. Wardropper.
218 *El llano en llamas,* JUAN RULFO.
Edición de Carlos Blanco Aguinaga (4.ª ed.).
219 *Poesía castellana original completa,* FERNANDO DE HERRERA.
Edición de Cristóbal Cuevas.
220 *Reivindicación del conde don Julián,* JUAN GOYTISOLO.
Edición de Linda Gould Levine.

221 *El trovador,* ANTONIO GARCÍA GUTIÉRREZ.
Edición de Carlos Ruiz Silva.
222 *El juguete rabioso,* ROBERTO ARLT.
Edición de Rita Gnutzmann.
223 *Poesías castellanas completas,* FRANCISCO DE ALDANA.
Edición de José Lara Garrido.
224 *Milagros de Nuestra Señora,* GONZALO DE BERCEO.
Edición de Michael Gerli (3.ª ed.).
225 *El árbol de la ciencia,* PÍO BAROJA.
Edición de Pío Caro Baroja (3.ª ed.).
226 *La lira de las Musas,* GABRIEL BOCÁNGEL.
Edición de Trevor J. Dadson.
227 *El siglo de las luces,* ALEJO CARPENTIER.
Edición de Ambrosio Fornet.
228 *Antología de nuestro monstruoso mundo. Duda y amor sobre el Ser Supremo,* DÁMASO ALONSO.
Edición del autor.
229 *En las orillas del Sar,* ROSALÍA DE CASTRO.
Edición de Xesús Alonso Montero.
230 *Escenas andaluzas,* SERAFÍN ESTÉBANEZ CALDERÓN.
Edición de Alberto González Troyano.
231 *Bodas de sangre,* FEDERICO GARCÍA LORCA.
Edición de Allen Josephs y Juan Caballero (3.ª ed.).
233 *Historias e invenciones de Félix Muriel,* RAFAEL DIESTE.
Edición de Estelle Irizarry.
234 *La calle de Valverde,* MAX AUB.
Edición de José Antonio Pérez Bowie.
235 *Espíritu de la letra,* JOSÉ ORTEGA Y GASSET.
Edición de Ricardo Senabre.
236 *Bearn,* LORENZO VILLALONGA.
Edición de Jaime Vidal Alcover.
237 *El tamaño del infierno,* ARTURO AZUELA.
Edición de Jorge Rodríguez Padrón.
238 *Confabulario definitivo,* JUAN JOSÉ ARREOLA.
Edición de Carmen de Mora.
239 *Vida de Pedro Saputo,* BRAULIO FOZ.
Edición de Francisco y Domingo Yndurán.
240-241 *Juan de Mairena,* ANTONIO MACHADO.
Edición de Antonio Fernández Ferrer.
242 *El señor de Bembibre,* ENRIQUE GIL Y CARRASCO.
Edición de Enrique Rubio (2.ª ed.).
243 *Libro de las alucinaciones,* JOSÉ HIERRO.
Edición de Dionisio Cañas.
244 *Leyendas,* GUSTAVO ADOLFO BÉCQUER.
Edición de Pascual Izquierdo (4.ª ed.).
245 *Manual de espumas / Versos Humanos,* GERARDO DIEGO.
Edición de Milagros Arizmendi.
246 *El secreto del Acueducto,* RAMÓN GÓMEZ DE LA SERNA.
Edición de Carolyn Richmond.
247 *Poesía de Cancionero.*
Edición de Álvaro Alonso.

248 *María,* JORGE ISAACS.
Edición de Donald McGrady.
249 *Comedieta de Ponça,* MARQUÉS DE SANTILLANA.
Edición de Maxim P. A. M. Kerkhof.
251 *El matadero. La cautiva,* ESTEBAN ECHEVERRÍA.
Edición de Leonor Fleming.
252 *Cuento español de Posguerra.*
Edición de Medardo Fraile (2.ª ed.).
253 *El escándalo,* PEDRO ANTONIO DE ALARCÓN.
Edición de Juan B. Montes Bordajandi.
254 *Residencia en la tierra,* PABLO NERUDA.
Edición de Hernán Loyola.
255 *Amadís de Gaula I,* GARCI RODRÍGUEZ DE MONTALVO.
Edición de Juan Manuel Cacho Blecua.
256 *Amadís de Gaula II,* GARCI RODRÍGUEZ DE MONTALVO.
Edición de Juan Manuel Cacho Blecua.
257 *Aventuras del Bachiller Trapaza,* ALONSO DE CASTILLO SOLÓRZANO.
Edición de Jacques Joset.
258 *Teatro Pánico,* FERNANDO ARRABAL.
Edición de Francisco Torres Monreal.
260 *Poeta en Nueva York,* FEDERICO GARCÍA LORCA.
Edición de María Clementa Millán.
261 *Lo demás es silencio,* AUGUSTO MONTERROSO.
Edición de Jorge Ruffinelli.
265 *Pasión de la Tierra,* VICENTE ALEIXANDRE.
Edición de Gabriele Morelli.
266 *El villano en su rincón,* LOPE DE VEGA.
Edición de Juan María Marín.
267 *La tía Tula,* MIGUEL DE UNAMUNO.
Edición de Carlos A. Longhurst (2.ª ed.).
268 *Poesía / Hospital de incurables,* JACINTO POLO DE MEDINA.
Edición de Francisco Javier Díez de Revenga.
269 *La nave de los locos,* PÍO BAROJA.
Edición de Francisco Flores Arroyuelo.
270 *La hija del aire,* PEDRO CALDERÓN DE LA BARCA.
Edición de Francisco Ruiz Ramón.
271 *Edad,* ANTONIO GAMONEDA.
Edición de Miguel Casado (2.ª ed.).
272 *El público,* FEDERICO GARCÍA LORCA.
Edición de María Clementa Millán.
273 *Romances históricos,* DUQUE DE RIVAS.
Edición de Salvador García Castañeda.
275 *Pero... ¿hubo alguna vez once mil vírgenes?,* ENRIQUE JARDIEL PONCELA.
Edición de Luis Alemany.
276 *La Hora de Todos y la Fortuna con seso,* FRANCISCO DE QUEVEDO.
Edición de Jean Bourg, Pierre Dupont y Pierre Geneste.
277 *Poesía española del siglo XVIII.*
Edición de Rogelio Reyes.
278 *Poemas en prosa,* CÉSAR VALLEJO.
Edición de Julio Vélez.